FORTUNATO

DRAGOS DUNKLE REISE

Fortunato

DRAGOS DUNKLE REISE

DER KREIS DER MAGIER

BAUMHAUS
VERLAG

Für Helena Mina, unser kleines, großes Wunder.

Umschlagillustration: Norbert Maier
Vignetten: Fortunato
Satz: Helmut Schaffer, Hofheim
Gesetzt aus der Aldus
Druck und Bindung: GGP Media GmbH, Pößneck

Printed in Germany

ISBN 978-3-8339-3721-7

5 4 3 2 1

Gesamtverzeichnis schickt gern: Baumhaus Verlag GmbH,
Schanzenstraße 6–20, D-51063 Köln
www.baumhaus-verlag.de

Masken

Lautlos drückte sich der Junge in die Schatten der Palazzi, suchte sich kleine Kanäle, in denen Gondeln vertäut lagen und im kalten Winterwasser schaukelten. Wenn diese Boote nicht genutzt wurden, dann waren sie in der kühlen Jahreszeit meist mit festem Leintuch abgedeckt. Ein solches Leintuch zerschnitt der Junge mit seinem Messer und tastete nach einem der Cavai, jener bronzenen Beschläge, die dazu dienten, alle Seile fest am Boot zu verschnüren. Meist waren es kleine Kunstwerke, die mit einem langen Sporn versehen waren und vom Gondelbauer tief in das Holz geschlagen wurden. Jede Gondel hatte mehrere solcher Cavai – und es dauerte nicht lange, da hatte der Junge einen zu fassen bekommen. Ein Lächeln glitt über sein Gesicht, doch es war kein Lächeln der Freude. Eher war es ein grimmiges Lächeln, das von seiner Entschlossenheit zeugte. Mit eiserner Hand packte er den Cavai und stemmte sich gegen den Rand der Gondel. Vor seinem geistigen Auge tauchten Bilder auf wie Gespenster aus der Vergangenheit: ein Mann im weißen Anzug, eine junge Frau mit Schnabelschuhen, blutunterlaufene Augen hinter einer dicken Brille, das Gesicht seiner Schwester auf dem Wasser des Canal Grande – und die blasse Gestalt seiner Mutter, die ihm traurig zulächelte. Er straffte sich und drückte den Rücken durch. Mit aller Kraft zog er an dem Cavai, alle Wut, alle Enttäuschung, aller Zorn lagen in seinem Griff. Mehr als einmal glitt das kalte Metall durch seine Finger und beinahe wäre er in das dunkle Wasser gestürzt, das an das schaukelnde Boot klatschte, als wollte es dem vergeblichen Bemühen des Jungen Beifall zollen. Denn vergeblich war es. Nicht bei dieser Gondel und nicht bei irgendeiner anderen gelang es ihm, die Beschläge zu lockern und zu entfernen. Vielleicht hätte er das Werkzeug der Gondelbauer dazu gebraucht. Vielleicht aber hätte auch nur der richtige Zauberspruch genügt. Ein Wort, ein Satz, von der passenden Geste begleitet, eine leichte Berührung des Cavai mit den Fingerspitzen, mit einem magischen Gegenstand oder auch nur der Blick, den man mit der Kraft des Willens darauf richtete … Doch all das lag nicht im Rahmen seiner Möglichkeiten. Denn der Junge wusste wohl, wie mächtig die Magie war, nicht aber, wie man sie anwandte.

Trotzig packte er das bronzene Stück erneut und biss die Zähne zusammen. Er würde sich ganz und gar darauf konzentrieren, würde all seine Kraft sammeln und – löste sich das Teil? Beinahe schien es ihm, als gäbe der Cavai ein klein wenig nach. Er hielt die Luft an, presste die Füße gegen den Rand des Bootes, zog, dass er meinte, seinen Rücken knacken zu hören, lockerte den tief im Holz sitzenden Sporn, ächzte, spürte, wie das Blut in seinem Kopf pochte, wie sein Körper nach Luft schrie, wie ihm schwindlig wurde. Dann, plötzlich, rutschte ihm der Cavai durch die Hand, riss seine Finger auf, dass das Blut spritzte, schnellte sein Körper hoch, ohne dass er sich noch irgendwo hätte festhalten können. Und der Junge stürzte rücklings hinaus auf den Kanal und ins Wasser, wo die kalte Flut wie eine Falle über ihm zuschnappte und ihn hinabzog bis auf den Grund.

Erstes Kapitel

Die heimliche Besucherin

Drei Tage und drei Nächte dauerte das Gewitter. Schwarze Wolkentürme bauten sich über der Lagune auf und wurden von Blitzen zerfetzt, die den Himmel überzogen wie Lava die Hänge eines Vulkans. Kein Mensch, der in Venedig lebte, konnte sich erinnern, jemals ein so gewaltiges Unwetter gesehen zu haben. Und niemand ahnte, dass es kein gewöhnliches Gewitter war, das über dieser alten, zerbrechlichen Stadt wütete, sondern etwas ungleich Größeres, etwas Ungeheuerliches, Magisches: ein entfesselter Drache, den die Reise durch ein ganzes Jahrtausend mit Kräften versehen hatte, die kein Magier zu erzeugen und kein normaler Mensch zu verstehen imstande war.

Drago aber saß auf der Plattform, die mehrere Stockwerke hoch über die Calle dei Crociferi hinausragte, und starrte in das fürchterliche Spiel von Finsternis und Glut, ohne Hunger oder Durst zu empfinden, ohne müde zu werden, ja, ohne sich auch nur zu regen. Er saß da, die Augen hinaus auf die Lagune gerichtet, und lauschte auf das Donnern und Tosen, das über seinen Kopf dahinzog, mächtig, gefährlich und ohne Unterlass. Er selbst hatte diese Kräfte entfesselt, auch wenn er es weder gewollt noch gewusst hatte. Nur weil er in der Kirche San Giorgio della Fiamma gewesen war, als Scarfazzos Magier den Drachen beschworen hatten, war es diesem magischen Geschöpf gelungen, den Bann zu durchbrechen, mit dem sie ihn hatten bezwingen wollen – und in die Freiheit des Himmels zu entkommen, wo er nun seine Macht und seine Größe demonstrierte und flammende Blitze in die fortwährende Nacht spie.

Seine Mutter war tot. Auch das war Dragos Schuld. So reglos er im wütenden Wind saß, so aufgewühlt war er innerlich. Sie hatten sie zu Grabe getragen, am Tag, nachdem sie gestorben war. Da war das Gewitter bereits am Horizont zu sehen, war der Drache bereits in Freiheit gewesen. Vielleicht, wenn Drago mehr über die Geheimnisse der Magie gewusst hätte, wäre alles anders gekommen. Vielleicht.

Immer wieder schlugen Blitze in einen der zahllosen Kirchtürme von Venedig ein. Doch wie durch ein Wunder ging keiner davon in Flammen auf. Mancher Riss in den alten Mauern aber zeugte von ungeheuren Kräften, die auf die wunderbaren Bauwerke herabgefahren waren.

Die Menschen hatten sich in ihren Häusern verkrochen und wagten kaum einen Blick hinauf in den düsteren Himmel. Niemand hätte es gewagt, ungeschützt im Freien zu sitzen. Niemand außer Drago. Er fühlte sich unangreifbar, vielleicht weil er nichts zu verlieren hatte. Seit seine Mutter tot war, war er geschlagen. Was sollte ihm schon passieren.

Also beobachtete er das flammende Schauspiel, von dem kaum jemand wusste, was wirklich dahintersteckte, und wartete. Er wusste nicht, worauf. Doch er wartete. Seine Schwester Luzia, die von Zeit zu Zeit vom Speicher herabstieg, wo die Familie wohnte, trat neben ihn, blickte mit ihm hinaus auf die Lagune, schwieg mit ihm, legte ihre Hand sacht auf seine Schulter, lauschte dem Tosen, das die riesigen Drachenschwingen verursachten – und ließ ihn dann wieder allein, wohl wissend, dass sie ihm nicht helfen konnte. Niemand konnte ihm helfen. Er musste selbst aus dem tiefen Loch herausfinden, in das ihn die Befreiung des Drachens gestürzt hatte.

Und dann geschah es doch: Am Ende des dritten Tages, gerade als es schien, als würde das Gewitter ein klein wenig nachlassen, als die Blitze etwas weniger wurden und ein schmaler Lichtstreif sich am Horizont abzeichnete, legte sich abermals eine zarte Hand auf Dragos Schulter. Diesmal aber war es nicht Luzia, die zu ihm herausgekommen war. Das spürte er sofort. Es war, als würde ein Licht nach ihm greifen. Seine Augen, die tagelang nur auf das Meer und den Himmel über der Toteninsel San Michele gestarrt hatten, zuckten. Neben seinen gefühllosen Beinen konnte er etwas schimmern sehen: Perlen. Perlen, mit denen ein Paar bunte Schuhe bestickt waren. Schnabelschuhe! Er holte Luft, spürte, wie ihm schwindlig wurde, fasste sich und blickte auf. Und tatsächlich: Neben ihm stand, die Hand sacht auf seiner Schulter, die Contessa Rosata, die Frau des Schwarzmagiers Scarfazzo, jenes Drachenbändigers und Wissensdiebes, der Drago in die dunkelsten Stunden seines Lebens gestoßen hatte.

„Ist es nicht wundervoll?“, sagte die Contessa mit ihrer sanften Stimme und blickte auf Drago herab mit einem Lächeln, das ihm die Luft nahm. Sie war so schön wie stets, wenn er sie gesehen hatte. Nein, sie war schöner. Denn ihr

Anblick war der größte Trost, den er sich hätte vorstellen können. Und doch: „Wundervoll?"

„Deinem Mut ist es zu verdanken, dass er nun frei ist. Du hast es geschafft." Ihre Augen blickten direkt in seine Seele.

„Ich habe es geschafft", echote Drago mit brüchiger Stimme. „Ich habe geschafft, dass meine Mutter tot ist und ein Ungeheuer den Himmel zur Hölle macht."

„Das sieht nur so aus, Drago. Ein Drache mag über ungeheure Kräfte verfügen, doch er ist kein Ungeheuer. Er ist ein magisches Wesen, das mit den menschlichen Vorstellungen von Gut und Böse nicht zu begreifen ist." Sie zögerte einen Augenblick. „Das mit deiner Mutter tut mir leid", sagte sie schließlich leise und Drago spürte, wie sie seine Schulter mit ihrer leichten Hand drückte. „War es der Bann?"

Drago nickte. Der Bann, ja. Das war es gewesen. Er hatte sein Schicksal an den größten Wunsch gehängt, den er gehabt hatte: dass seine Mutter leben solle! Und dann hatte er den Bann gebrochen, unter dem sein größter Wunsch allein erfüllt werden konnte – und seine Mutter war gestorben.

„Das ist traurig. Aber es ist nicht das Ende. Ich kenne das. Es geschieht jedem, dessen Wunsch mit einem Bann belegt ist. Eines Tages bricht der Bann, der Wunsch ist verloren und das Gewissen legt sich wie eine Fessel ums Herz."

Drago nickte und sah wieder aufs Meer hinaus. Ja, genauso fühlte es sich an: als hätte sich eine eiserne Fessel um sein Herz gelegt, um es langsam abzuschnüren und alles Leben herauszuquetschen.

„Doch du musst auch die gute Seite daran sehen", fuhr die Contessa fort.

„Die gute Seite?" Drago lachte bitter.

„Der Bann ist gebrochen. Das heißt, du bist frei." Sie beugte sich zu ihm herab. Ihre Lippen waren so nah an seinem Ohr, dass er ihren Atem spüren konnte. Ein Schauer lief über seinen Rücken. Ihre Stimme war sanft wie die Frühlingssonne an einem friedvollen Tag. Er hätte ihr ewig lauschen mögen. So leise sie sprach, so sehr ließ sie ihn doch das Getöse des Drachen vergessen. „Du kannst tun, was du tun willst, Drago", sagte sie. „Und du kannst tun, was du tun musst."

Wie gerne hätte er ihr geglaubt. Doch er schüttelte den Kopf. „Das kann ich nicht", erwiderte er tonlos. „Die Magier werden mich verfolgen. Nun, da Sie hier sind, Contessa, weiß ich, dass sie mich sogar schon gefunden haben." Er lächelte wehmütig. „Sie werden sich rächen, weil ich ihre Pläne durchkreuzt habe. Was soll ich wollen, was soll ich müssen. Alles, was ich angefasst habe, habe ich zerstört. Ich bin ein Fluch für meine Familie. Wozu soll ich noch nütze sein. Nein. Mein Leben ist zu Ende, Contessa."

Die elegante junge Frau setzte sich neben ihn und legte ihm den Arm um die Schulter. „Aber Drago, hast du nicht verstanden, dass alles, was dir widerfahren ist, Teil eines großen Plans war? Du konntest dich diesem Plan nicht entziehen und du konntest ihn nicht ändern. Nichts, wofür du dich verantwortlich fühlst, ist deine Schuld."

Drago schloss die Augen und versuchte, sich ganz auf die warme Nähe der Contessa zu konzentrieren. Er roch ihren Blütenduft, spürte, dass auch sie zitterte. „Wie gern ich Ihnen glauben würde, Contessa", flüsterte er.

„Du solltest mir glauben, Drago. Denn im Augenblick gibt es niemanden außer mir, dem du vertrauen kannst."

Er hob den Blick und sah sie fragend an. In ihren grünen Augen spiegelte sich sein eigenes Gesicht wider. „Sie wissen nicht, wo du bist", versicherte sie ihm. „Nur ich weiß es. Und die Wächter des Wissens. Aber die sind zu ewigem Schweigen verurteilt."

„Woher ..."

„Frag nicht." Sie schüttelte leicht den Kopf und Drago hielt den Atem an, als eine Locke sich löste und ihr über die Schläfe fiel. Wie gerne hätte er sie berührt, hätte diese Strähne wieder zurückgeschoben, in der Hoffnung, dass sie erneut herabfiel ... Doch das wagte er nicht. Niemals würde er es wagen. Die Contessa mochte jung sein, womöglich nur zwei oder drei Jahre älter als er, es war ja nichts Ungewöhnliches, dass ältere Männer aus der feinen Gesellschaft ganz junge Frauen heirateten. Doch auch wenn sie eine arme Dienstmagd gewesen wäre, Drago hätte sich kaum überwunden. Es war überhaupt das erste Mal, dass er eine Frau als Frau schön fand. Die Contessa lächelte, als sei sie seinen wirren Gedanken gefolgt. „Frag nicht", wiederholte sie und schloss kurz die Augen. Dann sah sie wieder aufs Meer hinaus und erklärte: „Der Conte ist verschwunden. Seit der Befreiung des Drachen hat ihn niemand mehr gesehen."

„Das tut mir leid", log Drago, weil er das Gefühl hatte, er müsste etwas Tröstendes zu ihr sagen.

„Das muss es nicht. Ich liebe den Conte nicht. Ich habe ihn nie geliebt. Dass ich seine Frau geworden bin, hat andere Gründe – und es ist eine lange Geschichte." Sie atmete tief durch. „Jedenfalls bedeutet das, dass niemand weiß, dass dein Bann gebrochen ist."

Einen Augenblick musste Drago über ihre Worte nachdenken. Doch es stimmte: Der Conte hatte ihn durch seinen Willen gebannt. Er hatte ihm die Uhr geschenkt, die er täglich zur Mittagsstunde und um Mitternacht aufziehen musste, damit sein Wunsch erfüllt werde. Solange Drago dieser Pflicht nachgekommen war, war alles gut gewesen: Seine Mutter hatte gelebt. Niemand außer dem Conte hatte den Bann gekannt. Und den Wunsch hatte selbst der Conte nicht gekannt. Das bedeutete, dass, wenn er sich wieder unter die Magier mischen würde, niemand wüsste, dass er frei war – wenn auch um den Preis, dass seine Mutter gestorben war. Doch: „Wozu?" Er sah die Contessa fragend an. „Wozu soll das gut sein?"

„Wenn sie es wüssten, würden sie dich für das Verschwinden des Conte verantwortlich machen, und du müsstest dein Leben in Furcht verbringen. Es wäre ein kurzes Leben." Sie sah ihn ernst an. „Du aber kannst deinen Weg weitergehen und dafür sorgen, dass alles ein gutes Ende nimmt."

„Alles? Das kann es gar nicht." Drago schüttelte den Kopf und biss sich auf die Lippen. Seine Mutter würde er nicht wieder lebendig machen können. Das war auch mit größter Magie nicht möglich.

„Doch, du kannst es. Alles, was du dazu brauchst, ist Magie."

„Aber ich beherrsche keine Magie. Scarfazzo, der Conte, hat mich gelehrt, wo Magie existiert, was Magie bewirkt und vieles mehr. Aber wie man sie anwendet, das habe ich nicht erfahren. Und es bräuchte Jahre, um … ja, um was zu tun? Ich wüsste nicht, was meine Aufgabe sein soll."

„Du weiß es nicht? Ist dir nicht klar geworden, dass die Welt von den Schwarzmagiern befreit werden muss? Dass die Magie wieder eine freie Kunst sein muss, die jedem offen steht? Scarfazzo hat Jahrhunderte lang alles magische Wissen gesammelt und alle Quellen gefälscht. Es gibt kaum mehr Zauberbücher auf dieser Welt, die nicht von seinen Helfern in der Accademia umgeschrieben wurden, damit niemand außer ihm und seinen Kreisen noch wahre Magie anwenden kann."

„Und ausgerechnet ich soll etwas dagegen unternehmen? Warum?"

„Weil du allein es schaffen kannst. Du hast es bewiesen." Sie wies mit ihrer zarten, schmalen Hand hinaus auf die Lagune „Sieh nur, dir allein ist es gelungen, einen Drachen zu befreien. Niemand sonst konnte Scarfazzos Bande bisher davon abhalten, diese wundervollen Geschöpfe zu unterwerfen und sie ihrer Kräfte zu berauben. Überall in Venedig gleiten sie als schwarze Gondeln an uns vorbei, Drachenboote, stumm, starr, ins Wasser gezwungen durch einen Bannfluch aus den dunkelsten Winkeln schwarzer Magie."

Drago fühlte sich elend. Der Drachensturm, die betörende Anwesenheit der Contessa, die beschwörenden Worte, mit denen sie alles, was ihm in den letzten Tagen durch den Kopf gegangen war, ins Gegenteil verkehrte, all das ließ ihn schwindeln. Wie ein Stein legte sich ihre Aufforderung auf seine Seele. Was sollte er tun? Glauben, was sie sagte? Und wenn er es glaubte: Womit sollte er den Magiern entgegentreten?

„Wenn du wissen willst, wo du den Schlüssel zu wahrer Magie findest, bedenke, wo du die falsche Magie entdeckt hast", flüsterte die Contessa mit ihrem süßen Atem in sein Ohr. Er schloss die Augen, schluckte, atmete durch und wandte sich ihr zu – doch so unbemerkt und plötzlich, wie sie gekommen war, war sie auch wieder verschwunden. Nur der Wind trug noch ihren Duft mit sich, während das Gewitter über Venedig endlich schwächer wurde und der Himmel wieder heller.

Dort, wo sie gestanden hatte aber, war der Abdruck eines ihrer Füße zurückgeblieben.

Das Rätsel der Contessa

Wenn du wissen willst, wo du den Schlüssel zu wahrer Magie findest, bedenke, wo du die falsche Magie entdeckt hast. Diese Worte gingen Drago wieder und wieder durch den Kopf. Er konnte die Stimme der Contessa hören, spürte ihren Arm, der auf seiner Schulter gelegen hatte, als sie das sagte, sah ihre Lippen vor sich, rot, verwirrend und wunderschön. Doch das Rätsel wollte sich nicht lösen. Vielmehr schien es sich in seinem Kopf immer mehr zu verknoten. Mühsam richtete er sich auf. Nach drei Tagen und Nächten, die er auf der Plattform verbracht hatte, schmerzten seine Glieder, als wäre er ein alter Mann. Ihm war schwindlig, sodass er sich an der alten Seilwinde festhalten musste, um nicht in die Tiefe zu stürzen. Alles Blut schien aus seinen Beinen gewichen. Er atmete schwer. Vorsichtig blickte er hinab in die Calle dei Crociferi. Doch von der zarten Gestalt der Contessa war nichts mehr zu sehen. War sie überhaupt auf natürlichem Weg an diesen Ort gekommen? Vielleicht war sie ja selbst Magierin. Immerhin war sie die Frau des größten und dunkelsten Magiers der Welt. Und sie machte sich Gedanken über die Magie! *Wenn du wissen willst, wo du den Schlüssel zu wahrer Magie findest, bedenke, wo du die falsche Magie entdeckt hast.*

Es würde Drago nichts übrig bleiben, als die Orte aufzusuchen, an denen er in den letzten Monaten gewesen war, in der Zeit, seit er den geheimnisvollen Hannibal Rabe kennen gelernt hatte, der auf seiner Suche nach den Drachen spurlos verschwunden war und damit alles in Gefahr gebracht hatte, was Drago lieb und teuer war.

Erste Sonnenstrahlen brachen durch die dunklen Wolken. Nach der langen Nacht konnte Drago kaum mehr die Augen offen halten, so geblendet war er. Das Licht erinnerte ihn daran, wie der Drache in die Freiheit entkommen war: Aus einer Gruft in der Kirche San Giorgio della Fiamma war er in die Luft emporgestiegen und dann in einem gleißenden Schein durch das große Portal nach draußen geschossen. Erstaunlicherweise war die Grabplatte, die ihm als Tür in diese Welt gedient hatte, bei weitem nicht groß genug für etwas so Riesiges wie einen Drachen, der beinahe den ganzen Kirchenraum ausfüllte. Und doch war das Geschöpf eindeutig dieser Gruft entsprungen. Ob die Contessa diesen Ort meinte, an dem Drago die falsche Magie entdeckt hatte? Wohl kaum. Denn der Drache war ein magisches Geschöpf, er war echt, da war nichts Falsches im Spiel.

Ohne so recht zu wissen, warum, fand Drago sich mit einem Mal in den dunklen Gassen der Stadt wieder. Ziellos trieb es ihn an den Kanälen entlang, über die Brücken und Plätze. Überall sah er schwarze Gondeln, die lautlos übers Wasser glitten oder in schattigen Winkeln vertäut lagen. Und sie alle sollten Drachen sein? *Überall in Venedig gleiten sie als schwarze Gondeln an uns vorbei, Drachenboote, stumm, starr, ins Wasser gezwungen durch einen Bannfluch aus den dunkelsten Winkeln schwarzer Magie,* hatte die Contessa gesagt.

Drago schüttelte den Kopf. Nein, das konnte nicht sein. Gondeln waren ganz normale Boote, von Gondelbauern kunstvoll geschaffen, von Gondolieri würdevoll durch die Kanäle gesteuert, von Kennern ehrfurchtsvoll bewundert und von Passagieren genussvoll benutzt. Da war nichts Magisches außer der Eleganz, der Leichtigkeit und der Melancholie dieser Boote ... Drago blieb stehen und ließ den Blick über ein besonders schönes Exemplar gleiten, das unter einer Brücke auf dem Rio dei Santa Apostoli hindurchglitt. Auf dem Bug stand ein Gondoliere in traditioneller Tracht, einen Strohhut auf dem Kopf. Er summte ein Lied, das Drago schon einmal irgendwo gehört hatte, und stieß mit seinem langen Stab hinab auf den dunklen Grund der Lagune. Vor Dragos Auge erstand das Bild, wie mehrere Männer sich in der Gondelwerft des berühmten Signor Tremonti über ein riesiges schwarzes Wesen beugten, das sich auf dem Boden wand. Und kein anderer als Conte Rubio di Scarfazzo stand am Kopfende und stieß mit einem langen, dunklen Stab auf das Tier herab, drückte es nieder, bis sein Widerstand gebrochen war. Und dann? Was war dann mit diesem seltsamen Geschöpf geschehen? Hatte Signor Tremonti es durch schwarze Magie in eine Gondel verwandelt? Drago erinnerte sich daran, was er über Drachenboote gelesen hatte. Sie hatten einst die Wikinger so mächtig gemacht, dass das räuberische Volk die ganze damals bekannte Welt überwältigen konnte. Hatte Scarfazzo Ähnliches vor? Wollte auch er eine Weltmacht errichten, indem er die gewaltigen magischen Kräfte der Drachen für seine Zwecke einsetzte?

Plötzlich erschien ihm das, was die Contessa gesagt hatte, gar nicht mehr so unwahrscheinlich. Eine Stadt, in der die Zeit still stand, in der ein Kreis von dunklen Magiern sein Unwesen trieb, in der Menschen verschwanden und Drachen auftauchten, eine solche Stadt konnte auch der Ort sein, an dem sich das Schicksal der Welt entschied. Und er, Drago, sollte seinen Teil dazu beitragen. Er sollte gegen Scarfazzo kämpfen, den Mann, der alles magische Wissen dieser Welt für sich behielt und für die anderen zerstörte, indem er Dutzende von Schreibern im Keller der Accademia Bücher fälschen ließ. Wie aber sollte er ohne Magie diesen mächtigen Schwarzmagier besiegen? Er müsste in den Besitz von unverfälschten Zauberbüchern kommen, müsste sich alles Wissen aneignen und vermutlich jahrelang zaubern lernen, ehe er sich gegen Scarfazzo würde behaupten können. Plötzlich fiel es Drago ein! Die Accademia. Natürlich, dort hatte er die falsche Magie entdeckt – er hatte sogar selbst dazu beigetragen! Seine Feder hatte im Auftrag Scarfazzos die Zauberbücher der Accademia verändert. Dort also musste er suchen, um den Schlüssel zu wahrer Magie zu finden. Und es gab zwei Wege, um in die Accademia zu gelangen.

Das Kabinett der Magie

Der Palazzo Rubio lag düster über den stillen Wassern des Rio Malatin. Schwer und traurig hingen die dunkelgrünen Vorhänge hinter den Fenstern, aus denen trotz der Dämmerung dieses frühen Winterabends kein Licht drang. Es schien, als sei mit dem Conte auch das Leben aus dem alten Gebäude verschwunden. Aber natürlich durfte Drago nicht wissen, dass Scarfazzo weg war, seit dem Drachen der Ausbruch in die Freiheit gelungen war. Also setzte er eine unbekümmerte Miene auf, als er einen der Lakaien, die sich neben der Tür an der Vorderseite des Palazzo in ihre grauen Mäntel hüllten, fragte: „Ist der Conte zu Hause?"

Bisher waren ihm die Bediensteten Scarfazzos mit Wohlwollen begegnet – wenn man von Cerbero, dem Leibdiener des Conte, absah. Jetzt aber musterte ihn ein feindseliges Auge, das unter dem breitkrempigen Hut hervorlugte. „Er ist nicht zu sprechen", raunte der Lakai und verfiel wieder in Schweigen.

„Und die Contessa?", fiel es Drago ein. Natürlich konnte er auch nach ihr fragen oder nach einem Mitglied von Scarfazzos Anhängerschaft, die sich gerne im Palazzo aufhielten.

„Nicht zu Hause", murmelte der Lakai.

„Signor d'Alengo? Oder Signor Tutticelli?"

Der Diener sagte nichts.

„Cerbero!"

Eine knappe Bewegung des Kopfes hieß Drago einzutreten. Er atmete auf. Niemals vorher war er mit so viel Argwohn bedacht worden. Offensichtlich war etwas geschehen – und offensichtlich hatte man Angst, den falschen Menschen Zutritt zum Palazzo zu gewähren.

„Ich hätte nicht erwartet, dich noch einmal hier zu sehen", sagte eine Stimme oben auf der Treppe, eine Stimme, die vor Missgunst und Feindseligkeit troff.

„Ich komme zum Conte."

„Er ist nicht zu sprechen."

„Dann warte ich."

„Es kann dauern."

„Ich habe Zeit."

Wortlos drehte Cerbero sich um und bewegte seine gekrümmte Gestalt auf die Galerie, die im ersten Stock um die

Eingangshalle herumreichte, sodass er in Dragos Rücken zu stehen kam. „Und was willst du von ihm?"

„Ich lerne bei ihm, das weißt du doch, Cerbero. Was ist los? Warum benehmen sich alle so seltsam?"

Der zwergenhafte Diener beugte sich vor und legte seine krallenartige Hand auf die Balustrade. „Du weißt von nichts, was?"

„Wovon soll ich wissen", gab sich Drago ahnungslos und versuchte, dem Scheusal so offen in die Augen zu blicken wie nur irgend möglich.

„Davon, dass ..." Cerbero hielt inne und glotzte mit schiefem Grinsen auf Drago herab. „Egal", sagte er dann. „Sag mir, was du in der Kirche zu suchen hattest?"

„In welcher Kirche?" Drago wusste natürlich, was der Diener meinte. Cerbero hatte ihn entdeckt, als er der Befreiung des Drachen zugesehen hatte.

„San Giorgio della Fiamma."

„Oh! Ich erinnere mich!", rief Drago. „Das heißt, ich erinnere mich eigentlich nicht. Alles, woran ich mich erinnere, ist, dass mich jemand ohnmächtig auf den Stufen vor der Kirche gefunden hat."

„Soso. Und du erinnerst dich an nichts." Plötzlich stand Cerbero vor Drago, so nah, dass der seinen fauligen Atem riechen konnte, und starrte mit einem Auge in sein Gesicht, während das andere merkwürdig teilnahmslos zur Tür hin glotzte. Drago hielt den Atem an. Die Nähe des Scheusals machte ihn schwindlig. „Tut mir leid", sagte er dann. „Woran sollte ich mich denn erinnern?"

Doch Cerbero wandte sich ab. Er schien nicht ganz überzeugt, dass Drago die Wahrheit sprach. Dennoch sagte er:

„Nichts. Du musst dich an nichts erinnern." Er hielt inne. Ein Lächeln flackerte in seiner Fratze auf. Mit einem Ruck drehte er sich um und fragte: „Wie spät ist es?"

Drago nahm die kleine silberne Uhr zur Hand, die ihm der Conte zum Beginn seiner Lehrzeit geschenkt hatte. Verfluchte Uhr! „Es ist kurz nach vier Uhr nachmittags."

Cerberos Lächeln war verflogen. Aber auch seine Zweifel schienen sich gelegt zu haben. Er schritt um Drago herum, als wollte er seine Witterung aufnehmen. Dämonen können die Aura eines Menschen spüren!, schoss es Drago durch den Kopf. Sie erkennen Magie! – Und offenbar stellte Cerbero fest, dass da keine Magie war: Drago war ein Mensch. Im Gegensatz zu dem Diener, der ein Dämon war und nur deshalb unter Menschen lebte und vor allem Menschen diente, weil er im Bann des mächtigen Magiers Rubio di Scarfazzo stand. Lediglich der Körper, in dem er lebte, gehörte einem Menschen. Drago schauderte. Hatte Cerbero prüfen wollen, ob ein anderer Dämon von Drago Besitz ergriffen hatte? Oder ob es Drago in den letzten Tagen gelungen war, sich magische Kräfte anzueignen? „Wo bist du gewesen?", fragte der Diener, als hätte er Dragos Gedanken gelesen.

„Ich, ich …", stotterte Drago. „Ich war krank. Ich hatte Fieber."

Cerbero wandte sich ab, ein spöttisches Lächeln auf den Lippen. Fieber! Wie lächerlich solche Alltagskrankheiten für einen echten Dämon sein mussten.

„Wann wird der Conte wieder zu sprechen sein?", versuchte es Drago.

„Das weiß ich nicht. So lange wirst du mit mir Vorlieb nehmen." Der Zwerg bedeutete ihm, ihm zu folgen. Er ging voran durch die langen, düsteren Gänge des Palazzo, stieg einige Treppen hinauf und durchquerte eine Reihe von Zimmerfluchten, gefolgt von Drago, der überrascht war, immer neue Winkel dieses alten Gebäudes zu entdecken, die er noch nicht kannte, obwohl er als Scarfazzos Schüler Monate lang hier ein und aus gegangen war.

Endlich kamen sie bei der Bibliothek an. Cerbero murmelte eine unverständliche Formel, zeichnete mit den krummen Fingern geisterhaft etwas auf die Tür und schloss dann den wunderbaren achteckigen Raum auf. Drago hieß er in der Tür stehen zu bleiben. Dennoch konnte Drago erkennen, dass der Schrein an der hinteren Wand des Raumes geöffnet war und dass eine der Uhren, die sonst in dem Schrein hingen, fehlte: Es war die Uhr von Hannibal Rabe, jenem Gelehrten und Magier, dessen Diener Drago für einige Tage gewesen war – Tage, die sein Leben verändert hatten.

Der Dämon sah Dragos Blick und winkte in Richtung des Schreins, der sich daraufhin wie durch Geisterhand schloss und so den Kreis der silbernen Taschenuhren wieder verbarg. „Hier." Er hielt Drago ein Buch hin. „Lies das bis morgen. Ich erwarte dich um zehn Uhr in der Calle dei Crociferi. Am Kloster."

Die Calle dei Crociferi! Am Kloster! Das war genau gegenüber dem Haus, in dem Dragos Familie lebte. Bisher hatte er es immer sorgfältig vermieden, jemanden wissen zu lassen, wo er wohnte. Zu gefährlich waren diese Kreise, als dass er ihnen hätte anvertrauen wollen, wo die Familie Flaba lebte. Aber würde er das nun verbergen können, wenn er Cerbero ausgerechnet dort traf? Oder wusste der Zwerg es längst und wollte ihn gerade deshalb dort treffen?

Drago warf noch einmal einen Blick in die magische Bibliothek des Conte, jene auf seltsame Weise schimmernde Kammer, in der sich in dunklen Regalen bis unter die Decke die wertvollsten Bücher über Zauberei befanden, die man auf dieser Welt finden konnte. Würde er jemals hierherkommen und selbst ein Werk auswählen dürfen? Was für großartige Bücher es hier geben musste! Werke über die Verwandlung in andere Wesen, Werke über magische Tränke und ihre Zubereitung, über Bannflüche und ihre Abwehr, die Beschwörung der Elemente, Bücher, die denjenigen, der sie gelesen hatte, mit ungeheuren Kräften ausstatteten, die es ihm ermöglichten, Dinge zu tun, die kein Mensch sonst zu tun vermochte … Wie gerne hätte Drago einmal eines dieser Bücher frei wählen wollen. Doch stets war ihm nur ein Band gegeben worden, der ihn mit Wissen über Zauberei bekannt machte, aber nicht mit dem Wissen um die Zauberkunst. Alles wahrhaft Magische hatte ihm der Conte vorenthalten. Und Cerbero, sein Diener, tat es ihm offenbar gleich. Drago nickte und seufzte innerlich, während er das Buch aufschlug und auf der ersten Seite las: *Die magischen Orte Venedigs.*

Schlagartig wurde ihm klar, dass dies ein Werk war, das ihn wirklich mit Magie bekannt machen konnte! Die magischen Orte dieser an Magie reichen Stadt kennen zu lernen bedeutete, endlich wirklichem Zauber nahe zu kommen. Magische Orte, das waren Orte, die Magier aufsuchten, um ihren Zauber zu verstärken, um die Kraft der Elemente zu nutzen. Denn selbst ein Meister dieser Kunst konnte allein mit seinem Willen nur bescheidene Ergebnisse erzielen. Wer Großes ins Werk setzen wollte, der musste sich die Macht magischer Orte oder Geschöpfe aneignen – oder beides.

Sacht ließ Drago die Luft aus seinen Lungen. Er wollte sich nicht anmerken lassen, wie spannend er das Buch fand, das Cerbero ihm gegeben hatte. Doch er hatte den Eindruck, dass dieser es ganz genau wusste. Also nickte Drago und murmelte: „In Ordnung. Ich komme dann morgen um zehn Uhr in die Calle dei Crociferi."

Zweites Kapitel

Fern von Gott

Es war ein eisiger Morgen. Obwohl es über der Lagune völlig windstill war, kroch den Bewohnern Venedigs die Kälte unter die Kleider. Wie durch Wolken glitt das Boot des alten Svanko über das seichte Wasser zwischen der Hauptinsel der Stadt und San Michele, der Toteninsel, auf der auch das Grab seiner Frau lag: Dragos Mutter. Der Bootsmann schwieg und Drago schwieg mit ihm. Wenn sie morgens hinüberfuhren, dann begleiteten sie bittere Erinnerungen – und sie machten sich gegenseitig unausgesprochene Vorwürfe, schuld zu sein an ihrem Tod.

Mira Flaba lag in einem schmalen Grab im Schatten einer hohen Zypresse. Es war ein Platz, der ihr gefallen hätte. Neben ihrer letzten Ruhestätte stand eine verwitterte, alte Gruft, in der vermutlich lange schon niemand mehr begraben lag. Die eiserne Pforte hing schief in ihren Angeln, faustgroße Stücke des einst weißen Marmors waren abgebrochen und im umliegenden Grund halb versunken. Durch einen schmalen Spalt in der Friedhofsmauer, die gleichzeitig die gesamte Insel vor Sturm schützte, konnte man hinübersehen nach der Hauptinsel, sah den Cannareggio und dort sogar das Haus in der Calle dei Crociferi, in dem sie, wenn auch ärmlich, bis vor kurzem noch glücklich vereint gelebt hatten, und in dem nun nur noch ein unglücklicher Rest der Familie hauste: Drago und seine Schwester Luzia und manchmal der Vater, der aber immer häufiger betrunken an einem der vielen Bootsanleger schlief, als warte er nur darauf, dass ihn einmal eine Welle wegspülte von dieser Stadt, die so viel Unglück über die Familie gebracht hatte, weg auch aus dem Suff und aus dem Leben, an dem er keine Freude mehr empfinden konnte. Die kleine Livia war noch von der Mutter in die Obhut einer Pflegefamilie gegeben worden, als diese zu krank gewesen war, sich richtig um sie zu kümmern. Drago wusste nicht, wo sie war. Aber er wusste, dass er sie finden und zu sich nehmen würde, sobald er es sich leisten konnte. Er würde für seine Familie sorgen – wenn er dieses Abenteuer unbeschadet überstand.

Wann immer er am Grab seiner Mutter stand, blickte er durch den Spalt in der Mauer hinüber auf die große Insel. Und es war ihm, als könne er sich selbst dort sitzen sehen und sein eigenes Schicksal betrachten. Ob er wohl jemals ein großer Magier würde? Er dachte an das Mysterium der Zauberei: Wort und Wille und Zeit mussten sich im Wirken eines Magiers verbinden, um die Wirklichkeit nach seinem Wunsch zu verändern. Wenn er die Zeit überwinden könnte, könnte er dann nicht den Tod der Mutter ungeschehen machen? Er musste herausfinden, was wirklich in den Zauberbüchern stand! Er musste mehr von den Originalen in Rubios Bibliothek in die Hände bekommen. Und er musste endlich wieder in die Accademia.

Als sie mit dem Boot an den Fondamenta Nuove angelegt hatten, beeilte sich Drago, zur Kammer der Familie auf dem Speicher des alten Lagerhauses in der Calle dei Crociferi hinaufzusteigen. Hinter dem Balken, auf dem er seinen Schlafplatz hatte, hatte er das Buch versteckt, das Cerbero ihm gestern gegeben hatte. Es war mehrere hundert Seiten dick. Und doch hatte er es schon kurz nach Mitternacht durchgehabt. *Die magischen Orte Venedigs* – der Titel hatte mehr versprochen, als das Buch zu halten schien. Und doch standen einige Dinge darin, die Drago so erstaunlich wie wahrscheinlich vorgekommen waren. Hatte er nicht selbst schon häufig ein seltsames Gefühl gehabt, wenn er nachts zwischen den zwei Säulen auf dem Markusplatz hindurchgegangen war, wenn er die Friedhofsinsel San Michele angesteuert hatte oder wenn er seinen Fuß auf die alte Brücke nahe Santa Maria Zobenigo gesetzt hatte? Ja, selbst der Palazzo Rubio schien von Magie umgeben. Und tatsächlich wurde auch dieser Ort in dem Buch als magischer Ort erwähnt, wenngleich seltsamerweise nicht von einem prächtigen Palazzo die Rede war, sondern von einer alten Kirche, die einst an dessen Stelle gestanden haben sollte. Drago versuchte sich zu erinnern, was er in Hannibal Rabes Büchern über den Palazzo Rubio gelesen hatte. Doch es wollte ihm nicht mehr einfallen, war wie weggeblasen.

Warum hatte Cerbero ihm ein solches Buch gegeben? Wusste er nicht, dass die Kräfte magischer Orte Drago womöglich selbst die Macht verleihen konnten zu zaubern? Doch. Das wusste Cerbero natürlich. Nichts Magisches war ihm fremd, war er doch als Dämon selbst ein magisches Wesen.

Die Gassen der Stadt füllten sich nur langsam. Es war Sonntag, und die Venezianer standen nicht allzu früh auf. Die Dämmerung hing noch düster über den alten Häusern. Ehe er Cerbero am Kloster der Jesuiten traf, würde Drago noch ein, zwei magische Orte aufsuchen. So viel Zeit blieb ihm noch. Er wollte wissen, wie er den Zauber eines Platzes, eines Hauses, einer Brücke empfand, nun, da er wusste, dass dort Magie gefesselt war.

„Magische Orte sind Orte, die durch einen mächtigen Zauber, der dort stattgefunden hat, ihre Aura erhielten. Oft sind es Bauwerke oder natürliche Plätze, an denen ein Kampf zwischen magischen Wesen oder zwischen Magiern stattgefunden hat. Zu den Orten mit der stärksten magischen Aura zählen jene, an denen mächtige Zauberer mit magischen Wesen gekämpft haben. Bei solchen Kämpfen entladen sich gewaltige Mengen an magischer Energie, die von der Umgebung aufgenommen wird. Orte ohne magische Aura sind für magische Energien wie ein Schwamm, der sich vollsaugt und außergewöhnliche Mengen an Flüssigkeit aufnehmen kann. Sie speichern – wie ein Schwamm – diese Energie und geben sie im Laufe vieler Jahre oder Jahrhunderte in Form ihrer Aura wieder an die Umgebung ab. Begabte Magier verstehen es, sich dieser Aura zu bedienen und dadurch ihre Zauber zu verstärken."

Das hatte er in Cerberos Buch gelesen. Und er hatte es mehrfach wiederholt. Natürlich verhalf ihm das noch nicht dazu, überhaupt zaubern zu können. Doch es würde ihm helfen, die Kraft seiner magischen Fähigkeiten zu verstärken. Denn diese Fähigkeiten, so viel stand für Drago fest, diese Fähigkeiten würde er erwerben – und zwar so schnell wie möglich. Er wollte nicht mehr Spielball der Magier sein, sondern endlich selbst über sein Schicksal bestimmen.

Wenn stimmte, was in dem Buch stand, dann war der nächste magische Ort das Jesuitenkloster. Und dann kam die Kirche Santa Maria delle Mirácoli. Der Name passte, schließlich war echte Zauberei ja nicht weniger als ein Wunder. Drago ging ein Stück die Fondamente entlang und bog dann in die Calle dei Specchieri ein, wobei er sich immer wieder umsah. Niemand folgte ihm und keiner der wenigen Menschen, die an diesem Sonntagmorgen aus dem Haus gingen, schien ihn zu beachten.

Die Kirche war alt, klein und düster. Unauffällig stand sie zwischen den umgebenden Häusern, als legte sie es darauf an, übersehen zu werden. Vorsichtig drückte Drago gegen die Pforte. Sie war nicht verschlossen. Natürlich nicht. Bald würden die Venezianer zum Gottesdienst kommen. Noch aber war der Kirchenraum leer.

Vorsichtig trat Drago näher und presste das Buch an sich, als habe er Angst, jemand wolle es ihm wegnehmen. Es fühlte sich seltsam warm an.

Die Luft war kalt und rauchig. Der traurige Duft des Weihrauchs drang Drago in die Nase. Unwillkürlich traten ihm Tränen in die Augen. Weihrauch hatte er zuletzt auf der Beerdigung seiner Mutter gerochen. Er würde den Geruch immer mit diesem schrecklichen Tag verbinden.

Langsam schritt Drago unter den Bögen der alten Basilika entlang. Zu beiden Seiten gab es kleine Kapellen, in denen Gläubige Kerzen entzündet hatten. Eine schmale, gebeugte Gestalt kniete unter einer Statue des Heiligen Georg, den Kopf tief gesenkt und offenbar ins Gebet versunken. Lautlos schlich Drago vorbei. Das Buch, das er umklammert hielt, schien mit einem Mal zu glühen. Erschrocken legte er es auf eine der Kirchenbänke und setzte sich dazu. Doch jetzt, da es vor ihm lag, sah es aus wie immer. Nichts deutete darauf hin, dass es sich verändert hatte.

Drago ließ seinen Blick schweifen, musterte das Gewölbe der Decke, studierte den Altar, zählte die Säulen und betrachtete den kunstvoll gelegten und im Laufe der Jahrhunderte abgetretenen Boden. Hier also sollte ein Kampf magischer Wesen stattgefunden haben? Das war schwer vorstellbar. Alles an dieser Kirche sah aus wie in irgendeiner beliebigen anderen Kirche. Mit einer Ausnahme: Ein Strahl der noch schräg stehenden Wintersonne fiel plötzlich durch eines der Fenster hoch über ihm – und er erleuchtete genau den Kopf des Heiligen Georg, unter dem noch immer jene gebeugte, reglose Gestalt saß und lautlos vor sich hin betete.

Drago hielt den Atem an. Noch nie hatte er ein Standbild gesehen, das so absolut echt aussah, einem lebendigen Menschen gleich, als stünde dort keine Figur aus Stein, sondern aus Fleisch und Blut, bereit, jeden Augenblick herabzusteigen von seinem Sockel, um den nächsten Drachen zu töten.

Die Glocke hoch oben im Kirchturm läutete. Einmal. Zweimal. Dreimal. Erschrocken griff Drago nach seinem Buch und zog die Hand sogleich wieder zurück. Der Band hatte sich bewegt. Jetzt lag er still da, wie Drago ihn hingelegt hatte. Aber Drago hätte schwören können, dass das Buch sich bewegt hatte, als er ihm nahe gekommen war. Vorsichtig berührte er den alten, ledernen Einband. Warm war das Buch – und es fühlte sich beinahe an, als würde es pulsieren. Mit zitternden Fingern nahm Drago es wieder an sich und verließ die Kirchenbank. Wieder schlich er an dem Standbild vorbei, das jetzt im Licht der Sonne glänzte, dass er kaum hinsehen konnte. Das Buch glühte. Die kleine, dunkle Gestalt kniete starr in der Nische. Drago aber war schwindlig, und er spürte, wie etwas in ihm aufstieg, das zwar keine Übelkeit war, aber sicher auch kein gutes Gefühl.

Da legte ihm plötzlich jemand eine Hand auf die Schulter. Eine kalte, harte Hand. „Waren wir nicht am Jesuitenkloster verabredet?" Cerberos fauliger Atem war das Letzte, was Drago mitbekam, ehe er ohnmächtig wurde.

Steinerne Dämonen

Das Jesuitenkloster an der Calle dei Crociferi war eine eher unscheinbare Ansammlung von Bauten, die den Vorbeigehenden abweisend ihre hohen Mauern zuwandten. Am unscheinbarsten war vielleicht eine niedrige Pforte, die in Richtung San Marco gelegen war und vom Konvent direkt auf den Rio di Santa Caterina hinausführte – auf einen Kanal also, an dem es keine Gasse gab, sodass, wer immer zu dieser Pforte gelangen wollte, ein Boot nehmen musste. Und wer immer das Kloster auf diesem Weg verließ, musste sich ebenfalls eines Bootes bedienen. Drago und Cerbero standen auf der nahe gelegenen kleinen Brücke und blickten hinab. „Du hast davon gelesen?"

Drago nickte.

„Es heißt, an dieser Stelle hat der große Bruschetto den Teufel beschworen, um das Kloster zu versenken."

Wieder nickte Drago. So stand es in dem Buch, das ihm Cerbero gegeben hatte. „Sein Dämon war in den Fundamenten ihrer Kirche eingemauert …"

„Das ist Unsinn", winkte Cerbero ab, und Drago konnte seine roten Augen glühen sehen. „Der Teufel lässt sich nicht beschwören. Schon gar nicht von einem Stümper wie Bruschetto."

„Aber sagtest du nicht gerade *der große Bruschetto*?"

Cerbero lachte gehässig. „Ja. So nannte man ihn damals. Aber damals wusste ja auch noch niemand, was wir heute wissen."

Aufmerksam lauschte Drago. Doch der Dämon schien nichts weiter dazu sagen zu wollen. „Dann ist es also kein magischer Ort?"

„Finde es selbst heraus, Zauberlehrling! Wer magische Orte nicht von gewöhnlichen zu unterscheiden versteht, wird nie zu Magie fähig sein."

Drago zuckte zusammen. Die Stimme des Dämons klang, als stünden sie in einem riesigen Kirchenraum: kalt und hallend. Und sie entfernte sich mit jedem Wort. Cerbero aber stand direkt neben ihm und starrte den Kanal hinab. Dabei wurde er immer grauer. Es sah beinahe aus, als würde der Dämon zu Stein werden, als wolle alle Farbe aus ihm weichen und alles Leben mit ihr. Drago sah dem Schauspiel erschrocken zu. Niemals zuvor hatte er ein Wesen sich derart verwandeln sehen.

Die Pforte! Er blickte hinab zu der kleinen, hölzernen Tür, die ein Stück über dem Wasser in die riesige Wand des Gebäudes eingelassen war. Nichts wies darauf hin, dass es mehr war als eine Pforte für Lieferanten. Vielleicht auch ein Weg,

Unrat zu beseitigen, indem man ihn einfach in den Kanal kippte. Und doch: Etwas war an diesem Einlass, das geheimnisvoll und düster wirkte. Drago versuchte, seine ganze Aufmerksamkeit darauf zu richten, zu spüren, was es mit der Tür auf sich hatte. Er lauschte in sich hinein, versuchte, seinen Geist ganz darauf zu konzentrieren. Doch da war nichts. Kein Zeichen des Magischen, keine Regung in seinem Innern, die etwas Derartiges hätte vermuten lassen. Stattdessen war ihm, als griffe der Dämon, der neben ihm wie eine steinerne Statue auf der Brücke stand, mit eisiger Klaue nach ihm. Ein Schauder jagte über seinen Rücken und riss ihn aus der Betrachtung der Pforte.

„Und?“, fragte Cerbero mit neugierigem Blick.

„Nichts“, entgegnete Drago, halb enttäuscht, halb beruhigt, während der Dämon plötzlich wieder seine natürlich Farbe zurückerlangte – die allerdings auch nicht eben rosig war. Der Bucklige nickte mit einem gehässigen Grinsen und bedeutete Drago, ihm zu folgen. Sie gingen die Calle dei Crociferi entlang, direkt an dem Haus entlang, in dem Dragos Familie wohnte. Als sie die Eingangstür passierten, blieb der Dämon beinahe stehen. Wusste er etwas? Wollte er Drago ein Zeichen geben, dass er den Ort kannte, an dem er wohnte? „Und wo genau soll der Dämon eingemauert sein?“, fragte er, um Cerbero abzulenken.

„Dort!“, antwortete der Dämon und zeigte auf das Haus gegenüber dem Kloster – jenes Haus, in dem Drago bis vor kurzem gelebt hatte. Drago hielt den Atem an und wagte kaum, hinzuschauen, als er bemerkte, dass Cerbero seine Hand langsam zur anderen Seite hin schwenkte und schließlich auf die Kirche Santa Maria Assunta zeigte. Ein hintersinniges Lächeln umspielte seine schmalen Lippen: „Unter dem Altar der Jesuitenkirche. Wir sollten uns beeilen. Bald kommen die Gläubigen zum Gottesdienst.“ Ohne eine Antwort abzuwarten, ging er voraus in die Kirche. Drago folgte ihm und hoffte, dass ihn seine Schwester nicht sah, wenn sie auf die Straße herabblickte oder aus dem Haus trat. Sie hätte ihn bestimmt gefragt, was er mit diesem Scheusal zu schaffen hatte. Und im Falle von Cerbero wäre ihm eine Antwort schwergefallen. Denn selbst wenn man nicht wusste, dass er ein Dämon war, der in einem Menschenkörper lebte, so war doch dieser Menschenkörper so abstoßend, dass es Überwindung kostete, sich in seiner Nähe aufzuhalten.

Leise schlichen sie zum Altar. Drago versuchte sich zu konzentrieren und meinte tatsächlich schon etwas zu spüren, da hörte er Cerberos schnarrende Stimme: „Du solltest abwarten, bis ich meine magische Aura gefesselt habe. Sonst spürst du nur meine Magie und denkst, sie käme von Bruschettos Dämon.“

Das war es! Deshalb hatte Cerbero sich in Stein verwandelt: Er bändigte so seine magische Aura. Drago beobachtete ganz genau, wie der Dämon ergraute und erstarrte. Und dann war es plötzlich ganz deutlich: Ein Strahlen ging von dem Altar aus, ein seltsames Leuchten, das kaum zu sehen war, aber sehr gut zu spüren. Zuerst wich Drago einen Schritt zurück. Doch dann trat er näher und streckte seine Hand aus, als wollte er ein wenig von dem geisterhaften Glanz abschöpfen. Wie seltsam fühlte sich diese Aura an, kühl, ja eisig. Seine Hand fuhr hindurch wie durch winterlichen Nebel. Konnte nur er das sehen und fühlen oder war das für alle Menschen sichtbar?

„Niemand sieht es, der nichts davon weiß", erklärte Cerbero mit müder Stimme, wobei er sich wieder zurückverwandelte und seine eigene magische Ausstrahlung die des Altars verdrängte. Jetzt plötzlich sah Drago auch die magische Aura Cerberos. „Man müsste wie wir in der Düsternis des Kirchenraums sitzen und den Geist auf nichts anderes richten, kein Licht entzünden, keinen Gesang anstimmen ... Die Menschen bemühen sich in ihren Kirchen so eifrig um das Übersinnliche, dass sie es nicht einmal erkennen, wenn sie direkt davorstehen."

„Dann ist der Dämon also doch hier eingemauert?", fragte Drago, immer noch die Hand ausgestreckt.

„Der Dämon? Nein. Kein Dämon und nicht der Teufel. Nur Bruschetto. Der ist hier eingemauert." Cerbero lachte kalt. „Deshalb ist die Aura auch so jämmerlich. Groß war der große Bruschetto sicher nicht, er war höchstens ein Großmaul unter den Zauberern. Er hat im falschen Augenblick den Bann seines Dämons gelöst und so den Fluch auf sich selbst gezogen."

„Das heißt, er hat sich selbst eingemauert?"

„So könnte man es sagen."

„Und sein Dämon?"

„Der steht vor dir. Lass uns gehen."

Die Katakomben der Lüge

Es war, als würden die Menschen, denen sie auf ihrem Weg durch San Marco begegneten, spüren, dass etwas nicht in Ordnung war, als ginge eine eigentümliche Kälte von Cerbero aus, die man besser mied. Während sie also unter den zum

Gottesdienst läutenden Glocken von Venedig entlangschritten, um zur Accademia zu gelangen, schlichen die Venezianer an den Wänden und Kanälen entlang und warfen misstrauische Blicke auf den Jungen und den Buckligen, der ihm vorausging. Cerbero war in die dunkelgrünen Kleider gehüllt, die im Hause des Conte Rubio üblich waren. Man hätte ihn also als Diener eines der Vornehmsten des Herzogtums Venedig erkennen können. Doch wer dachte bei einer so hässlichen Gestalt schon an den Förderer der Künste, den Liebhaber der Wissenschaften, den glänzenden Mittelpunkt der Gesellschaft. Nein, Cerbero war von einer so ausgeprägten Scheußlichkeit, dass Drago sich fragte, ob er sich nicht ganz gezielt dafür entschieden hatte. Ja, manches Mal schien es ihm, als würde der Dämon geradezu genießen, dass sein abstoßendes Äußeres eine so heftige Wirkung auf die Menschen hatte. Im Grunde, das wusste Drago aus den Büchern, die ihm der Conte zu lesen gegeben hatte, hätte sich der Dämon jeden lebenden Körper aussuchen können, dessen Geist geschwächt und dessen Wille gebrochen war. Er hätte sich ebenso in eine der Ratten versetzen können, die nachts die Gassen und Plätze der Stadt bevölkerten, wie in die Contessa. Drago erschrak, als er diesen Gedanken zu Ende gedacht hatte: Konnte es sein, dass auch die Contessa vielleicht nicht die betörend schöne Frau war, als die er sie betrachtete, sondern ein Dämon, der sich hinter einer besonders wohlgefälligen Fassade versteckte?

Cerbero jedenfalls hatte sich den Körper eines Scheusals zur Wohnstatt gewählt. Und das hatte er sicher nicht unbedacht getan. Er *wollte* hässlich sein.

Die Fenster der Accademia, sonst schon früh erleuchtet, blickten dunkel auf den Platz vor dem Dogenpalast. Es war

Sonntag. Niemand arbeitete heute hier. Niemand, außer jener geheimen Gesellschaft von Magiern und ihren Helfern, die in den Gewölben des stolzen Baus ihrer dunklen Kunst nachgingen. Auch Drago war hier in den letzten Monaten einer finsteren Aufgabe nachgegangen – und er würde es wieder tun. Nach der kleinen Unterweisung in Fragen magischer Orte hatte Cerbero keinen Zweifel daran gelassen, dass Drago an seinen Arbeitsplatz zurückzukehren hatte. Der Dämon ahnte nicht, dass das genau der Plan war, den Drago verfolgte.

Sie betraten das ehrwürdige Gebäude durch eine niedrige Pforte auf der Rückseite und huschten auf vertrauten Wegen durch die düsteren Labyrinthe der Bibliothek, die sich tief in das Herz des Baus erstreckten. Es waren nicht die prachtvollen Säle, nicht die getäfelten Wände und bemalten Decken, die sie passierten, sondern die schmalen, schmucklosen Gänge, die sich dahinter verbargen. Schweigsam durchschritten sie die geheimen Wege der Accademia, bis sie schließlich zu jenem lang gestreckten Saal gelangten, in dem sich in mehreren Reihen Dutzende von schwarzen Tischen erstreckten, an denen gesenkten Kopfes Schreiber saßen, wie Drago bis vor kurzem dort gesessen hatte – und nun wieder sitzen würde.

„Du kennst deine Aufgabe", sagte Cerbero und wies auf einen freien Platz. Drago nickte und setzte sich. Doch zum ersten Mal setzte er sich nicht mit dem Gefühl, der Macht des Bösen zu dienen.

Ein Schatten näherte sich. Als er aufsah, blickte Drago dem Dichterfürsten Lorenzo d'Alengo in das bleiche Antlitz. „Wie schön, dich wieder hier zu sehen", begrüßte ihn der Poet und musterte Drago spöttisch. „Wir haben dich schon vermisst."

„Ich war krank", log Drago und senkte den Blick.

„Krank.“ D’Alengo ließ nicht erkennen, ob er den Worten des Jungen glaubte. Er klatschte in die Hände und ließ sich von einem der stummen Diener der Katakomben ein altes Buch reichen, einen in Leder gebundenen Folianten, auf dessen Rücken in verblassendem Gold der Titel *Formeln der klassischen schottischen Zauberei seit H. Blackbird* geprägt war. „Du wirst dieses Werk bearbeiten.“ Er legte den schweren Band vor Drago hin und wandte sich dem nächsten Tisch zu, an dem ein anderer Schreiber seinen Dienst verrichtete.

Mit zitternden Fingern schlug Drago das Buch auf, nahm eine der Federn zur Hand, die vor ihm lagen, tauchte sie in das Tintenfass zu seiner Rechten und senkte das Schreibgerät auf die erste Seite. Kaum hatte er das Papier berührt, verwandelten sich die Worte *Verlegt zu Prag im November 1612* in *Verlegt zu Prag im Oktober 1611.*

Drago hielt den Atem an. So oft schon hatte er den Inhalt der Bücher in dieser altehrwürdigen Bibliothek verändert. Doch nie hatte die Feder in seiner Hand so schwer gewogen. Es war ein Frevel, den er beging, eine Schande, die er über die Welt der Magie brachte! Gewiss, der Conte Rubio di Scarfazzo hatte ihm erklärt, dass die Wahrheit, wie sie in den Büchern stand, für Unbefugte gefährlich sein konnte. Doch nun, da er wusste, dass Scarfazzo selbst ein Schwarzmagier war, konnte Drago an die guten Absichten des Conte nicht mehr glauben. Sie fälschten die Bücher der Accademia und damit aller anderen Ausgaben der betreffenden Werke weltweit – um anderen Magiern die Möglichkeit zu nehmen, magisches Wissen zu erwerben, und um ihre Zauberkraft zu schwächen. Je schwächer aber die magische Welt insgesamt war, umso stärker wurde Scarfazzo. Mit jedem Federstrich, den er tat, half Drago dem Bösen dabei, mächtiger zu werden und das Gute zu verdrängen.

Es gab nur eine Möglichkeit, an den wahren Inhalt der magischen Bücher zu gelangen, und das war hier. Und es gab nur einen Weg, den wahren Inhalt dieser Zauberbücher vor dem Vergessen zu bewahren: Er musste sich auswendig merken, was seine Feder für immer tilgte oder verfälschte.

Wie von selbst blätterte seine Hand die Seite 82 auf. *Zaubersprüche, mit denen niedere magische Wesen beschworen werden sollen, müssen in mondlosen Nächten gesprochen werden. Der Magier begebe sich dazu in die Mitte eines Sees oder freien Feldes und wende sich allen vier Himmelsrichtungen zu, ehe er einen Tropfen Blut von seinem eigenen oder von einem Tier versenke oder unter einen Stein gebe. Legt er seinen Mantel darüber und spricht die Worte: spiritus veniat, so wird das Wesen nur bei Morgengrauen an derselben Stelle durch die Worte: te domino von seiner Fessel befreit werden können und fortan für die Dauer eines Mondzyklus dem Magier zur Folgsamkeit verpflichtet sein. Doch sei der Magier achtsam. Der kleinste Fehler in der Beschwörungsformel kann dazu führen, dass der Zauber misslingt oder dass an Stelle des niederen magischen Wesens ein Dämon beschworen wird. Letzterer kann nach Ablauf der Frist von einem Mondzyklus seine magische Kraft gegen den Magier wenden. Kehrt der Magier nicht zu dem Ort zurück, an dem er den Geist beschworen hat, so stirbt das dort gebundene Wesen. Auch ein Fehler in der Beschwörungsformel kann tödlich sein. Mit seinem Tod aber nimmt das Wesen die magische Kraft von dem Zauberer fort, die ihm selbst eigen ist.*

„Te domino", murmelte Drago und versuchte, sich einzuprägen, was er gelesen hatte. „Spiritus veniat." Das waren zum ersten Mal echte Zaubersprüche! Bisher hatte er nur erfahren, wo Magie vorkam, welche Bedeutung sie hatte und wie sie wirkte, nie aber, wie man sie anwendete. Er wusste viel über die magische Welt, aber er hatte sie nie betreten dürfen. Formeln zur Beschwörung magischer Wesen, Flüche, Bannsprüche, all das hatte er bisher nicht erfahren. Nun aber lag ein Werk vor ihm, in dem genau solche Formeln benannt wurden. Sein Herz schlug bis zum Hals. Er sah sich unauffällig um. Alle waren in ihre Arbeit vertieft, niemand nahm von ihm Notiz. Doch natürlich würde d'Alengo bald kommen und erwarten, dass er den Band durchgearbeitet hatte – und dann würde sich die Frage stellen, warum das so lange dauerte. Fieberhaft versuchte Drago, in seiner Erinnerung zu verankern, was er in wenigen Augenblicken für immer löschen würde. Und dann berührte er mit seiner Feder das Papier und begann, ohne dass er etwas dagegen hätte tun können, den Text zu verändern:

Zaubersprüche, mit denen niedere magische Wesen beschworen werden sollen, müssen in Mondnächten gesprochen werden. Der Magier begebe sich dazu in die Mitte eines Sees oder freien Feldes und wende sich nach Norden, ehe er einen Tropfen Blut von seinem eigenen versenke oder unter einen Stein gebe. Legt er seinen Mantel darüber und spricht die Worte: spiritus est, so wird er bei Morgengrauen an derselben Stelle einen Feraphen vorfinden, ein Panzaph oder einen Feuerelf, der nur durch die Worte: me dominas von seiner Fessel befreit werden kann und fortan für die Dauer eines Mondzyklus dem Magier zur Folgsamkeit verpflichtet ist.

Die restlichen Anweisungen, vor allem die Warnung vor den Gefahren des falschen Zaubers, wurden durch die Berührung von Dragos Feder gelöscht und die folgenden Texte rückten vor, sodass sie sich lückenlos dort anschlossen, wo der verfälschte Text endete. Drago hielt inne: Das bedeutete nichts anderes, als dass jeder, der den falschen Zauber dieses Buches anwendete, Gefahr lief, versehentlich einen Dämon zu beschwören und sich zum Gegner zu machen. Das Vermächtnis des Hannibal Rabe kam ihm in den Sinn. Der geheimnisvolle Gelehrte hatte ebenfalls von der Beschwörung magischer Wesen berichtet. Conte Rubio di Scarfazzo hatte mit Hilfe seiner magischen Uhren einen Bannkreis der Zeit errichtet und durch diesen Bannkreis magische Wesen aus der Vergangenheit in die Gegenwart gezwungen und sich untertan gemacht. Offenbar sollten die Fälschungen der alten Zauberbücher dazu führen, dass kein anderer Magier mehr magische Wesen zu beschwören vermochte. Auf diese Weise würde irgendwann Scarfazzo der letzte Zauberer sein, der dann alle magischen Kräfte der Welt auf sich vereinte und so über unbegrenzte Macht verfügte. Starr saß Drago über dem altehrwürdigen Werk, das er soeben durch seine Feder geschändet hatte. Alle Ausgaben dieses Buches auf der ganzen Welt hatten sich mit seinem Federstrich verändert. Drago fragte sich, ob irgendwo in einem fernen Land womöglich ein Magier über diesem Buch saß und die plötzliche Veränderung bemerkte, ob er gewissermaßen ihn bei seinem Frevel beobachtete, auch wenn vermutlich kein Zauberer über die Fähigkeit verfügte, durch ein Buch hindurch auf einen anderen Ort zu blicken. Und Drago fragte sich, ob auch die zahllosen Werke in der magischen Bibliothek des Conte sich verändert hatten. Es war schwer vorstellbar. Denn das hätte bedeutet, dass die gesamte Bibliothek irgendwann nichts mehr wert war. Dabei war es doch, wenn stimmte, was Cerbero gesagt hatte, die größte Sammlung magischer Bücher auf der ganzen Welt. Das konnte Drago sich sehr gut vorstellen. Auch Hannibal Rabe hatte sich einmal so geäußert.

„Fertig?", fragte einer der Saaldiener und griff nach dem Buch, das immer noch aufgeschlagen vor ihm lag. Drago ließ die Hand über die Seiten gleiten, doch offenbar gab es keine Seite mehr, die er aufblättern musste, um sie zu fälschen. Er nickte. „Ja." Der Saaldiener, ein kleiner, grauer Mann mit freundlichen Zügen, die aber ernste Miene machten, nahm den Band vom Tisch, legte ihn auf seinen Wagen und ging zum nächsten Tisch. Ein anderer der niederen Helfer, die in diesen Hallen zu leben schienen, weil sie immer da waren, ohne dass Drago sie jemals hätte kommen oder gehen sehen, wuchtete ein weiteres schweres Buch auf seinen Tisch und sogleich klappte Drago wie von selbst die erste Seite auf. *Magisch – Italienisch / Italienisch – Magisch; eine Einführung von Lorenzo d'Alengo* las Drago und hielt den Atem an. Ein Buch des berühmten Dichters aus dem Kreis des Conte? Aufgeregt wollte er umblättern, doch ein innerer Zwang ließ ihn zur Feder greifen und sie geradewegs auf die Titelzeile setzen: *Die Magie des Italienischen – Liebeserklärung an eine Sprache* erstand da plötzlich vor seinen Augen. Drago schüttelte den Kopf. Den Titel eines Werkes hatte er noch nie ändern müssen. Sollte bei diesem Buch verschleiert werden, dass es ein Zauberbuch war? Er wollte umblättern, doch seine Hand wurde abermals gezwungen, eine bestimmte Seite aufzuschlagen. Drago ließ es geschehen, ehe er indes zur Feder griff, versuchte er, die vorgesehene Seite festhaltend, zurückzublättern zum Anfang des Buches. Wusste man, dass d'Alengo ein Magier war? Vermutlich nicht. Er war …

„Junger Kollege", ertönte unerwartet die leise Stimme des Dichters neben ihm. „Wer hat dir dieses Buch gegeben?"

„Einer der Saaldiener", stotterte Drago und sah zu d'Alengo auf, der seine spöttische Überlegenheit abgelegt hatte und mit wutverzerrtem Gesicht auf Drago herabstarrte. „Gib es mir", stieß der Dichter hervor. „Sofort."

Drago schob das Buch von sich, als hätte es eine ansteckende Krankheit. D'Alengo griff danach, und Drago sah, dass seine Finger weiß waren wie die eines Gerippes – und auch beinahe so dünn. „Vergiss, dass du es je gesehen hast."

Drago nickte. Er brachte kein Wort über die Lippen. Ein Hüsteln ertönte hinter seinem Rücken. D'Alengo sah auf und schnappte nach Luft. Hektisch zog er seine silberne Uhr aus der Westentasche und zog sie auf. Hinter dem Dichter tauchte plötzlich die Fratze Cerberos auf, dessen Blick Drago förmlich durchbohrte. Schlagartig wurde Drago klar, dass alles aus war, wenn er jetzt nicht augenblicklich so tat, als ob … Blitzschnell griff er in die Tasche, zog ebenfalls seine Uhr hervor und drehte an dem kleinen Rädchen, keinen Atemzug, bevor von fern der Schlag der Mittagsglocke zu hören war. Es war der große Campanile von San Marco, der höchste Glockenturm der Stadt. Und er hätte Drago beinahe verraten: Wenn er das Rädchen seiner Uhr nicht einen Wimpernschlag vor dem ersten Glockenschlag zur Mittagsstunde berührt hätte, hätte Cerbero gewusst, dass der Bann gebrochen war, unter dem Drago angeblich stand. So aber quittierte der Dämon Dragos Schrecken mit zufriedenem Blick, weil er annehmen musste, dass es die Angst vor dem Bruch des Banns war, die den Jungen so getroffen hatte.

Bis in die späten Abendstunden saß Drago in den Tiefen des Gebäudes der Accademia und fälschte im Auftrag des verschwundenen Conte Rubio Bücher über Magie und Zauberei, magische Wesen und Welten. Und immer wieder versuchte er, sich wichtiges Wissen einzuprägen, ehe er es für immer löschte. Gelegentlich holte er seine Uhr hervor und orientierte sich in der Zeit, für die man in der ewigen Dämmerung dieses von Kerzengeflacker erhellten Saales irgendwann jegliches Gefühl verlor. Es wurde acht Uhr, neun Uhr, zehn Uhr, ehe die ersten Schreiber ihre Tische verließen, um in ihr heimliches Leben irgendwo in dieser geheimnisvollen Stadt zurückzukehren. Erst als es beinahe elf Uhr am Abend war, erlosch plötzlich die Kerze an Dragos Arbeitsplatz, und er wusste, dass auch er jetzt gehen durfte. Schweigend legte er die magische Feder an ihren Platz, rieb sich die Augen und richtete sich endlich auf. Er hatte das Gefühl jeden Knochen zu spüren nach den vielen Stunden, die er so sitzend zugebracht hatte. Doch das störte ihn nicht. Er war zu sehr damit beschäftigt, wieder und wieder in seinem Gedächtnis die magischen Kenntnisse zu wiederholen, die er aus den Büchern hatte retten können. Er würde sie aufschreiben müssen, ja, er würde seine eigene magische Bibliothek begründen müssen, um nicht alles wieder zu vergessen.

„Ich erwarte dich morgen um acht Uhr im Palazzo." Wie aus dem Nichts stand Cerbero neben ihm.

„Morgen um acht", wiederholte Drago. „In Ordnung." Dann machte er sich auf den Weg aus der Accademia. Scheinbar.

Drittes Kapitel

Dunkle Geheimnisse

Es dauerte lange, ehe die letzten Geräusche verklungen waren und in der Accademia eine seltsame Stille einkehrte. Wann immer er hier gewesen war, hatte er das Rascheln von Papier und Pergament gehört, das dumpfe Rollen der Bücherwägen, die schlurfenden Schritte der Saaldiener und die schnarrenden Anweisungen d'Alengos oder Cerberos. Nun aber hatte sich ein Schweigen über das prachtvolle Gebäude gelegt, so undurchdringlich wie die Nacht und nur gelegentlich vom Knarren alten Holzes gestört und von Dragos aufgeregtem Atmen. Er hatte sich in den Schatten eines Mauervorsprungs gedrückt und sich so tief wie möglich auf den Boden gekauert, um nicht entdeckt zu werden. Schreiber um Schreiber war an ihm vorbeigegangen und in der Nacht verschwunden, bis der letzte Tisch leer war und die Lampen verloschen.

Er hatte nur eine vage Vorstellung davon, woher die Saaldiener die Zauberbücher holten. Aus dem Augenwinkel hatte er sie im nördlichen Teil des Gebäudes verschwinden oder von dorther kommen sehen. Mit leisen Schritten schlich er nun zurück in das Scriptorium, wie d'Alengo es einmal genannt hatte, die Werkstatt der Fälscher, vorsichtig darauf bedacht, nirgendwo anzustoßen, was in der tiefen Finsternis nicht einfach war.

Die leeren Tische bildeten ein geheimnisvolles Muster in der Dunkelheit. Durch die Scheiben der winzigen Fenster, die zum Hof der Accademia hinausgingen, fiel trübes Licht, schwach genug, um an jedem anderen Ort als Dunkelheit zu gelten, hier aber geeignet, dem tiefen Schwarz zumindest etwas von seiner Undurchdringlichkeit zu nehmen. Neben den Tischreihen führte ein Säulengang entlang. An einer dieser Säulen stand Cerbero immer und beobachtete die Schreiber. Kurz hielt Drago inne, als er diese Säule passierte. Der Boden sah an dieser Stelle etwas heller aus, ja es schien ihm ein gewisses Leuchten anzuhaften, wie, wie … ja, wie dem Altar in der Kirche des Jesuitenklosters! Die magische Aura, schoss es Drago durch den Kopf. Cerbero hatte sie, weil er ein Dämon war. Aufmerksam betrachtete Drago den Boden ringsumher und schritt schließlich sogar ganz langsam durch den gesamten Raum: Doch nirgendwo sonst war das sichtbare Zeichen magischer Kräfte haften geblieben. Außer Cerbero war also kein Dämon hier zugange. Das beruhigte Drago ein wenig. Er atmete auf und versuchte sich zu orientieren.

Er musste den Säulengang nach Norden gehen. Achtsam setzte er Fuß vor Fuß und trat um eine der Säulen herum – um beinahe mit einem der Bücherwägen zusammenzustoßen, die hier geparkt waren: Hinter jeder Säule stand einer der Wägen. Jetzt waren sie leer. Morgen würden sie wieder ihre Bahnen ziehen und die Schätze aus den Tiefen der Biblioteca holen, um später die zerstörten Bücher wieder zurückzubringen. Mit vorsichtigen Fingern berührte Drago einen der hölzernen Wägen in der Hoffnung, er möge verzaubert sein und seinen Weg von selbst finden, einen Weg, auf dem Drago ihm nur hätte folgen müssen. Doch nichts dergleichen geschah. Das Holz fühlte sich kalt und hart an, kein Zauber wohnte ihm inne. Seltsam, dachte Drago, dabei könnte ich schwören, dass hier etwas Magisches vor sich geht. Er spürte es, seit er an die Säule getreten war, spürte es mit jeder Faser seines Körpers. Und als er nun den Säulengang hinabschlich, spürte er es immer noch stärker. Es schien beinahe an ihm zu ziehen, ihn auf heimtückische Weise von seinem Weg abzuhalten. Als er endlich die kleine Pforte am Ende des Säulengangs erreichte, atmete er auf. Von hier aus führte ein Gang ins dunkle Nichts. Er hätte eine Lampe gebraucht. Doch daran war natürlich nicht zu denken. Leise seufzend fügte er sich in sein Schicksal: Er musste sich an den Wänden entlangtasten und darauf gefasst sein, dass irgendwo dort in der Dunkelheit Überraschungen auf ihn lauerten, die er lieber nicht erlebt hätte.

Noch einmal dreht er sich um und warf einen Blick in den Schreibsaal und auf den Säulengang. Und dann wurde ihm plötzlich klar, was ihn so verwirrt hatte. Es war ihm nur entgangen, weil er sich so sehr auf den Boden konzentriert hatte. Doch nun, da er von dieser Seite hineinschaute, erkannte er den Zauber und musste sich vor Schreck festhalten: Über den Bücherwägen an den Säulen, ein, zwei Armlängen über seinem Kopf hingen sie: die Saaldiener. Von einer grünlichen Aura umgeben, waren sie mit dem Rücken an die Säulen gefesselt. Gefesselt durch bloßen Zauber. Es gab nichts, das sie trug oder worauf sie gestanden hätten. Sie schwebten in der Luft, starr mit ihren Körpern an die steinernen Säulen gepresst.

Nach dem ersten Schreck trat Drago vorsichtig wieder ein paar Schritte näher. Ja, jetzt erkannte er die einzelnen Gesichter, die er schon so oft gesehen hatte. Sie starrten ausdruckslos vor sich hin, als wären die Körper, zu denen sie gehörten, tot oder versteinert. Doch das waren sie nicht. Jetzt endlich verstand Drago. Noch nie hatte er einen der Saaldiener die Bibliothek verlassen sehen. Auch heute waren nur die Schreiber gegangen. Die Saaldiener aber waren durch böse Zauber an diese Säulen gekettet und würden ebenso durch Zauber wieder gelöst werden, ehe die ersten Schreiber zur Arbeit erschienen. Drago spürte, wie ihm Tränen in die Augen stiegen. Wie lange mochten diese armen Kreaturen schon unter ihrem Fluch leben – wenn man es überhaupt leben nennen mochte. Jahre? Jahrzehnte? Generationen? Schockiert wandte er sich ab und vergrub das Gesicht in den Händen. Sollte er jemals zur Zauberei fähig sein, dann wollte er diese armen Seelen befreien und der Sklaverei in diesem Keller ein Ende setzen. Das schwor er sich.

Er musste die Zauberbücher finden! Mit neuem Willen trat er in den finsteren Gang und begann, sich an der Wand entlang in die unbekannten Tiefen der Accademia vorzutasten.

Die Wände hier waren aus rohem Stein. Gelegentlich unterbrach ein Vorsprung die Mauern. Drago zählte diese Stellen, um sich später leichter zurechtzufinden. Schweiß trat ihm auf die Stirn. Plötzlich wurde ihm bewusst, dass er nicht nur keine Saaldiener aus der Accademia hatte kommen sehen, sondern auch keinen der Zauberer. Wo war d'Alengo geblieben, wo Cerbero? Schwer atmend blieb er stehen. Sollte er umdrehen? Welche Gefahren mochten in der Dunkelheit, die unergründlich vor ihm lag, auf ihn warten, welche bösen Überraschungen? Andererseits: Wenn er jetzt umdrehte, wer wusste schon, ob er jemals wieder unbemerkt in den Katakomben der Accademia würde bleiben können? Wenn es ihm nicht noch einmal gelang, dann würde er womöglich nie in den Besitz unverfälschter Zauberbücher gelangen!

Drago schloss die Augen, um sich zu sammeln. Auch wenn es nicht dunkler werden konnte, als es ohnehin um ihn her war, so half ihm dies doch, sich zu beruhigen. Er dachte an Luzia, wie sie in Mutters Kleid zu Hannibal Rabe gegangen war, um Drago zu retten, dachte an das Grab, an dem er noch am Morgen gestanden hatte, an den Kreis der Uhren in Scarfazzos magischer Bibliothek, an den Drachen, der sich in der Kirche San Giorgio della Fiamma aus den Tiefen erhoben hatte – und er dachte an die Contessa, die ihre zarte Hand auf seine Schulter gelegt hatte, an ihren Duft und an die Stimme, die ihm so viel Mut gemacht hatte … Die Stimme. Ihm war, als hörte er sie, ja, als hörte er viele Stimmen, die durcheinandersprachen, ähnlich den Herren in Conte Rubios Salon. D'Alengo, Trutz Flammwort, der andere Dichter, Gianfranco Tuticelli, der Herr über die schrecklichen Bleikammern, den Begräbnismeister der königlichen Familie von Schottland, Tullston Usher, jenen zwielichtigen Professor aus Oxford. Drago öffnete die Augen und starrte in die Dunkelheit. Nein, er träumte nicht. Das war kein Produkt seiner Phantasie, das waren wirkliche Stimmen, die an sein Ohr drangen. Die Stimmen jener Schwarzmagier, mit denen sich Scarfazzo umgab und die in seinen Diensten und vermutlich auch unter seinem Bann standen. Irgendwo dort vorne in der Finsternis mussten sie sich befinden. Er hielt den Atem an und tastete sich wieder voran, noch mehr darauf bedacht, nicht das geringste Geräusch zu machen. Und tatsächlich: Die Stimmen wurden allmählich lauter. Mit jedem Schritt meinte er sie deutlicher zu hören. Und dann sah er plötzlich ein schwaches Schimmern vor sich. Durch eine nur angelehnte Tür drang ein schmaler Lichtstreif, der auf den Boden vor seinen Füßen fiel, als wollte er eine Grenze bezeichnen: Bis hierher, Junge, und nicht weiter!

Zum ersten Mal war er dankbar, dass er keinerlei Magie beherrschte. Wäre er jetzt von einer magischen Aura umgeben, so würden sie ihn wohl entdecken in dieser tiefen Finsternis. So aber schützte ihn die Dunkelheit, wie sie es ihm eben noch schwer gemacht hatte. Wieder schloss er die Augen und lauschte. Jetzt konnte er tatsächlich genau hören, was gesprochen wurde – und von wem.

„Wenn er nicht zurückkehrt …“, sagte Usher.

„Er *wird* zurückkehren!“, fiel ihm Cerbero ins Wort. „Er ist noch jedes Mal zurückgekehrt.“ Cerbero? Dass der Diener dem Freund des Conte ins Wort fiel, überraschte Drago. Offenbar waren dem Dämon Förmlichkeiten nicht mehr besonders wichtig, nun, da sein Herr nicht anwesend war.

„Diesmal ist es anders“, stellte Tutticelli trocken fest. „Bisher waren alle seine Reisen Absicht. Er hat den Kreis der Zeit durchschritten, um seine magische Macht zu vergrößern. Er müsste längst zurück sein. Nein, sein Ausbleiben ist keine Absicht. Diesmal ist es ein Unfall.“

„Das wissen wir nicht.“ D'Alengos verhasste Stimme ließ Drago unwillkürlich einen Schritt zurückweichen. Mit einem Mal verstummten die Stimmen. Hatten sie ihn gehört? Drago kauerte sich zusammen, machte sich so klein wie möglich, um übersehen zu werden, falls einer der Zauberer einen Blick vor die Tür warf. Doch nichts dergleichen geschah. Stattdessen hörte Drago ein verächtliches Schnauben von drinnen. „Der Conte", sagte nun Trutz Flammwort und schien ein paar Schritte auf und ab zu gehen. „Der Conte handelt niemals ohne Plan. Ich bin überzeugt, alles, was sich in den letzten Tagen zugetragen hat, ist absichtlich geschehen. Er hat uns nur nicht vorab ins Bild gesetzt. Es ist an uns, das Richtige zu tun."

„Oder zu lassen", schloss Cerbero kalt. Die Schritte des Dichters verhallten. „Oder zu lassen", wiederholte Flammwort.

„Meine Herren", sagte da mit bedachtsamer Stimme der Oxford-Professor. „Wir müssen die Dinge wissenschaftlich betrachten. Und vor allem müssen wir der Wahrheit ins Auge blicken. Der Conte ist verschwunden. Es ist unwahrscheinlich, dass er das freiwillig getan hat. Wenn alles Teil eines Planes wäre, dann wäre auch das Entkommen des Drachen Absicht gewesen."

„Was spricht dagegen, Sir Ascott?", fragte Flammwort.

„Dagegen spricht, dass wir anwesend waren, mein lieber Kollege. Kein Magier von Verstand würde einen Drachen in die Freiheit entlassen. Und erst recht würde er nicht danebenstehen und zusehen – auf die Gefahr hin, von eben jenem Drachen bei lebendigem Leibe gegrillt zu werden. Liebe Freunde, es mag sein, dass die Befreiung des Drachen Teil eines Plans war. Doch sicher war es kein Plan des Conte."

„Ach", erwiderte Flammwort gehässig, „Und Sie wissen sicher auch, was genau hinter seinem Verschwinden steckt, nicht wahr?"

„Vielleicht weiß ich es nicht, werter Flammwort. Aber ich habe eine Theorie." Drago hörte, wie der Professor einige Schritte ging. Zu gerne hätte er gewusst, was er tat. Vorsichtig beugte er sich ein wenig vor, sodass er mit einem Auge durch den Türspalt schauen konnte. Sir Ascott Blackstone hatte ein Buch zur Hand genommen und blätterte darin, bis er schließlich den Finger auf eine Stelle legte und vorlas: „Im Bannkreis der Zeit lassen sich für den geübten Magier mühelos tausend Jahre überwinden. Die Schwierigkeit besteht darin, einen makellosen Kreis silberner Uhren zu bilden, in denen genügend Magie eingeschlossen ist, um die ungeheuren Kräfte aufzubringen, die für eine solche Überwindung der Zeit nötig sind. Die Gefahr aber besteht darin, den magischen Zirkel während der gesamten Reise im Gleichgewicht seiner gigantischen inneren Kräfte zu halten. Gerät eines der Schwungräder in den Uhren aus dem Takt oder wird der Bannkreis der Zeit auf andere Weise unterbrochen, so ist dem Magier die Rückkehr verwehrt." Blackstone hielt inne. „Meine Herren", fuhr er fort. „Es ist doch offensichtlich, was geschehen ist. Wie wir wissen, hat sich der Conte in den Bannkreis der Zeit begeben, um sich einen weiteren Drachen untertan zu machen. Doch noch ehe er zurückkehren konnte, wurde dieser Bannkreis unterbrochen und der Conte wurde in der Vergangenheit festgehalten – während der Drache durch die ungeheuren Kräfte, die der Conte entfesselt hatte, in unsere Zeit geschleudert wurde, dann aber nicht mehr gebändigt werden konnte." Blackstone klappte das Buch zu und trat an ein Regal, das hinter ihm stand und aus dem die Rücken Hunderter prachtvoller Bücher zu Drago hin leuchteten. Magischer Bücher! Hier also waren die echten, die unverfälschten Werke, aus denen wahre Zauberei zu erlernen war.

„Wir alle wissen, dass das Buch, das Sie da gerade zitiert haben, nicht im besten Ruf steht, Sir Ascott", widersprach Trutz Flammwort.

„Das mag sein", gab der Engländer gelangweilt zurück. „Und doch spricht es womöglich die Wahrheit. Ich bin sicher, dass eine der Uhren im Silbernen Schrein des Conte stehen geblieben ist und damit den Bannkreis der Zeit unterbrochen hat, sodass der Conte nicht mehr in die Gegenwart zurückreisen konnte."

„Stehen geblieben? Mein lieber Blackstone, wir sprechen hier nicht von Allerweltsuhren, sondern von magischen Artefakten!"

„Richtig", bekräftigte der Professor und blickte den anderen der Reihe nach in die Augen. „Und deshalb ist es auch so bedeutsam, was passiert ist. Denn magische Artefakte können nur durch eine Sache gestört oder zerstört werden."

Einen Wimpernschlag war es still in dem Raum, ehe alle wie aus einem Munde flüsterten: „Magie."

„Magie", flüsterte auch Drago vor der Tür lautlos und spürte sein Herz bis zum Hals schlagen.

„Nur ein mächtiger Magier kann durch die Kraft seines Willens eine der Uhren zum Stillstand bringen!", stellte Tullston Usher fest.

„Ihr habt Recht, Earl", stimmte Ascott Blackstone ihm zu. „Es ist an uns, herauszufinden, wer solche Macht besitzt."

Die anwesenden Magier sahen einander an. Es war offensichtlich, dass sie abzuschätzen versuchten, ob wohl einer von ihnen zu solchem Zauber imstande war. Drago aber wusste, wessen Wille stark genug gewesen war, eine der Uhren anzuhalten: Hannibal Rabe, sein erster Lehrmeister – und der Mann, der für die schwärzesten Stunden seines Lebens verantwortlich war.

Bann und Rache

Die Magier zückten ihre Uhren und zogen sie auf. Offensichtlich standen sie alle unter dem Bann des Conte. Würde einer von ihnen jemals vergessen, die Uhr um Mitternacht oder zur Mittagsstunde aufzuziehen, so war sein sehnlichster Wunsch verloren und das Unglück würde über ihn kommen, so, wie es über Drago gekommen war und den Tod seiner Mutter mit sich gebracht hatte.

Jeden Augenblick würden die Männer aus der Tür treten und ihn als ungebetenen Gast und vor allem als Zeugen ihrer nächtlichen Zusammenkunft entdecken. Drago sah sich um. Doch von dem schmalen Streifen Licht abgesehen, war es rings um ihn her so dunkel wie zuvor. Wohin würden sie gehen, wenn sie die Biblioteca verließen? Da er keinen anderen Weg nach draußen kannte, beschloss Drago, noch einige Schritte weiter zu schleichen, in der Hoffnung, dass sie den Weg nehmen würden, auf dem er selbst gekommen war.

Schon schwang die Tür auf und der Lichtstrahl wurde breiter. Wie Schatten gefährlicher Tiere tauchten die verzerrten Umrisse der Magier auf der gegenüberliegenden Wand auf, lang und schwarz. D'Alengo verließ die Versammlung als Erster. Ihm folgte sein erbitterter Rivale Flammwort. Tullston Usher und Sir Ascott Blackstone gingen gemeinsam. Sie folgten dem Lichtschein, den d'Alengos Laterne schaukelnd in die Dunkelheit warf. Gianfranco Tutticelli summte eine leise Melodie vor sich hin und schien die schwarze Nacht und ihre dunklen Erkenntnisse auf seltsame Weise zu genießen. Als er am Säulengang vorbeikam, winkte er den an den Stein gefesselten Saaldienern lässig zu und verschwand dann im Ungefähren. Als Letzter trat Cerbero aus der Tür. Inzwischen war der schwache Schein der Laterne beinahe gänzlich verschwunden, nur der Lichtstreif aus der magischen Bibliothek erhellte die Nacht noch. Doch mit einem winzigen Schnippen seiner dürren Finger löschte der Dämon das Licht, und es herrschte wieder tiefe Finsternis. Allein das schwache Leuchten von Cerberos Aura war zu erahnen – und zwei glühend rote Augen blitzten in der Dunkelheit auf und starrten in Dragos Richtung.

Doch dann verschwand auch der Dämon durch den Säulengang, ohne sich noch einmal umzublicken, und Drago atmete auf. Hatte Cerbero ihn entdeckt? Hatte er ihn erkannt? Oder war es nur Zufall gewesen, dass er in seine Richtung geschaut hatte? Egal. Jetzt war die Gelegenheit, endlich zu erfahren, was er erfahren wollte! Drago trat an die Tür und berührte sie vorsichtig. Es war bekannt, dass manche Pforte mit einem Zauberbann belegt war. Wurde sie vom Falschen berührt, so konnte das böse Folgen für ihn haben.

Doch nichts Böses geschah. Vielmehr öffnete sich die Tür so sanft, als hätte sie nur darauf gewartet, von Drago berührt zu werden. Tiefste Nacht klaffte ihm entgegen. Drago nestelte mit zitternden Fingern ein paar Streichhölzer aus seiner Hosentasche und tastete nach der rauen Wand, an der er sie entzünden konnte. Kurz darauf erhellte sich durch die zischende Flamme eines kurzen Holzstiftes der Raum und gab den Blick frei auf eine prächtig Sammlung alter Bücher, auf einige Stehpulte, auf denen Tintenfässer und Federkiele standen, auf mehrere Lesesessel, die erkennbar schon viele Jahre ihren Dienst verrichtet hatten. Auch einige Kerzen standen in dem Raum, aufgesteckt in seltsame Behältnisse, die aus schwarzen Knochen geformt zu sein schienen. Die Flamme erlosch und Drago entzündete erneut eines seiner Hölzer. Er musste sparsam damit umgehen, da er nur noch wenige hatte. Wieder sah er sich um. Dann steckte er eine der Kerzen an und blies sein Streichholz aus. Die abgebrannten Hölzer steckte er zurück in die Hosentasche, er wollte keine Spuren hinterlassen.

Schwer atmend ging er an den Buchreihen entlang. Fasziniert entzifferte er die Titel der Werke, die in die Rücken der einzelnen Bände geprägt waren: *Bannzauber und Flüche, Magie und Antimagie, Der Schlüssel zur Zeit in der Magie Merlins, Dracologie I, Dracologie II, Dracologie III-V, Hexerei mit Gebirgskräutern, Hexerei mit Sumpfkräutern, Die Magie der Ketzer, Glaube, Aberglaube und angewandte Zauberei, Einführung in die praktische Zauberkunst …*

Den letzten Band nahm er zur Hand und legte ihn vorsichtig auf eines der Pulte. Die Kerze stellte er daneben, dann schlug er die erste Seite auf und begann, das alte Buch zu lesen:

„Die Magie kann als eine der am besten erforschten und zugleich am wenigsten beherrschten Künste unserer Zeit gelten. Viele Gelehrte haben sich über Generationen damit beschäftigt. Doch immer weniger Druiden, Hexen und Elfen überliefern noch die praktische Zauberei als Sinn und Zweck der Magie. Und so gelingt es immer seltener, die Lücke zwi-

schen der Kenntnis und dem Können in der Magie zu überwinden.

Seit mehr als drei Jahrzehnten habe ich die Zauberei erforscht, wo immer ich sie entdeckt habe. Durch die freundliche Unterstützung einiger bedeutender Magier ist es mir gelungen, einfache Zauberformeln aufzuzeichnen und für die Nachwelt zu retten. Es ist ein gefährliches Unterfangen, da sich jeder Wissenschaftler, der sich mit dem Magischen beschäftigt, scheinbar außerhalb des Glaubens stellt. Doch dies ist ein altes Missverständnis, dem ich an dieser Stelle nachdrücklich entgegentreten will: Magie ist die Kunst des Unbegreiflichen, so wie Glaube die Liebe zum Unbegreiflichen ist, nämlich zu Gott. Und so wie der Glaube von Gott abstammt, stammt auch die Magie von ihm ab. Wer sich nicht vom Aberglauben verblenden lässt, muss eingestehen, dass die Magie Gott näher ist als alles andere Irdische, das wir kennen. Denn sie erlaubt dem Menschen, Gottes Kräfte selbst einzusetzen …"

Drago rollte die Augen. Das war nicht, was er gesucht hatte. Er blätterte zur ersten Seite vor und vergewisserte sich, dass er das richtige Buch hatte. *Einführung in die praktische Zauberkunst von Doctor Faustus Füchslin* stand da, *niedergelegt zu Buchberg Anno Domini MCCCIX.* Er nickte und blätterte etwas schneller durch das Buch. Beim Kapitel *Beschwörung von niederen Geistern* hielt er inne. Ob er hier dasselbe erfahren würde wie in dem Werk, das er heute Mittag gefälscht hatte?

„Um niedere Geister zu beschwören, sollte ein Magier nächtens eine freie Fläche aufsuchen und dort einen mit Blut benetzten Stein niederlegen. Diesen Stein bedecke er mit sei-

nem Mantel oder einem anderen großen Kleidungsstück, das den Stein zu allen Seiten hin verdeckt, sodass keine Lücke mehr bleibt. Am Morgen kann er den Mantel entfernen und wird an der nämlichen Stelle ein magisches Wesen einfachen Ranges vorfinden. Zu diesem Zauber eignen sich in besonderer Weise mondlose Nächte."

Das klang tatsächlich sehr ähnlich und mochte so wirksam sein wie die Formel, die er bereits kannte. Womöglich hatte er hier wirklich ein Werk gefunden, mit dem er seine ersten Kenntnisse erwerben konnte und vor allem: seine ersten Zauber vollführen konnte! Mit klopfendem Herzen schob er das Buch unter seine Weste und sah erneut die Regalreihen durch. *Zauber und Gegenzauber in der magischen Literatur* fesselte seine Aufmerksamkeit. War es nicht das, was er immer wieder betrieb in diesen Hallen? Gegenzauber gegen die magische Literatur? Er nahm den Band zur Hand, dessen Verfasser nicht darauf benannt war, und blätterte, bis er auf eine Stelle stieß, die seine Aufmerksamkeit fesselte: *Die magische Tinte – Zaubermittel und gefährlicher Stoff.* Drago ging gar nicht erst zu einem der Pulte, er las im Stehen, was es mit dem geheimnisvollen Saft auf sich hatte, in den er seine Feder tunkte, ehe er all die Bücher veränderte. *Jede gebräuchliche Tinte ist als Grundstoff für magische Tinte gut, sofern sie nicht aus der Asche antimagischer Gegenstände hergestellt wurde,* las er. *Um ihr magische Kraft zu verleihen, muss sie mit dem Blut magischer Geschöpfe versetzt werden, und zwar im Verhältnis 666 zu eins. Je mächtiger die Kraft des magischen Geschöpfes, umso stärker wird die Wirkung der magischen Tinte sein. Magische Geschöpfe ersten Ranges, also Drachen, Greife oder Hydren, verleihen der Tinte die Macht, alle Texte nach dem Wunsch des Magiers zu verfassen oder zu ändern. Der Magier sei jedoch vorsichtig bei der Anwendung solchen Zaubers: Denn die Feder, mit der ein Text verändert wird, nimmt allen Zauber, den sie bannt, in sich auf und wird dadurch selbst zum magischen Gegenstand, wenn sie nicht durch entsprechenden Gegenzauber entzaubert wird.*

Drago fühlte eine seltsame Unruhe in sich aufsteigen. Hieß das, dass er die ganze Zeit mit Drachenblut geschrieben hatte? Und die Federn: Sie waren selbst zu magischen Gegenständen geworden? Aber dann hätten sie ja ebenfalls eine Aura haben müssen, eine Aura, die im Dunkeln zu sehen war. Drago legte das Buch beiseite und leuchtete noch einmal zum Regal hin. *Die Kunst des Gestaltwandelns.* Auch das war ein Thema, das ihn interessierte. Er zog das in schwarzes Leder gebundene Buch heraus. *Der Einzug in ein anderes Wesen,* las er, *ist Dämonen vorbehalten. Nur sie können sich in fremde Körper begeben und nur sie können deshalb auch ihre Gestalt wandeln. Wer kein Dämonenblut in sich trägt, kann auch mit größten magischen Fähigkeiten nicht zum Gestaltwandler werden. Es sind jedoch Fälle überliefert, in denen auch niedere magische Wesen, sofern sie dämonoider Natur sind, die Kunst des Gestaltwandelns beherrschen. Ein Sonderfall solcher dämonoider Gestaltwandler sind Vampire. Sie …* Ein ferner Glockenschlag riss ihn aus der Lektüre. War er verrückt, die Werke hier lesen zu wollen? Er musste versuchen, so schnell wie möglich wieder herauszukommen. Also schlich er wieder hinüber ins Scriptorium. Er mied den Blick nach oben zu den gefesselten Saaldienern. Die Tische standen schwarz und schweigend wie ehedem. Auf jedem Tisch lag eine Feder und neben der Feder stand eines der dunklen Tintenfässer. Hätten nicht auch sie leuchten müssen? Drago war sich sicher, dass ihre Tinte mit Drachenblut vermischt war. Er trat an den Tisch, an dem er selbst immer saß, und nahm das Tintenfass zur Hand. Es war leer. Das erklärte, warum es keine Aura hatte. Vorsichtig stellte er es wieder beiseite. Die Feder war ebenfalls nur zu erahnen, denn kein Leuchten umhüllte sie, nichts Magisches umgab sie. Offenbar hatte einer der Magier entsprechende Gegenzauber gesprochen.

„Du scheinst es eilig zu haben, deine Arbeit fortzusetzen", ertönte plötzlich eine Stimme vor ihm. Drago erschrak und ließ die Feder fallen. Eine schattenhafte Gestalt trat hinter einer der Säulen hervor. „Oder was suchst du hier?" Es war Lorenzo d'Alengo, in dessen Hand plötzlich das Licht einer Kerze aufflackerte. Er hatte entdeckt, dass Drago in die geheime Kammer eingedrungen war! „Ich ... ich ...", stotterte Drago, doch es wollte ihm nichts einfallen, was er hätte sagen können.

„Ja, du", erklärte d'Alengo und kam auf ihn zu. Sein Gesicht war bleich wie das eines Vampirs. Seine Hände steckten in weißen Handschuhen. Drago taumelte einige Schritte zurück.

„Ich wundere mich wirklich, was du mitten in der Nacht hier zu suchen hast!" D'Alengos Stimme wurde mit jedem Wort schärfer. Er hielt die Kerze vor und leuchtete Drago ins Gesicht. „Sehe ich da Angst in deinen Augen? Wovor hast du denn Angst, mein Junge?" Er trat näher. Drago spürte einen der Tische in seinem Rücken. Er versuchte, seitwärts auszuweichen, doch da war eine der Säulen. Unwillkürlich musste er den Blick heben zu den gefesselten Saaldienern. Doch nun, da es Licht im Saal gab, und wenn es auch nur das Licht einer einzigen Kerze war, waren die Körper nicht mehr zu sehen. Dennoch schien d'Alengo Dragos Blick erkannt zu haben. „Ich verstehe", sagte er mit schneidender Stimme. „Hier hat jemand geschnüffelt. Hier konnte jemand nicht erwarten, dass man ihn an die tieferen Geheimnisse der Magie heranführt. Doch warum, frage ich mich. Warum bist du so neugierig, dass du unser Vertrauen missbrauchst? Was macht dich mutig genug, nachts in diesen finsteren Räumen zu bleiben?" D'Alengo war jetzt so nah, dass Drago das Zittern in seinen Augenwinkeln sehen konnte. Der Magier hob seine freie Hand und wies mit allen fünf Fingern auf Drago. „Ich denke, es ist Zeit ..."

„Er ist in meinem Auftrag hier, Messer d'Alengo", ertönte da mit einem Mal Cerberos Stimme neben Drago – und zum ersten Mal war Drago erleichtert, dass der Dämon sich in der Nähe befand. „Lassen Sie ihn in Frieden. Ich habe ihn hierher gebeten, weil ich mit ihm ein paar Studien durchführen möchte."

„Studien?", fragte der Dichter sichtlich irritiert und ließ die Hand sinken.

„Einige Experimente, um dem Conte zu dienen – wenn Sie verstehen, was ich meine ..." Cerbero sah d'Alengo bedeutungsvoll an. „Dazu müssen wir ungestört sein." Der Dichter nickte und stellte die Kerze auf einen der Tische. Ohne ein weiteres Wort entfernte er sich und ließ den Dämon und seinen Schüler allein.

„Danke", sagte Drago leise und blickte zu Boden. „Warum ... warum haben Sie das getan?"

„Das weißt du nicht?" Der Dämon ging um Drago herum. „Du glaubst wohl, ich hätte dich nicht durchschaut? Du schnüffelst auf eigene Faust herum und versuchst, hinter die Geheimnisse der Zauberei zu kommen. Denk nicht, das sei etwas Besonderes. Die meisten Magier haben so begonnen. Es gibt wenige, die ihre Meister nicht hinters Licht führen. Magier sind keine besonders edlen Menschen. Du willst wissen, warum ich dir eben geholfen habe? Das ist nicht schwer zu erraten. Sieh mich an. Ich bin ein Dämon, und ich stehe unter dem Bann eines Magiers. Zugegeben, der Conte ist einer der größten Magier, die je existiert haben. Aber trotzdem ist es eine Schmach für jeden Dämon, in Unfreiheit zu leben und einem nichtmagischen Geschöpf zu Willen sein zu müssen. Ich kann dieser Fessel nicht entkommen, solange ich den Bann nicht durchbrechen kann. Aber ich kann mich rächen. Und du wirst mein Werkzeug sein." Cerbero lachte leise. Drago schauderte. Er erinnerte sich, dass der Conte Rubio ihm erzählt hatte, wie er Cerbero gebannt hatte: Er hatte ihn in Lebensgefahr gebracht und ihm dann seinen sehnlichsten Wunsch entlockt: nicht zu sterben. Das bedeutete, wenn Cerbero den Bann brach, würde er sterben – die wirksamste Methode, sich die ewige Treue eines Dämons zu sichern.

„Hat er es dir erzählt?", fragte Cerbero. Er schnaubte, und Drago drang der giftige Odem dieses gefährlichen Wesens in die Nase. „Nun, dann weißt du, wie ich zu ihm stehe."

Der Dämon winkte Drago, ihm zu folgen. Seltsamerweise war es gar nicht mehr so dunkel in den Eingeweiden der Accademia. Aber vielleicht dämmerte ja auch schon der Morgen herauf. Sie betraten noch einmal jenes Bibliothekszimmer, in dem Drago die Werke der Zauberliteratur entdeckt hatte. „Hier", sagte Cerbero und griff nach einem Buch, das unscheinbar in graues Pergament gebunden war und keinen Titel auf dem Rücken trug. „Lies das. Es wird dein erster Schritt auf dem Weg zu einem großen Magier sein. Du wirst meine Rache an Scarfazzo sein.“ Drago nahm das Buch zur Hand und schlug es auf. *Die Kunst der einfachen Magie von Vitus Weisz zu Prag Anno Domini* 1633. „Die Kunst der einfachen Magie“, murmelte Drago und blickte auf. Doch Cerbero war verschwunden.

Viertes Kapitel

Eine mondlose Nacht

Eisiger Ostwind wehte über die Lagune. Drago war unendlich müde. Nach der beinahe durchwachten Nacht in der Accademia hatte er kaum Schlaf gefunden, ehe er erneut einen ganzen Tag in den Katakomben zubringen musste. Er hatte Bücher gefälscht und dabei einmal mehr versucht, sich die ursprünglichen Texte einzuprägen. Sein Kopf fühlte sich gleichzeitig leer und zum Platzen gefüllt an. Erschöpft lehnte er sich an den Grabstein, unter dem seine Mutter ihre letzte Ruhestätte gefunden hatte, und schaute hinüber zu dem Haus, in dem seine Familie wohnte. Ein schwaches Glimmen unter dem Dach zeigte ihm, dass Luzia noch wach sein musste.

Mit klammen Fingern griff er nach dem Buch, das Cerbero ihm mitgegeben hatte. Der Dämon hatte ihm keine Frist gesetzt, bis wann er es gelesen haben musste. Doch inzwischen war Drago geübt in der Kunst des Auswendiglernens. Wenn er nur ein wenig nachdachte, konnte er ganze Passagen schwieriger Werke der magischen Literatur zitieren. Auch dieses Buch würde er innerhalb kurzer Zeit vollständig im Gedächtnis haben. *Die Kunst der einfachen Magie*. Er würde es lesen. Aber zuerst würde er etwas anderes tun. Den ganzen Tag über hatte ihn der Gedanke verfolgt und war in ihm gewachsen, hatte es ihm zunehmend schwer gemacht, sich zu konzentrieren, und schließlich sein ganzes Denken bestimmt.

Er nahm seinen Umhang und machte sich auf den Weg über den nächtlichen Friedhof, vorbei an den unzähligen Lichtlein, die die Hinterbliebenen zum Andenken an ihre Verstorbenen entzündet hatten. Wie gefährliche Pilze ragten die Grabsteine überall um ihn her aus dem Boden. Der Wind zerrte an den kahlen Pappeln und an den schwarz in den Himmel weisenden Zypressen. Niemand außer den Geistern der Verstorbenen war zu dieser Stunde auf der Toteninsel.

Drago hatte ein altes Boot gestohlen und an einem unauffälligen Ort vertäut. Ehe er es bestieg, griff er nach einem der faustgroßen Steine, die die brüchige Friedhofsmauer festigen sollten, und steckte ihn ein.

Es gab eine kleine Laguneninsel, nicht weit vor dem Lido. Dorthin würde er rudern. Aber er musste sich beeilen, wenn er nicht zu spät kommen wollte, um sein Vorhaben umzusetzen.

Der Wind zerrte an seinem Boot und es brauchte Kraft, um gegen die Wellen anzukommen, Kraft, die Drago kaum mehr hatte. Dennoch kam er gut voran und sah schon nach einer Viertelstunde die Umrisse des kleinen Eilands, auf dem nur ein paar dürre Sträucher und die Reste einer verfallenen Hütte standen. Es gab Hunderte solcher Flecken in der Lagune. Stürme hatten sie im Laufe der Jahrhunderte geschliffen. Ja, hier würde es gehen!

Mit letzter Kraft zog Drago das Boot ans Ufer und band es an einer ins Wasser ragenden Wurzel fest. Dann stieg er durch das sumpfige Gelände zur Mitte der Insel. Der Wind riss an seinem Umhang, der lang gestreckte Körper des Lido lag schwarz hinter ihm, von wenigen Lichtern erleuchtet. Er wandte sich nach Norden und nach Osten, nach Süden und wieder nach Westen. Nach allen Richtungen hin hatte er von dieser Stelle freie Sicht. Selbst die Ruinen der Häuser, die einst hier gestanden hatten, reichten kaum kniehoch. Drago nahm den Stein heraus, den er von San Michele mitgebracht hatte, und sein Messer. Ein schneller Schnitt – und ein schmales Rinnsal Blut troff aus seinem Finger. Er ließ einige Tropfen auf den Stein fallen und legte diesen vor sich auf die Erde. Dann nahm er seinen Umhang ab und breitete ihn darüber.

Der Wind riss an dem schweren Stoff. Doch es waren kaum Steine zu finden an diesem Ort. Also legte er seine Schuhe auf den Rand zur einen Seite hin und setzte sich auf die andere.

Dann nahm er alle seine Aufmerksamkeit zusammen und sprach klar und deutlich die Worte: „Spiritus veniat!" Der kleinste Fehler, das wusste er, konnte dazu führen, dass der Zauber misslang. Gelang es ihm hier und heute, ein niederes magisches Wesen zu beschwören, so hatte er mit seinen geringen Mitteln magische Kräfte erlangt. Doch wenn sein Versuch fehlschlug, dann musste er damit rechnen, einem Dämon gegenüberzustehen, der … Nein, darüber mochte Drago gar nicht erst nachdenken.

Weiterhin fegte der Wind über die seichten Wasser Veneziens. Die Luft trug den salzigen Geschmack des Meeres, die

Sterne blieben die meiste Zeit hinter schweren Wolken verborgen. Nur selten sandte einer von ihnen ein tröstliches Blitzen auf das kleine Eiland hinab, während Drago sehnlichst auf die Morgendämmerung wartete.

Wieder und wieder begann der Umhang zu flattern. Es war eine schier nicht zu bewältigende Aufgabe, alle Ränder dicht zu halten. Was würde geschehen, wenn eine Lücke entstand? Hatte er etwas darüber gelesen? Drago versuchte, sich zu erinnern. Er hatte drei Versionen dieses Zaubers gelesen: jene erste, unverfälschte, die von ihm selbst veränderte und die Version aus dem Buch des Gelehrten Füchslin. Aber nein, er erinnerte sich nicht daran, etwas über die Folgen gelesen zu haben. Immerhin war er sicher, die richtige Begrüßungsformel zu kennen. Zuerst hatte in dem Buch *te domino* gestanden, dann hatte er daraus *me dominas* gemacht. Oder war es umgekehrt gewesen? Der Wind machte ihn ganz wirr. Eine Seite des Umhangs begann zu flattern. Drago warf sich darauf. Schon hob sich auf der anderen Seite der Stoff und warf den Schuh um, mit dem er beschwert gewesen war. Irgendwann kniete Drago auf allen Vieren über dem Umhang und versuchte so, ihn an der Stelle fest und dicht zu halten, bis der Morgen graute.

Doch das dauerte noch lange. Unendlich lange. So jedenfalls fühlte es sich an, bis schließlich ein mattes Leuchten im Osten heraufzog. *Bei Morgengrauen,* hieß es in der Formel. Was aber war das Morgengrauen? War es die erste Dämmerung? War es die Helligkeit, die nötig war, um seine eigenen Arme und Beine klar zu erkennen? War es genügend Helligkeit, um Buchstaben entziffern zu können?

Vielleicht war das ja egal. Wenn er zu früh nachsah, dann mochte es sein, dass der Zauber misslang und nichts sich unter seinem Umhang befand außer dem blutbefleckten Stein. Dann hätte er eine Nacht verloren, aber nicht seine Freiheit. Die riskierte er schließlich, wenn er einen Fehler machte und ein Wesen beschwor, das ihm weit überlegen war.

Während er aber versuchte, einen klaren Kopf über all diese Fragen zu bekommen, spürte er, wie sich unter ihm etwas bewegte. Vielleicht war es nur der Wind. Aber dennoch erschien es ihm wie ein Zeichen. Seine letzten Kräfte zusammennehmend, stemmte er sich hoch, riss den Umhang beiseite und rief, ehe er noch wirklich wahrgenommen hatte, was ihm zu Füßen lag: „T... Te domino!"

Der Nachtmahr

Es war so klein und unscheinbar, dass Drago es erst kaum erkennen konnte. Sein Fell war nachtschwarz und es lag reglos vor ihm, zusammengekrümmt wie eine tote Ratte. Und hätte es nicht ein leises, ein kaum hörbares Ächzen von sich gegeben, Drago hätte es für tot gehalten. Doch da war dieser Laut, der dem Wimmern eines Säuglings nicht unähnlich war und ihn direkt ins Herz traf. Vorsichtig trat er näher, den Umhang schützend vor sich haltend. Er hatte gestottert. Er hatte einen Fehler gemacht. Und er erinnerte sich, was er in dem Buch aus der magischen Bibliothek der Accademia gelesen hatte: *Kehrt der Magier nicht zu dem Ort zurück, an dem er den Geist beschworen hat, so stirbt das dort gebundene Wesen. Auch ein Fehler in der Beschwörungsformel kann tödlich sein. Mit seinem Tod aber nimmt das Wesen die magische Kraft von dem Zauberer fort, die ihm selbst eigen ist.*

Ein Fehler in der Beschwörungsformel konnte tödlich sein. Wenn er mit seinem Fehler nicht einen Dämon heraufbeschworen hatte, so hatte er doch zumindest ein niederes magisches Wesen beinahe getötet. Wenn es wirklich starb, so würde es so viel magische Kraft von ihm nehmen, wie dem magischen Wesen selbst eigen war. Aber hatte er überhaupt magische Kräfte?

Das Ächzen des schwarzen Geschöpfes wurde lauter, ging über in verzweifeltes Heulen. Was immer es war, das da vor ihm lag, es schien schreckliche Schmerzen durchleiden zu müssen. Dragos Herz schnürte sich zusammen. Was hatte er nur getan!

Vorsichtig berührte er das Wesen. Sogleich fuhr ein Zucken durch sie beide: den Magier und das seltsame Tier, das vor ihm lag. Denn ein Magier war er nun. Zum ersten Mal hatte er einen Zauber ausgeführt, zum ersten Mal war ihm eine Beschwörung gelungen!

Der kleine Körper erstarrte unter seinen Fingern. Das Tier war nicht größer als eine Katze. Sein schwarzes Fell glänzte im Licht der Dämmerung. Drago hatte keine Ahnung, was er da beschworen hatte. Er wusste nur eines: Er musste versuchen, sein Leben zu retten, wollte er nicht sein eigenes riskieren.

Er trug den starren Körper des Geschöpfes zu seinem Boot. Es schien ein Tier zu sein, einem Marder nicht unähnlich. Auf dem katzenartigen, aber länglichen Körper saß ein schlanker Kopf mit großen Augen, die halb geschlossen waren. Aus dem Maul rann in dünnen Fäden Blut. Drago gab Acht, dass er es nicht berührte. Wer konnte schon wissen, welche teuflischen Mächte in dem kleinen Körper wirkten. „Ein Nachtmahr!“, schoss es Drago durch den Kopf. Er hatte davon gelesen. Aber erst jetzt erinnerte er sich. Ja, es musste ein Nachtmahr sein, einer der Dämonendiener aus der Welt der Vampire und Werwölfe.

Nachtmahre waren scheue Wesen und blieben für die sichtbare Welt so gut wie immer unsichtbar. Sie gingen, wie ihr Name sagte, nachts auf die Jagd nach ihren Opfern. Unbemerkt schlichen sie sich in Häuser und Hütten und setzten sich, Alben gleich, Mensch und Tier, sofern diese keine Nachtjäger waren, auf die Brust, um sich an ihren Träumen und Gedanken zu wärmen. Denn Nachtmahre waren kalte Geschöpfe, die ohne die Wärme anderer Lebewesen nicht leben konnten. Doch mit der Wärme ihrer Opfer nahmen sie diesen auch die Kräfte des Frohsinns. Zurück blieben Angst und Niedergedrücktheit. Wer einem Nachtmahr in die Hände fiel, der spürte kein körperliches Leiden. Doch seine Seele litt unendlich. Wer im Schlaf von einem Nachtmahr heimgesucht wurde, der erwachte fröstelnd, am ganzen Körper zitternd und oft dem Tode näher als dem Leben. Drago hatte darüber gelesen. Voller Abscheu blickte er auf das Wesen nieder, das am anderen Ende des Bootes zu seinen Füßen lag, nun aber zu wimmern aufgehört hatte. Was sollte er mit einem solch grauenhaften Geschöpf anfangen? Die Augen des Nachtmahrs blickten voll Melancholie zu ihm auf. Nun gut, grauenhaft war es womöglich gar nicht. Immerhin konnten sie nur so überleben. Und für ihre Sklaverei bei Vampiren und Werwölfen konnten sie nichts. Diese Dämonen beschworen Nachtmahre, so wie Drago dieses Exemplar beschworen hatte. Sie nutzten die magischen Kräfte der Nachtmahre, indem sie diese zu ihren Opfern schickten.

Nach dem Besuch eines Nachtmahrs verfiel das Opfer in tiefe Traurigkeit und gab sich ohne Gegenwehr dem Blutsauger hin.

Verschlossene Türen

Endlich kamen sie nach San Michele zurück. Der Sturm hatte sich gelegt. Das Wasser war zwar trüb, aber ruhig. Milchiges Licht hatte sich über der Lagune ausgebreitet. Eilig zog Drago den Kahn an Land und packte den Nachtmahr mit spitzen Fingern, um ihn zum Grab seiner Mutter zu tragen. Nicht weit davon entfernt gab es eine leere Gruft. Sie war nur mit den Initialen H.R. gekennzeichnet. Drago hatte dieses unbenutzte Grabmal entdeckt, als er mit Cerbero nach dem Leichnam Hannibal Rabes gesucht hatte. Nun leistete es ihm gute Dienste als unauffällige Unterkunft. Hier würde er seine Studien betreiben. Leere Gräber gehörten zu den verschwiegensten Orten. Die meisten Menschen mieden sie, weil sie voll Aberglauben waren.

Hier würde er dieses schreckliche Geschöpf pflegen, bis es wieder gesund war. Vorsichtig legte er den Nachtmahr in eine Ecke und richtete sich auf. Der magische Gast blieb reglos und schloss sogar seine Augen.

Drago atmete auf und machte sich eilig wieder auf den Weg nach San Marco, zur Accademia, wo ein weiterer Tag voll langer Stunden des Lernens und Fälschens vor ihm lag. Wenn er Glück hatte, würde das Tier bis zum Abend überleben – und bis dahin wüsste er hoffentlich, was zu tun war, um es zu retten.

Die Sonne brach durch die Wolkendecke und goss ihr gleißendes Licht über die Stadt. Die vom Morgennebel feuchten Spitzen der Kirchen blitzten wie Leuchttürme. Venedig, die Schöne, wurde einmal mehr ihrem Ruf gerecht, obwohl es eigentlich die düstere Jahreszeit war und sich nur wenige Besucher in der Serenissima aufhielten.

Unweit der Piazza San Marco legte Drago an und vertäute sein Boot zwischen einigen sehr viel prächtigeren. So würde es vielleicht nicht bemerkt werden – denn es war immerhin ein gestohlener Kahn. Doch er tat seine Dienste.

Die Accademia war nur einen Katzensprung vom Ufer entfernt. Trotzdem fiel Drago der Weg schwer. Zu lange schon hatte er nicht mehr geschlafen. Er hätte im Stehen die Augen zumachen und einschlafen können. Benommen stolperte er zu seinem Arbeitsplatz und wurde erst wieder richtig wach, als er die Saaldiener mit ihren Wägen durch die Katakomben schleichen sah: Der Schmerz der Erkenntnis und des Mitgefühls durchfuhr ihn, und tiefe Trauer legte sich auf seine Seele.

Doch bald schon nahm ihn die Arbeit wieder gefangen. Buch um Buch wurde auf seinen Tisch gelegt, um verändert zu werden. Die Feder schrieb, ohne dass Drago daran Anteil genommen hätte. Nein, diesmal konnte er sich nicht einmal etwas merken von dem, was er unwiederbringlich fälschte. Er war einfach zu müde. Und er wollte nicht riskieren, sich Zaubersprüche falsch zu merken. Der Unfall der vergangenen Nacht war ihm Lehre genug. Der Nachtmahr wäre nicht so schwer verletzt, hätte er seinen Bannspruch sauber gesprochen. Wenn schon ein leichtes Stottern so schwerwiegende Folgen haben konnte, wollte er sich lieber nicht ausdenken, was passiert wäre, hätte er etwa den Spruch ganz vergessen oder das falsche Wort gesagt.

Und so gingen die Stunden dahin und die Feder glitt über Papier und Pergament und vernichtete das magische Wissen vieler Generationen.

Als sich endlich die ersten Schreiber von ihren Plätzen erhoben, fiel Drago plötzlich ein, dass er noch immer nicht wusste, wie er den Nachtmahr gesund pflegen konnte. Wenn dieser magische Geist sich allein von den Träumen und Gedanken anderer Lebewesen nährte, so blieb kaum etwas anderes, als ihm ein solches Wesen zu verschaffen. Drago graute bei dem Gedanken. Nein, er musste noch einmal in die Bibliothek der Zauberer und versuchen, nachzuschlagen, ob es nicht eine andere Methode gab.

Doch an diesem Abend beobachtete ihn nicht nur Lorenzo d'Alengo mit besonderem Argwohn. Auch Cerbero schien ihn genau im Auge zu haben. Also verließ er die Accademia wirklich und begab sich, deutlich sichtbar, über die Piazza San Marco zur Kirche neben dem Dogenpalast. Hier betrachtete er die prachtvollen Mosaiken und Gemälde, dann schlenderte er über den Platz und lockte ein paar Tauben, indem er vorgab, ihnen etwas Futter zu geben, bis er sich schließlich am Fuße des großen Campanile hinsetzte, sich gegen die eisengeschmiedeten Gitter lehnte und seine Mütze über das Gesicht zog, als würde er schlafen. So blieb er eine lange Zeit, bis es endlich ganz dunkel und sehr ruhig geworden war. Dann erst schob er die Mütze wieder aus dem Gesicht und sah sich um. Es war nichts zu sehen außer ein paar Stadtgarden, die in einiger Entfernung beisammenstanden und ihre Pfeifen rauchten.

Drago streckte die Glieder, als hätte er wirklich geschlafen, und schlenderte scheinbar müde zurück zum Gebäude der Accademia, was ihm nicht schwerfiel, weil er wirklich müde war. Unendlich müde. Doch sein Herz pochte zugleich aufgeregt, weil er wusste, dass er etwas in mehrfacher Hinsicht Verbotenes vorhatte.

Es waren die kleinen Fenster, die zur Piazza hin gelegen waren, die er suchte. Und schließlich fand er sie. Sie waren trüb wie blinde Spiegel und dahinter war es dunkel. Eines der Fenster war leicht beschädigt, das Glas lag an einer Stelle locker im Rahmen. Drago schnalzte mit der Zunge. Genau das, was er brauchte. Er zog sein Messer aus der Tasche und lockerte die Scheibe noch mehr. Dann stemmte er die Klinge in den Holzrahmen. Behutsam, um nicht mit einem Ruck das Glas zu zerbrechen. Mit jedem Atemzug spreizte sich der alte Rahmen etwas weiter auf und die Scheibe neigte sich Drago entgegen. Er drückte mit einem Fuß dagegen, während er mit beiden Händen das Messer packte und abwärts zog. Endlich barst der Rahmen der Länge nach und das Glas hing auf einmal gefährlich schief. Schnell packte Drago zu, schnitt sich die Hand auf, unterdrückte ein Fluchen und legte die Scheibe leise neben den Rahmen. Dann nahm er seine Mütze ab und presste sie gegen die Wunde. Mit seinem Gürtel band er die Mütze in der Hand fest, sodass er zumindest die unverletzte Hand wieder frei benutzen konnte und einigermaßen sicher war, keine Blutspur zu hinterlassen.

Trotzdem stürzte er mehr hinab in den finsteren Saal, als dass er geklettert wäre. Als er mit dem Rücken aufkam, blieb ihm zuerst die Luft weg. Doch dann spürte er, wie ihm sein erfolgreicher Einbruch Mut gab. Er richtete sich auf und orientierte sich. Dort vorne war der dunkle Gang. Dorthin musste er.

Diesmal sah er nicht auf zu den gebannten Saaldienern, die an den Säulen hingen. Er brauchte all seinen Mut, denn es war kein ungefährlicher Plan, den er hier verfolgte. Er schlich, sich einmal mehr an der rauen Mauer entlangtastend, zu der Tür, hinter der er in der letzten Nacht die Magier entdeckt hatte. Doch diesmal war sie verschlossen. Und Drago wusste sofort, dass kein Schlüssel und kein Messer sie zu öffnen imstande wäre. Diese Tür war durch einen Zauber versiegelt. Er hätte nicht einmal die leichte grünliche Aura sehen müssen, die um ihre Ränder lag. D'Alengo hatte sie gesichert. Er wusste also Bescheid, dass er Drago nicht trauen konnte. Das aber bedeutete für Drago, dass er sich ab sofort vor d'Alengo und den anderen in Acht nehmen musste. Wenn sie herausfanden, dass in dieser Nacht jemand in das Scriptorium eingedrungen war, dann würden sie nicht viel Phantasie brauchen, um herauszufinden, wer. Von jetzt an hatte Drago die Magier Venedigs endgültig gegen sich.

So schnell er konnte, verließ er die Accademia wieder. Er achtete nicht besonders darauf, keine Spuren zu hinterlassen, denn hierher würde er nicht mehr zurückkehren – und vor den Zauberern würde er sich in Zukunft ohnehin verbergen müssen.

Das Boot lag noch an derselben Stelle, an der er es angebunden hatte. Er ließ sich hineinfallen und stieß sich mit den Beinen so fest vom Ufer ab, wie es ihm möglich war. So ersparte er sich zumindest zwei oder drei Ruderzüge.

Die verletzte Hand brannte, ihn schwindelte, und wäre sein Magen nicht leer gewesen, er hätte sich übergeben müssen. Wann hatte er zuletzt etwas gegessen? Drago konnte sich nicht erinnern. Als er auf San Michele ankam, war ihm schwarz vor Augen. Wie von selbst suchten seine Beine den Weg zum Grab seiner Mutter und zu der verlassenen Gruft. Als er dort angekommen war, fiel er, noch im Stehen, in einen tiefen, traumlosen Schlaf.

Blutige Gewissheit

Die Totenglocke von San Michele weckte ihn wenige Stunden später. Immer noch fühlte sich sein Kopf leer an, schmerzten seine Beine. Drago erinnerte sich dunkel an seine verletzte Hand. Er richtete sich auf. Die Mütze und der Gürtel waren weg. Oder nein, sie waren nicht weg, sie lagen in einer Ecke der Gruft. Und die Wunde war dünn verkrustet, im Übrigen aber sauber. Er lehnte den Kopf an die marmorne Wand. Einige Vögel balgten sich in den Baumkronen über der Gruft. Das Rauschen des Meeres klang beruhigend und gewohnt. Der Hunger war weg. Eigentlich fühlte Drago gar nichts. Und das war besser als alles, was er in den letzten Tagen gefühlt hatte. Er schloss die Augen wieder und atmete die würzige Luft der Friedhofsinsel ein. Bis ihm plötzlich ein Gedanke durch den Kopf schoss. Ein teuflischer Gedanke. Der Nachmahr! Wo war … Er sprang auf und sah sich um. Doch die Gruft war leer. Drago griff sich an die Brust. Hatte das Tier sich im Schlaf auf ihn gesetzt? Hatte es seinen Zauber gegen ihn verwendet? Aber nein, dann hätte er sich mutlos und erschöpft fühlen müssen. Stattdessen war er ausgeschlafen und erfrischt. Und seine Wunde schien auf wundersame Weise zu heilen.

Das Sonnenlicht blendete ihn, als er nach draußen trat. Er blinzelte hinüber zum Grab seiner Mutter. Die Rosen, die er vor einigen Tagen bei einem der Händler am Rialto gestohlen hatte, waren verwelkt, der Wind zerrte an den schlaffen Blütenblättern. Der Grabstein warf einen tiefschwarzen Schatten. Einen Schatten, so schwarz wie … der Nachtmahr! Er hatte sich neben dem Grab der Mutter auf den Boden gekauert und sah mit großen, glänzenden Augen zu Drago herüber. Drago trat näher. Er streckte die Hand aus und betrachtete seine Wunde. Plötzlich wurde ihm klar, dass nur der Nachtmahr ihn gepflegt haben konnte. „Warst du das?"

Das Tier antwortete nicht. Konnte es überhaupt sprechen? Drago wusste es nicht. Darüber hatte er nichts gelesen.

„Du warst das. Ich danke dir." Er berührte das schwarze Fell des Nachtmahrs und stellte fest, dass der Leib des Tieres nicht mehr steif war, sondern geschmeidig. Es war, als hätte dieses Geschöpf der Dunkelheit neue Kräfte aufgenommen. Dabei hatte es sich eindeutig nicht auf Dragos Brust gesetzt. Wenn es ihm heute besser ging als in den letzten Tagen, dann konnte es nicht sein, dass ihm ein magisches Wesen die Freude entzogen hatte. Und doch schien auch der Nachtmahr wieder in gutem Zustand zu sein, ohne dass Drago ihm etwas gegeben hätte. Oder hatte er ihm etwas gegeben, ohne es zu wissen? Erschrocken starrte Drago auf seine Hand. Wie konnte es sein, dass das viele Blut keine dickere Kruste gebildet hatte? War es möglich …? Wieder blickte er auf das Tier hinab, das so erkennbar mehr Leben in sich hatte als noch in der letzten Nacht. Und da wurde ihm klar, dass der Nachtmahr sich nicht mit den guten Gedanken und Gefühlen begnügt hatte, die er ihm hätte rauben können. Vielleicht hatte er es sogar versucht, war aber nicht fündig geworden. Denn in Dragos Seele wohnte keine Freude mehr, seit seine Mutter gestorben war. Also hatte der Nachtmahr das getan, was auch Dämonen taten, wenn sie ihre Kräfte stärken wollten, vor allem jene Dämonen, denen Nachtmahre meist dienten: Er hatte von Dragos Blut getrunken. Das hatte dem Nachtmahr das Leben gerettet – und ihm, Drago, hatte es für einige Zeit den Seelenfrieden geschenkt, da bei der Blutmahlzeit alle Freude, die der Nachtmahr noch in sich trug, auf Drago übergegangen war. Anders als üblich, hatten die guten Gefühle und Gedanken den Weg zum Opfer des Blutraubs gefunden und waren durch die offene Wunde in Dragos Leib und Seele gelangt. Denn das Gute sucht stets den Ausgleich. Und alles Licht breitet sich in die Dunkelheit aus. So hatten sie sich gegenseitig gestärkt. Und doch: Drago graute, wenn er daran dachte, dass ein anderes Geschöpf von seinem Blut getrunken hatte.

„Du bist mein Diener", sagte er leise. „Tu das nie wieder."

Der Nachtmahr machte sich ganz klein und sah schuldbewusst zu ihm auf. Drago nickte. Das seltsame Wesen hatte ihn offenbar verstanden. „Geh zurück in die Gruft. Sobald ich weiß, wie du mir helfen kannst, werde ich es dir sagen. Bis dahin soll niemand dich sehen, kein Mensch und kein Dämon. Nur ich darf wissen, wo du bist."

Er hatte kaum zu Ende gesprochen, da huschte der Nachtmahr im Schatten der Friedhofsmauer hinüber zur Gruft und verschwand dort. Drago aber blieb noch einige Zeit am Grab seiner Mutter stehen und dachte nach. Dann ging auch er hinüber zu dem marmornen Mausoleum und begann mit dem Studium der Bücher, die er bei sich hatte. Er wusste noch nicht, was er mit dem Nachtmahr anfangen konnte. Aber die

Tatsache, dass er mit diesem magischen Wesen im Besitz magischer Kräfte war und dass er zum ersten Mal einen Zauber ausgeführt hatte, verlieh ihm Flügel. Nun würde ihn nichts mehr aufhalten können auf dem Weg zu einem der großen Magier dieser Welt!

Fünftes Kapitel

Die Perle des Wissens

Während der nächsten Tage und Nächte bewegte sich der Nachtmahr nicht von seiner Stelle in der dunkelsten Ecke der Gruft. Drago hatte sich ganz in seine beiden Bücher vergraben. Wenn er nicht schlief – und er schlief fast nie, weil er dem magischen Geschöpf nicht traute –, dann war er so gut wie immer mit seinen Studien beschäftigt. Er aß wenig, sodass die Vorräte, die er sich nach seinen kleinen Diebstählen an den Marktständen von Rialto angelegt hatte, ihm genügten. Und er bewegte sich kaum jemals fort von der Gruft, die sich als guter Unterschlupf erwies. Wenn es regnete, blieben Drago und sein Diener trocken, war es sonnig, so spendeten die dicken Mauern Schatten. Das Licht, das allnächtlich in dem Mausoleum flackerte, um Dragos Lektüre zu erleuchten, fiel niemandem auf, weil überall auf dem Friedhof Lichtlein brannten.

Niemand störte die Ruhe des angehenden Zauberers. Bis zu jenem späten Abend, als Drago wieder einmal viele Stunden lang gelesen hatte und sich die müden Augen rieb. „Ist das ein Nachtmahr?“, fragte ihn plötzlich eine vertraute Stimme.

„Contessa?“

Die Contessa löste sich aus den Schatten der Wand und trat neben Drago. „Ich habe noch nie einen gesehen.“

„Contessa! Wie kommen Sie hierher?“

„Er ist schön, nicht wahr? Er sieht elegant aus und klug. Aber auch ein bisschen traurig. Er scheint schon lange keinen Besuch mehr gemacht zu haben.“ Sie strich dem Tier über das schwarz glänzende Fell.

„Es ist gefährlich nachts auf dem Friedhof!“, mahnte Drago und richtete sich auf.

„Gefährlich …“ Die Contessa drehte sich zu ihm um. „Vielleicht. Das hängt davon ab, wie viele Dämonen sich an diesem Ort herumtreiben.

„Glauben Sie wirklich …?“ Drago trat einen Schritt auf sie zu. Die Contessa zuckte die Achseln und neigte den Kopf ein wenig zur Seite. Drago hielt inne und konnte nicht anders als sie zu bewundern. „Was … was wollen Sie hier?“

„Ich wollte nach dir sehen.“ Sie musterte ihn. „Du arbeitest zu viel.“

„Ja. Zu viel. Und doch zu wenig. Ich erreiche nichts. Es ist mir zwar gelungen, den Nachtmahr zu beschwören. Doch nun weiß ich nicht weiter. Was nützt es, dass ich ein magisches Wesen habe, wenn ich dessen Kräfte nicht einsetzen kann.“

„Scarfazzo hätte gewusst, wie er sie einsetzen muss.“ Sie sagte das nicht spöttisch, sondern eher bedauernd.

„Ja. Das hätte er vermutlich. Aber ich bin nicht Scarfazzo.“

Sie nickte. „Und was wirst du nun tun?“

„Ich werde weiter das Buch des Prager Meisters studieren. Vielleicht werde ich ja irgendwann daraus schlau. Und vielleicht kann ich dann auch mit den magischen Kräften meines Nachtmahrs etwas anfangen."

„Oh, das wirst du ganz sicher", erklärte die Contessa und schenkte ihm ein zärtliches Lächeln. „Vielleicht musst du es ja nur anders lesen."

„Anders lesen?"

„Es gibt Bücher, in denen mehr steht, als man denkt. Aber meist erfährt man es erst, wenn man sich auf weniger beschränkt."

Drago betrachtete sein Buch. Dass mehr darin stand, als es nach außen den Anschein hatte, das war klar. Immerhin sollte es ihm die Möglichkeit eröffnen, zu zaubern. Aber was meinte die Contessa mit … „Worauf soll ich mich beschränken?" Er sah wieder auf. Doch so geheimnisvoll, wie sie gekommen war, war sie auch schon wieder verschwunden. Und hätte er nicht eine Perle von ihren bunt bestickten Schnabelschuhen auf dem Boden der Gruft liegen sehen, er hätte womöglich geglaubt, dass er nur von ihr geträumt hatte. Behutsam nahm er die Perle auf und drehte sie vor seinen Augen. Sie war so sanft schimmernd wie das Haar der Contessa und so blass wie ihre Haut. Sie war wunderschön und perfekt. Wie ihre Besitzerin. Sie war ein Teil von ihr, doch für Drago war es, als wäre nicht nur ein Teil von ihr geblieben, sondern die Contessa selbst.

Wieder fiel sein Blick auf das Buch. *Die Kunst der einfachen Magie von Vitus Weisz zu Prag Anno Domini 1633.*

Wenn man sich auf weniger beschränkt. Nun gut, man konnte ja nicht einfach nur jedes dritte Wort lesen … Das hieß, warum eigentlich nicht?

Wer nicht nur die jedem zugängliche Weisheit, sondern jene sucht, die verschwiegen wird, der suche sie nicht nur bei dem Fluch, den Säulen oder Brücken tragen. Also finden sie nichts, doch wer sucht, gehe im Morgengrauen er ohne Hut nicht voll Zagen darüber. Denn Hüte sondern Kräfte ab, unter denen man ihnen verfallen kann …

Es war ein völlig sinnloser Text, den Drago bisher nicht verstanden hatte. Angenommen, man würde nur jedes dritte Wort lesen …

Wer … die … Weisheit sucht, wird sie bei den Brücken finden.

Das ergab einen Sinn! Es ergab vor allem: einen ganz anderen Sinn als der ursprüngliche Text. Er las weiter:

Doch gehe er nicht darüber … sondern unter ihnen hindurch. Weil Magie Magie anzieht, wird jedoch nur Weisheit finden, wer sich durch Magie offenbart. Unter allen magischen Orten suche sich der Forscher der Weisheit jenen, der am schwächsten scheint. Dort liegt das größte Geheimnis verborgen.

Das erzählte praktisch eine ganz andere Geschichte – ähnlich den Zauberbüchern, die Drago und die anderen Schreiber in der Accademia gefälscht hatten. Vielleicht erklärte das, warum alle Zauber dieses Buches bisher nicht funktioniert hatten!

Drago überlegte. Wenn stimmte, dass dieses Buch so gelesen werden musste, dann hatte er vielleicht gerade den Schlüssel zu einem geheimen Wissen gefunden, das ihn endlich einen wichtigen Schritt weiterbrachte. Unter die Brücken ... Das hieß in einer Stadt wie Venedig, dass er sich auf die Kanäle begeben musste. Wenn er magische Weisheit erlangen wollte, musste er diejenigen magischen Orte aufsuchen, die mit Brücken zu tun hatten.

Er rieb sich die Augen und sah auf. Es war inzwischen tiefe Nacht. Nur seine kleine Friedhofskerze flackerte unruhig in der Gruft und spiegelte sich in den schwarzen Augen des Nachtmahrs. Er musste hinüber nach San Marco. Die Nacht war dafür die beste Zeit. „Und du wirst mich begleiten", sagte er zu dem magischen Geschöpf und gab ihm ein Zeichen, mit ihm zu kommen.

Das Rudern fiel ihm immer noch schwer, obwohl seine Hand so gut wie verheilt war – der Schmerz war geblieben. Vielleicht war das ja eine Folge des Blut saugenden Übergriffs des Nachtmahrs.

Es gab Hunderte von Brücken in Venedig. Er hatte ein ganzes Buch über die magischen Orte von Venedig gelesen. Aber er konnte sich nicht erinnern, darin auch nur von einer einzigen Brücke erfahren zu haben. Ob er das Glück haben würde, eine zu entdecken, die ein magischer Ort war? Angestrengt starrte Drago in die Dunkelheit, die vor ihnen lag. Langsam näherten sich die Umrisse der Häuser. Doch es dauerte lange, bis das eine oder andere erleuchtete Fenster die Finsternis durchbrach. Drago war nicht unglücklich darüber, dass so viele Venezianer längst schliefen: Wenn nicht allzu viel Licht die Umgebung erhellte, würde er das schwache Leuchten magischer Auren leichter erkennen. Lautlos glitten sie in den Rio dei Gesuiti und unterquerten innerhalb kurzer Zeit drei Brücken. Doch keine davon hatte auch nur den geringsten zauberischen Schimmer. Nicht anders war es im Rio dei Miràcoli und am Rio del Paradiso. Doch dann bewegte sich das Boot plötzlich schneller und näherte sich einem größeren Überweg, einer Brücke, die schon nahe der Piazza San Marco sein musste. Drago versuchte sich zu orientieren. Da fiel es ihm auf einmal ein: Er glitt hier auf die Rückseite des Dogenpalastes zu – gegenüber dem Palast lagen die Bleikammern, jenes grausame Gefängnis, aus dem er zweimal wie durch ein Wunder entkommen war. Getrennt wurden diese Bauwerke durch den Rio della Paglia, über den sich die berühmte Seufzerbrücke beugte, schön und schrecklich. Denn auch wenn sie prächtig verziert war, so war sie doch der Weg, den die Verurteilten in ihre Verliese nahmen. Gebannt starrte Drago auf die näher kommende Wölbung, deren Umrisse sich scharf vor der leicht dunstigen Luft der nächtlichen Lagune abzeichneten. An den Rändern dieses Bildes aber war deutlich etwas anderes zu erkennen: das grünliche Leuchten einer magischen Aura. Endlich hatte Drago eine der magischen Brücken gefunden.

Drago spürte, wie der Nachtmahr unruhig wurde. Das Tier hatte sich auf den Bug des Bootes gestellt und sich aufgerichtet, sodass es beinahe aussah wie eine Galionsfigur oder wie der Bugbeschlag einer Gondel. Dragos Herz klopfte, bald würden sie die Brücke erreichen. Er erinnerte sich plötzlich wieder, wie er an dieser Stelle einst ein Boot hatte versinken sehen. Am hellen Tage war es im Kanal verschwunden, ohne die geringste Spur zu hinterlassen – und der Gondoliere mit ihm. Schon trat das Boot in den Nachtschatten der Brücke ein und Drago hörte auf zu rudern. Er streckte die Hand nach seinem Nachtmahr aus und machte sich bereit, das Unglaubliche zu erleben. Mit der magischen Kraft des Nachtmahrs, mit dem Blick für die Aura des Ortes und mit dem Wissen, dass er dabei war, ein Geheimnis der Zauberei zu lüften – geschah nichts. Das Boot glitt unter der Seufzerbrücke hindurch, der Nachtmahr zitterte kurzzeitig etwas stärker und Drago holte wieder Luft, als sie auf der anderen Seite aus dem Schatten der Brücke wieder heraustraten. Es war absolut nichts geschehen. Drago seufzte. Er wusste, was das Problem war: „Zu wenig magische Kraft."

Und er wusste, was das bedeutete: „Ich muss noch einmal auf die kleine Insel und eine Nacht dort zubringen. Und vielleicht noch einige Nächte mehr." Solcherart murmelnd, packte er wieder die Ruder, wendete das Boot und trat den Weg zurück nach San Michele an, der Toteninsel, auf der noch viele Studien auf ihn warteten.

In einer mondlosen Nacht

Die Tage und Nächte vergingen. Drago aber blieb in seiner Gruft und studierte *Einführung in die praktische Zauberkunst* von Doctor Faustus Füchslin und *Die Kunst der einfachen Magie* von Vitus Weisz. Der Nachtmahr beobachtete ihn dabei starr wie eine Statue und nicht minder stumm. Inzwischen hatte sich Drago an seinen Begleiter gewöhnt. Im Grunde war er sogar ganz froh, dass er nicht allein sein musste. Nach Hause zu gehen, das wagte er nicht mehr. Auch wenn es ihm schwerfiel, nicht zu wissen, wie es Luzia ging und ob es Nachricht von der kleinen Livia gab, so wollte er sie doch nicht in Gefahr bringen. Denn wenn die Magier erst herausgefunden hätten, wo er wohnte, dann würde ihre Rache kaum vor der Familie Halt machen. Und so lebte er sein einsames Leben auf der Friedhofsinsel von Venedig und machte sich nur gelegentlich auf den Weg, um von einem der Marktstände am Rialto etwas zu Essen zu stehlen oder einen Weg zu erkunden, der ihm nützlich erschien, um seinen Plan umzusetzen.

Und dann war es so weit: Es war eine mondlose Nacht und Drago machte sich auf zu der kleinen verlassenen Insel. Diesmal hatte er nicht nur einen Umhang dabei, sondern auch noch einen Mantel, den er einem Besucher von einer Bank in der Kirche zu San Marco stibitzt und wohlweislich mehrere Tage getragen hatte, wer wusste schon, ob der Zauber sonst wirkte.

Er wandte sich nach Nord, Süd, Ost und West, ehe er sich mit der Spitze seines Messers eine Fingerkuppe aufritzte und einen Tropfen Blut auf einen Stein fallen ließ. Dann legte er den Stein mit der blutbenetzten Seite nach unten in eine kleine Senke des Bodens und breitete den Mantel darüber. Auch einen zweiten Stein bereitete er auf diese Art vor und bedeckte ihn mit seinem Umhang ganz in der Nähe. Er hatte sich diesmal gut vorbereitet – und es war eine ruhige Nacht. Diesmal würde er es besser machen. Weder wollte er ein unschuldiges Wesen verletzen oder gar töten, noch wollte er sich selbst in Gefahr bringen. Also sprach er – zweimal – die Formel „Spiritus veniat!“ und setzte sich schließlich zwischen die beiden Plätze und wartete.

Es war eine milde Nacht. Am Himmel funkelten die Sterne, dass einem bang ums Herz werden konnte. *Jeder Stern am Himmel ist ein lieber Mensch, den wir verloren haben und der auf uns herabblickt und uns beschützt* – so hatte Dragos Mutter immer gesagt. Er hatte es nie geglaubt. Aber jetzt hätte er es doch ganz tröstlich gefunden zu wissen, dass einer dieser Sterne seine Mutter war. Und vielleicht hatte sie ja Recht gehabt. Vielleicht waren in den Lichtern, die am Nachthimmel glühten, die Seelen lieb gewonnener Wesen verborgen.

Weit draußen auf dem Meer zog ein Schiff vorüber, vielleicht kam es aus Triest, der Stadt, in der Drago mit seiner Familie einige Zeit gelebt hatte. An Bord brannten mehrere Lampen, die sich im dunklen Wasser spiegelten. Drago beobachtete es, bis es nicht mehr zu sehen war.

Und dann dämmerte langsam der Morgen. Drago erhob sich und machte sich bereit. Diesmal würde er nichts riskieren, diesmal musste seine Beschwörung perfekt sein. Er trat an seinen Mantel und packte ihn an einem Ärmel. Schon glaubte er, eine kleine Erhebung in der Mitte auszumachen, eine leichte Regung des Stoffes zu erahnen … Er holte Luft, riss den Stoff beiseite und sprach klar, deutlich und ohne Zögern: „Te domino!“

Ein Rabe saß vor ihm auf dem Boden, den Kopf leicht geduckt, den kalten Blick ihm zugewandt. Mit einem leisen Krächzen richtete sich das Tier auf und reckte die Flügel. Und dann entgegnete es, ganz leise, aber deutlich hörbar: „So sieht es wohl aus.“

Drago hatte keine Zeit zu erschrecken. Wenn er die zweite Beschwörung nicht vertun wollte, musste er jetzt handeln. Also fasste er nach dem Umhang und zog auch diesen mit einem Ruck zur Seite. „Te domino!“

Fast wäre er rückwärts hingefallen. Niemals zuvor hatte Drago ein Wesen gesehen, das so abstoßend war. Es war so scheußlich, dass er den Blick abwandte. „Te domino!", keuchte er nochmals. „Te … domino".

Das Wesen aber bewegte sich nicht. Es lag vor ihm, schwarz, dürr und unverkennbar mit drei Augen versehen, die Drago aus unterschiedlichen Winkeln anstarrten. Vor allem aber hatte es ein Gebiss, das eines Haifischs würdig gewesen wäre.

„Te domino."

„Das habe ich inzwischen verstanden", erwiderte das Wesen mit überraschend wohlklingender Stimme und bewegte leicht den Kopf. „Darf ich fragen, wer mein neuer Herr ist?"

Drago schluckte. Er konnte sich kaum vorstellen, Herr über ein so abscheuliches Geschöpf zu sein. „Drago", antwortete er mit trockenem Mund. „Ich bin Drago."

„Drago. Gut."

„Und du? Wer bist du?"

„Ein Feraph, wie du als Magier sehen müsstest."

„Und dein Name?"

„Mein Name? Feraphe haben keine Namen. Du nennst mich Feraph. Ich nenne dich Herr."

Drago nickte. „Gut. Steig in mein Boot. Wir müssen von hier weg." Dann wandte er sich an den Raben. „Und du kommst ebenfalls mit."

„Das geht nicht, Herr", erwiderte der Rabe. „Raben und Feraphe gehören nicht derselben Ebene an. Wir können uns unmöglich in einem Raum aufhalten. Oder in einem Boot. Genau genommen dürften wir einander nicht einmal sehen. Dass es dennoch möglich ist, liegt vermutlich daran, dass Ihr einen unerlaubten Zauber ausgeführt habt."

„Unerlaubt?"

„Die Beschwörung niederer magischer Wesen ist ein Einzelzauber. Ihr habt aber zwei solche Zauber zur selben Zeit ausgeführt. Dadurch habt Ihr eine Grenze übertreten."

Der Feraph richtete sich inzwischen auf und stakte zu Dragos Boot. Wenn man die drei Augen nicht beachtete, hätte man ihn für einen eigentümlichen, grässlichen Hund halten können, allerdings für einen, der auf zwei Beinen gehen konnte.

„Dann wirst du fliegen", befahl Drago dem Raben. „Folge uns einfach."

Schweigend ruderten sie hinüber nach San Michele. Drago war hin und her gerissen. Einerseits konnte er kaum den Blick von dem Monster wenden, das mit ihm in einem Boot saß. Andererseits schockierte ihn der Anblick stets auf Neue. Immer wieder musste er sich bewusst machen, dass er nun über dieses Wesen bestimmen durfte. Ohne diese Gewissheit hätte er es nicht ausgehalten, so grausam sah dieses Gebiss aus, so gefährlich mutete ihn der Blick des Feraphen an. Drei Augen, von denen das mittlere über den beiden anderen lag. Einen Mondzyklus lang würde dieses magische Wesen Drago nun zu Diensten sein müssen. Einen Monat lang. Konnte er es entlassen? Er wusste es nicht. Was würde nach diesem Monat geschehen? Auch darauf hatte Drago keine Antwort. Vor allem aber wusste er eines nicht: Wozu um alles in der Welt war ein Feraph gut?

Er würde sich keine Blöße geben dürfen, durfte nicht erkennen lassen, dass er keine Ahnung hatte. Wie gefährlich magische Wesen auch gegen ihren Herren sein konnten, selbst wenn sie unter Bann standen, das konnte Drago an Cerbero sehen. Kaum war der Conte aus dem Haus, suchte der Dämon Rache. Das konnte ihm, Drago, auch so ergehen, wenn er Schwäche zeigte. „Ich habe wichtige Aufgaben für dich", sagte er mit bemühter Stimme.

Der Feraph nickte. „Ja, Herr."

„Vorläufig kann ich dir nicht viel sagen."

„Ja, Herr." Wieder saß das Wesen wie versteinert da. Nur die Augen bewegten sich und musterten Drago unaufhörlich.

„Und sieh mich nicht so an!"

„Ja, Herr." Die Augen des Feraphen wanderten in drei unterschiedliche Richtungen, sodass keines mehr auf Drago gerichtet war. Und doch hatte er ein Gefühl, als gäbe es noch ein viertes, verborgenes Auge, das ihn weiterhin anstarrte.

Als sie San Michele erreichten, stand die Sonne bereits am Himmel und ein sanfter Wind wehte über die Lagune. Drago zog sein Boot hinter einen kümmerlichen Busch und hieß seine neuen Diener, ihm zu folgen.

Die Gruft lag friedlich im Schatten der Mauer. Und doch fiel Drago sogleich auf, dass etwas geschehen war. Er trat auf das niedere Portal zu, das dunkel in Richtung Osten gähnte, während der Rabe sich auf einem Ast einer nahe gelegenen Zypresse niederließ. Das Innere der Gruft lag in steter Dämmerung, doch Drago musste nicht lange forschen, um die Veränderung zu erkennen: Der Nachtmahr war verschwunden!

Hatte er ihm nicht befohlen, hier auf ihn zu warten? War das Geschöpf nicht immer hier gewesen, seit Drago es beschworen hatte? Einen ganzen Monat lang war der Nachtmahr ihm nicht von der Seite gewichen, wenn er Begleitung gewünscht hatte, und hatte sich nicht fortbewegt, wenn er ihm hierzubleiben geheißen hatte. Was war geschehen? Einen Monat lang! Natürlich! Von Neumond zu Neumond: *Für die Dauer eines Mondzyklus dem Magier zur Folgsamkeit verpflichtet*, das war der Zweck der Beschwörung. Der Mondzyklus war vorüber, der Nachtmahr war aus seiner Pflicht entlassen – und er hatte sich davongemacht. Vielleicht war er auch in jener unsichtbaren Welt verschwunden, aus der er einst unter Dragos Umhang gezwungen worden war. Drago blickte sich nach seinen neuen Dienern um. Auch diese beiden würden nach Ablauf eines Monats verschwunden sein. Die Frage war, ob er diesmal mehr Nutzen von seinen Dienern haben würde als beim letzten Mal.

Der Zauber des Verschwindens

Mehr als einen Monat lang hatte Drago nun keinen der Magier mehr gesehen. Auch Cerbero oder sonst ein Diener des Conte war nicht mehr in seiner Umgebung aufgetaucht, obwohl Drago gerade mit dem Dämon durchaus gerechnet hatte. Fast war es, als hätten sie ihn vergessen. Aber er hatte ja auch jeden Ort gemieden, an dem er hätte entdeckt werden können.

Die Wochen in der Gruft waren nicht gemütlich, aber sie waren doch auf eine schaurige Art sicher. Natürlich war Drago klar, dass Cerbero oder ein anderer Dämon ihn dort hätte aufspüren können, seit er magische Wesen um sich hatte. Denn die Dämonen hatten eine feine Nase für magische Auren. Dennoch machte sich Drago keine allzu großen Sorgen: Ein Friedhof hatte an sich schon eine leicht magische Aura, die vielleicht jene der niederen magischen Wesen überstrahlte. Die des Raben ganz sicher, und die des Feraphen womöglich auch.

Immer und immer wieder ging Drago durch den Kopf, was er gelesen, was er gelernt und was er sich dazu überlegt hatte. Ein niederes magisches Wesen bei sich zu führen reichte offenbar nicht aus, um das Geheimnis des seltsamen Textes zu entschlüsseln Was ihm fehlte, waren magische Kräfte. Kräfte, wie er sie nur durch magische Geschöpfe erlangen konnte. Wenn aber ein niedriges Wesen nicht ausreichte, vielleicht gelang es ihm mit zwei solcher Wesen. Jedenfalls musste er noch etwas anderes probieren. Und er hatte auch schon eine Idee, wie er es anstellen würde.

Ein Trauerzug bewegte sich langsam auf die Kirche zu. Ein Gondoliere half als Sargträger aus. Auf eine solche Gelegenheit hatte Drago seit Tagen gewartet. Er gab seinen Dienern ein Zeichen und sogleich lief der Feraph neben ihm her zu der Gondel, während sich der Rabe in die Lüfte schwang, um nach San Marco hinüberzufliegen.

Mit einem leisen Ächzen setzte sich die Gondel in Bewegung. Offenbar war es ein altes Stück. Drago stieß sie so heftig wie möglich mit der langen Stange von der Mole ab. Schaukelnd glitt sie auf die Lagune hinaus. Das Boot trug einen Baldachin, wie es die Trauergondeln bei besonders reichen oder vornehmen Toten häufig taten. Das behinderte Drago beim Steuern. Andererseits schützte es ihn auch vor der sengenden Sonne, die schon früh am Tag vom Himmel herabbrannte.

In der Ferne sah er den Raben fliegen. Der Feraph blickte hinüber nach San Marco und mit einem Auge zurück nach San Michele, wo man inzwischen auf die Gondel aufmerksam geworden war und rief. Drago sah sich nicht um. Um die Verfolger würde er sich nicht kümmern. Seinen Vorsprung konnten sie nicht einholen, denn den Sarg durften sie nicht einfach stehen lassen. Und bis sie endlich so weit waren, hätte er sein Ziel längst erreicht.

San Marco näherte sich schnell. Immer wieder ertappte sich Drago dabei, wie er leise mit dem Boot sprach. Eine Gondel, das wusste er, eine echte Gondel, war weit mehr als ein Boot aus Holz und Leim. Sie war ein magisches Wesen der höchsten Gattung. Er beobachtete den Kopf der Gondel, der sich schaukelnd im Rhythmus seines Ruderns hin und her bewegte. Irgendwann fiel sein Blick auf eine kleine Plakette, die am Rand des Bootes angebracht war und besagte: „Tremonti & Figli". Auch dieses wundervolle Wesen war in der Werft von Signor Tremonti ins Wasser gezwungen worden.

Am Rio dei Gesuiti glitt die Gondel in die Stadt, vorbei am Kloster, das er mit Cerbero besichtigt hatte. Er ruderte schneller, weil er spürte, dass ihm die Erinnerungen die Kräfte raubten. Aus Vorsicht mied er die großen Kanäle, sondern hielt sich an die kleinen, die ihn kaum weniger schnell hinüberbrachten zum Rio della Paglia. Schon erhoben sich zu seiner Linken die mächtigen Mauern der Bleikammern, düster und verwittert. Er meinte fast, das Stöhnen und Klagen der Eingekerkerten zu hören. Doch das war unmöglich. Wer hier in Ketten lag, war von draußen nicht zu hören. Die Seufzerbrücke strahlte im hellen Licht des frühen Morgens und zum ersten Mal erkannte Drago, dass ihr Baumeister ihr das Aussehen eines Gesichts gegeben hatte: zwei Fenster stellten die zwei Augen dar, ein Wappen dazwischen, die Nase – und eine Reihe von Köpfen, die die Wölbung schmückten, waren die

Zähne. Im schrägen Morgenlicht bildete die Brücke so ein riesiges Maul, auf das Drago seine Gondel zulenkte. Ein Schatten über seinem Kopf verriet ihm, dass der Rabe in der Nähe war. Der Feraph schien zu ahnen, was Drago im Schilde führte. „Es ist heller Tag", knurrte er. „Aber es ist kein Zufall, dass wir hierhergekommen sind, nicht wahr?"

„Nein", sagte Drago. „Es ist kein Zufall. Komm her."

Der Feraph, der bis jetzt am Bug des Bootes gesessen hatte, setzte sich zu Dragos Füßen. Der Rabe drehte eine Schleife am Himmel und flog nun von der anderen Seite auf die Seufzerbrücke zu. Drago nickte und stieß die Ruderstange tief in den Grund des Kanals, sodass die Gondel unter der Brücke zum Stehen kam. Er holte tief Luft, legte eine Hand auf das tiefschwarze Fell des Feraphen, die andere an den Rand der Gondel, spürte, wie das Holz zu glühen begann, blickte hoch zu dem Raben und schloss die Augen in dem Moment, in dem der Vogel unter der Brücke hindurchschoss.

Ein Dröhnen stieg aus der Tiefe, das Boot hob sich leicht aus dem Wasser und begann dann zu sinken. Es war, als hätte sich unter Drago ein Höllenschlund aufgetan. Schon spürte er die Fluten nach ihm greifen. Der Feraph bäumte sich auf, als er unter Wasser gedrückt wurde. Mit einem Zischen versank das glühende Holz im Kanal – und einen Augenblick später war auch Drago verschwunden. Nichts war mehr von der Gondel und ihren Passagieren zu sehen, außer den Kreisen auf der Oberfläche des Kanals, die langsam verliefen. Der Zauber war gelungen. Das riesige Maul der Seufzerbrücke hatte den Magier verschluckt.

Sechstes Kapitel

Die Burg

Ein riesiges Pferd erhob sich über Drago. Es bäumte sich auf, schwarz und gefährlich vor dem abendlichen Himmel. Auf dem Pferd aber saß ein Reiter, der seine Lanze mitten auf Dragos Herz gerichtet hielt. Drago war starr vor Schreck, er konnte nicht einmal seine Hände schützend vors Gesicht reißen. Ein Schrei blieb ihm in der Kehle stecken, während er aufblickte zu seinem Mörder – und erkannte, dass weder er noch das Pferd sich bewegten, sondern ebenso reglos über ihm schwebten wie Drachentöter, die in der Bewegung erstarrt waren. Ein Standbild. Nun schlug er doch die Hände vors Gesicht. Ein Standbild. Er rang nach Luft. Wo war er hier? Das Letzte, woran er sich erinnerte, war das Dröhnen, in dem seine Gondel versunken war. Danach war er ohnmächtig geworden. Und nun fand er sich hier wieder, auf einem Denkmal unter einem bronzenen Pferd, dessen bronzener Reiter mit der Lanze auf ihn zielte. Drago richtete sich mühsam auf. Nein, die Lanze war nicht auf ihn gerichtet, sondern auf … Er blickte sich um und erschrak abermals, als er erkannte, dass er auf einem bronzenen, sich im Todeskampf windenden Drachen lag. Das riesige aufgerissene Maul zeigte ein Gebiss, so furchterregend wie das eines Feraphen – und noch größer.

Der Feraph! Drago sah sich um. Wo war sein Begleiter? Jetzt erst erkannte er, dass er von Nebel umgeben war. Sfumato? Nein, so dicht war dieser Schleier nicht. Man konnte noch beinahe alles sehen, es war nur wie in Milch getaucht. Drago befand sich auf einem Hof, auf den zahlreiche Fenster eines großen, umgebenden Gebäudes herabblickten. Doch hinter kaum einem dieser Fenster brannte Licht, obwohl die Dämmerung schon weit fortgeschritten war. Nicht weit entfernt erhob sich offenbar eine Kirche. Der Boden war mit groben Steinen eng bedeckt, ganz anders als die Plätze in Venedig, wo die Wege feiner gearbeitet waren. Und auch das Gebäude um ihn herum sah völlig anders aus als alles, was er bisher gesehen hatte. Wohl entdeckte er einige Turmspitzen, auch Zinnen und spitze Giebel, steile Dächer – aber nichts davon erinnerte ihn auch nur entfernt an Venedig. Am wenigsten aber die Kirche, die sich wenige Schritte entfernt erhob und deren unzählige spitze Türmchen und Statuetten wie die Krallen eines gewaltigen Tiers in den Himmel ragten.

Leicht benommen kletterte Drago von dem Standbild herunter. Im Schatten der Kirche lauerte eine Katze, schwarz und vorsichtig. Doch ihre gelben Augen starrten leuchtend zu ihm herüber. Es war fast, als bilde der Nebel ein Fenster für die Katze. „Feraph?", fragte Drago. Seine Stimme war heiser. Er befühlte seine Stirn: Sie war nass. Natürlich, er war ja auch in einem venezianischen Kanal versunken. Obwohl … Er sah an sich herab: Seine Kleider waren trocken. Nichts wies auf das gespenstische Bad hin, das er genommen hatte. Am wenigsten aber seine Erinnerung. Er hatte keine. Am Morgen war er im Kanal hinter dem Dogenpalast versunken, jetzt war es Abend und er war an einem ganz anderen Ort wieder aufgetaucht. Hätte er damit rechnen müssen? Er wusste es nicht. Er hatte die Weisheit gesucht, sich auf die Jagd nach einem Geheimnis begeben. Nun hatte er sich in der Fremde wiedergefunden. „Feraph?" Die Katze kam langsam auf ihn zu. Konnten Feraphe ihre Gestalt verändern? Drago wusste es nicht. Er wusste auch nicht, was eine solch dunkle Reise sonst an seltsamen Erlebnissen mit sich bringen konnte. „Bist du es?"

Keine Antwort. Kein Zeichen. Und doch, die Katze begab sich an seine Seite und folgte ihm, als er vorsichtig über den Hof schritt. Er befand sich auf einer Burg, das wurde ihm jetzt klar. Nie zuvor war er auf einer Burg gewesen. Aber natürlich hatte er schon welche von der Ferne gesehen, vor allem in seiner Heimat Illyrien, wo einige der mächtigsten und ältesten Burgen standen.

Es musste eine große Burg sein, denn allein die Kirche in ihrem Inneren war groß genug, als eine eigene Burg durchzugehen. Auf den Hof folgte ein weiterer Hof und darauf noch einer. Einige geduckte Gestalten begegneten ihm, und in einiger Entfernung standen Bewaffnete, die ihre Lanzen vor der Brust hielten. Dann endlich belebte sich die Burg etwas, es kam ein kleines Gässchen in Sicht, dessen schiefe Häuser in den unterschiedlichsten Farben bemalt waren. Im sanften Abendwind schaukelten Laternen vor den Häusern und bildeten im Nebel leuchtende Wolken. Schilder hingen über den Eingängen. Offenbar hatten Handwerker hier ihr Zuhause. Drago trat näher. Die Katze blieb an seiner Seite.

Seltsame Zeichen und Bilder waren auf den Schildern abgebildet, auf die Drago sich keinen Reim machen konnte. Vor einem der Häuser blieb er stehen. Ein kleines, rundes Fenster über der Tür war erleuchtet, dahinter konnte er schemenhaft eine Gestalt erkennen, die ihm vertraut vorkam, obwohl das natürlich gänzlich unmöglich war an diesem fremden Ort. Über dem Eingang hing ein Schild, auf dem in silbernen Lettern auf schwarzem Grund in altmodischen Buchstaben geschrieben stand: *Vitus Weisz. Magier.* Die Tür war nur angelehnt und öffnete sich lautlos und wie von selbst. Es war eine niedrige Pforte. Die Katze sprang zuerst in das unscheinbare Haus. Drago folgte ihr zögernd. Noch beim Eintreten war ihm, als hätte er ein grünliches Schimmern am Türrahmen gesehen. „Feraph?", flüsterte er. Doch die Katze war verschwunden. Vorsichtig trat er näher. Im Haus war es dunkel. Oben aber hatte er Licht gesehen. Also tastete er sich zur Treppe vor und stieg hinauf in den ersten Stock, von wo er eine brüchige alte Stimme ein Lied summen hörte.

Es war eine winzige Stube, in der er plötzlich stand, kaum groß genug, um einem Tisch und einigen Regalen an den Wänden Platz zu bieten. Beißender Geruch schlug ihm entgegen. Drago hielt sich an der Wand fest, um nicht rücklings wieder die Treppe hinunterzustürzen. Die Katze saß der Treppe gegenüber auf einer hohen Kommode und starrte ihn an. Unter ihr am Tisch aber saß ein alter Mann, den Drago zunächst gar nicht gesehen hatte, weil er hinter unzähligen Geräten und Behältern verborgen war. Flaschen und Töpfe, Phiolen, Gläser, Kolben, Köcher und Kelche und wundersam gebogene Rohre lagen und standen auf dem Tisch. In einigen von ihnen brodelten Flüssigkeiten, andere waren leer oder schienen auf ihre Bestimmung zu warten. In mehreren Mörsern waren unbekannte Dinge zerstampft, Kräuter vielleicht, vielleicht aber auch Steine oder Knochen. Auf dem Kopf trug der alte Mann eine Kappe, die vermutlich das Zeichen einer Gilde war, um seinen Hals hing ein großes silbernes Amulett, das sich bei den Hehlern von Venedig für den Lohn eines Jahres hätte verkaufen lassen, so prächtig und filigran gearbeitet war es. Jetzt erst bemerkte Drago, dass auch der Alte ihn anblickte, allerdings aus freundlichen Augen und mit einem leisen Lächeln um die Mundwinkel. „Ein Gast", stellte der Mann fest. „Wie schön. Ich dachte schon, der Nebel bringt uns auch heute niemanden."

Vitus Weisz

Das Goldene Gässchen war eine kleine Straße auf der Burg zu Prag. Hier hatten sich allerlei Alchimisten niedergelassen, die im Dienste des Kaisers nach dem Stein der Weisen forschten, Astrologen, die die Zukunft aus den Sternen deuteten, und weise Frauen, die die Heilgeheimnisse der Kräuter hüteten und als Hebammen arbeiteten. Auch einige Burgwächter lebten in den kleinen, schiefen Häusern mit den bunten Fassaden sowie Goldschmiede, die ihre Kunstwerke nicht selten mit Hilfe der geheimnisvollen Fertigkeiten aus dem Reich der Alchimie schufen.

Wie die Palazzi von Venedig, doch viel unscheinbarer, ja geradezu ärmlich reihte sich hier Haus an Haus. In einem der Häuser aber, einem ganz besonderen, lebte Vitus Weisz: Es war das Haus, das nur im Nebel und nur von Sonntagskindern gesehen werden konnte. Wohl war es da und fügte sich in die Reihe der Bauten auf der Goldenen Gasse, wohl konnte man es betreten und verlassen wie jedes andere Haus. Doch blieb es all jenen unsichtbar, die nicht im Nebel kamen und nicht einst an einem Sonntag geboren worden waren.

Das wusste Drago natürlich nicht, als er eintrat – und es würde noch einige Zeit dauern, bis er es herausfand. Was er jedoch gleich erkannte, war, dass er vor jenem Mann stand, dessen Buch er die letzten Wochen wie kein anderes studiert hatte: *Die Kunst der einfachen Magie von Vitus Weisz zu Prag Anno Domini 1633.*

„Vitus Weisz?", fragte er, gleichermaßen erschrocken und fasziniert.

„So nenne ich mich, ja", antwortete der alte Mann und blickte Drago über den Rand seiner Brille freundlich an.

„Ich habe Ihr Buch gelesen."

„Die Kunst der einfachen Magie?"

„Ja", sagte Drago und fügte hinzu: „Aber das kann nicht sein."

„Du hast es gelesen und es kann nicht sein?" Der Alte schien amüsiert und legte seine Instrumente beiseite.

„In dem Buch steht *zu Prag Anno Domini 1633*".

„Nun", sagte Weisz. „Du bist hier in Prag."

„Aber es kann unmöglich das Jahr 1633 sein."

Der Alte nickte. „Damit hast du wohl Recht, junger Mann. Ich habe das Buch vor vielen Jahren geschrieben. Es ist das Jahr 1666."

Drago schüttelte den Kopf. „Es ist das Jahr 1878!" Unwillkürlich blickte er aus dem kleinen runden Fenster. Doch dahinter sah er nur den goldenen Schein der Laterne im nächtlichen Nebel.

Der alte Mann trat hinter dem Tisch hervor auf Drago zu. „Also bist du weit gereist, mein Junge. Deine Spur reicht durch Zeit und Raum. Und nun bist du hierher zu mir gekommen auf diese kleine Insel des Wissens in einer Welt voller Gefahren. Wer hat dir mein Buch gegeben?"

„Ich ... ich ..." Drago zögerte einen Augenblick zu gestehen, dass er es von einem Dämon bekommen hatte. Dann entschied er sich für die Halbwahrheit: „Ich habe es aus einer Bibliothek."

Weisz nickte. „Dann hattest du Zugang zu einer magischen Bibliothek. Bei wem bist du in die Lehre gegangen?"

Wie viel sollte, wie viel konnte er sagen? Drago wusste es nicht. Er war viel zu verwirrt. Wenn stimmte, was der Alte behauptete, dann war er durch die Zeit gereist und im Prag des 17. Jahrhunderts gelandet. Drago wusste aus den Büchern, dass es Zeitreisen gab. Aber konnte es wirklich so einfach sein? Man suchte sich nur eine magische Brücke und ging oder fuhr unter ihr hindurch? Andererseits: Es bedurfte magischer Kräfte. Drago hatte zwei niedere magische Wesen beschworen, um den Zauber auszulösen. Aber welchen Zauber eigentlich? Hatte er irgendeinen wirklichen Plan? Oder glaubte er tatsächlich, er könnte irgendetwas bewirken, wenn es ihm nur gelang, überhaupt einen Zauber zu vollbringen? Er dachte an die Weissagung aus dem Buch: *Wer die Weisheit sucht, wird sie bei den Brücken finden.*

Er murmelte den Satz zu sich selbst. Der Alte aber nickte: „Ja, das ist einer der Wege, die zu uns führen."

„Der Conte Rubio di Scarfazzo", sagte Drago zögerlich. „Er war mein Lehrmeister."

Die Stirn des Alten verfinsterte sich wie ein Gewitterhimmel. „Du lernst bei Scarfazzo?"

„Sie kennen ihn?" Wie konnte das sein? Scarfazzo lebte zweihundert Jahre später!

„Junge, du bist nicht der Einzige, der die Zeit überwindet." Weisz wandte sich ab. Er rang sichtlich um Fassung. Es dauerte eine Weile, bis er wieder sprach: „Entweder bist du unser aller Untergang oder du wirst die Welt retten." Er trat erneut auf Drago zu. „Hast du auf deiner Reise einen Doctor Faustus Füchslin kennen gelernt? Einen Rufus von Quedlinburg? Einen Szabó Szabó? Einen John Morton? Einen Hannibal Rabe? …"

Drago nickte. „Signor Rabe kenne ich. – Und von Doctor Füchslin habe ich ein Buch gelesen."

Die Miene des Magiers hellte sich auf. „Du kennst Rabe? Wen kanntest du zuerst? Rabe oder Scarfazzo?"

„Rabe." Drago fühlte sich gar nicht wohl in seiner Haut. Worauf wollte der Alte hinaus? „Er … Ich bin in seinem Auftrag zum Conte."

Da trat ein Lächeln auf die Lippen des alten Mannes und er breitete die Arme aus. „Was für ein Glück! Was für eine wundervolle Nachricht! Mein Junge, sei von Herzen in diesem Haus willkommen. Bleib, so lange du willst, komm, wann immer es dir gefällt. Nimm alles auf, was ich kann und weiß. Von Stund an will ich dein Lehrer sein, ich, Vitus Weisz, der niederste unter den Magiern des Kaisers." Der alte Mann zog ihn am Ärmel aus der Stube und eine weitere Treppe hinauf, die sehr steil und schmal unter den Dachfirst führte. Es war düster und eng und dabei so kalt, dass Drago fröstelte. Wohin brachte ihn der Alte?

Sie stiegen durch eine Luke auf den Dachboden, wo an einer offenen Truhe eine Frau saß und etwas abwog. Die golden schimmernde Waage stand auf einer Kommode und pendelte leicht. „Sieh her, meine gute Frau, wen ich dir mitbringe!“ Vitus Weisz schnaufte schwer, obwohl es nur ein paar Stufen unters Dach gewesen waren. „Das ist …“ Er wandte sich zu Drago um. „Deinen Namen habe ich noch gar nicht erfahren!“

„Drago“, murmelte Drago verlegen.

„Drago!“ Der Alte klatschte in die Hände. „Das hätte ich dir auch so sagen können!“ Er lachte.

„Ich auch“, sagte mit mildem Ernst die Frau und strich sich eine Strähne ihres störrischen Haars aus der Stirn. Sie meinte es auch so, das war Drago sofort klar. Er trat näher und verbeugte sich leicht vor ihr, ohne dass er das eigentlich gewollt hatte. „Drago“, wiederholte er. „Ich komme aus Venedig.“

„Er kommt von Scarfazzo!“ Ehe die Frau etwas erwidern konnte, hob Weisz die Hände. „Aber eigentlich kommt er von Titus. Und er hat gerade zweihundert Jahre hinter sich gebracht!“ Seine Begeisterung war so groß, dass Drago beinahe hätte lachen können, weil die Frau bei alledem ganz gelassen blieb. Allerdings verstand er nicht, wovon der Alte sprach. „Titus?“, fragte er.

„Das kannst du natürlich nicht wissen. Es sind alles Namen ein und desselben Magiers. Füchslin. Morton. Rabe. Und eben Titus. Wir haben ihn unter diesem Namen kennen gelernt. Deshalb nennen wir ihn so. Naja, manchmal nennen wir ihn natürlich auch …“

„Nun lass den Jungen erst einmal richtig ankommen“, sagte die Frau und erhob sich von ihrem Schemel. Die Waage begann wieder leicht zu pendeln. Die goldenen Gewichte auf der einen Seite spiegelten das Licht der Öllampe, die auf der Kommode stand. Eine Wolke von Düften schien plötzlich in der Luft zu liegen. Die Frau steckte die Haarsträhne unter ihre Haube, wischte sich die Hände an der Schürze ab und trat auf Drago zu. „Sei willkommen bei uns. Ich bin Anna Weisz. Du darfst mich gerne Anna nennen.“ Sie nahm ihn am Arm und führte ihn zu ihrer Truhe. „Mein Reich ist das der Gewürze und Kräuter, der Heilkunst und der Wahrsagerei. Wenn du darüber etwas wissen willst, frag mich jederzeit gerne. Wenn du zweihundert Jahre gereist bist, kann es natürlich gut sein, dass vieles von dem, was wir heute glauben, in deiner Zeit längst widerlegt ist. Anderes wird vergessen sein. Aber das werden wir ja sehen.“

„Frau, du verwirrst den Jungen“, unterbrach Vitus Weisz sie. „Er weiß ja noch nicht einmal, wo er überhaupt ist.“

Doch das änderte sich. Schon bald würde Drago wissen, welch außergewöhnliche Reise hinter ihm lag – und welch gefährliche vor ihm!

Der magische Schlüssel

„Zunächst muss ich dir ein paar Regeln erklären, die du zu deiner eigenen Sicherheit befolgen solltest“, begann der Alte und gab Drago ein Zeichen, sich auf einen Stuhl auf der anderen Seite des Tisches zu setzen. „Dieses Haus kann man nur bei Nebel sehen und wenn man an einem Sonntag geboren wurde. Es ist das einzige Haus dieser Art hier im Goldenen Gässchen – und soweit ich weiß, das einzige auf der ganzen Welt. Nur wenige kennen sein Geheimnis. Damit das so bleibt, liegt das Haus in einem magischen Winkel. Wer bei Tag vorübergeht, sieht nichts. Wer aber nachts vorbeikommt, der erkennt nur einen schmalen Schatten. Willst du dich nicht selbst als Zauberer verraten, musst du eine Kerze anzünden, sobald du durch die Tür nach draußen gehst. Die Kerze, die im Haus Licht spendet, nimmt es draußen weg. Du trittst deshalb immer in die Nacht, wenn du das Haus verlässt, weshalb du für jeden Beobachter nur aus dem Schatten kommst, aber nicht aus einem Gebäude …"

„Aber wundern sich die Menschen draußen nicht, wenn es plötzlich dunkel wird?"

„Dunkel wird?" Vitus Weisz brauchte einen Moment, ehe er verstand. „Ach so, ich sehe, du verstehst das Prinzip der Zeitreise noch nicht!" Er lächelte gutmütig. „Für die Menschen draußen ändert sich nichts", erklärte er. „Es ist deine Zeit, die sich verändert. Du betrittst die nächste Nacht, egal, ob du morgens, mittags oder abends aus der Tür gehst. Die Kerze ist wie eine Uhr, an der du drehst." Weisz forschte in Dragos Augen, ob er verstand, doch dann schüttelte er den Kopf. „Ich fürchte, auch das muss ich dir noch beibringen." Er schenkte eine dunkle Flüssigkeit aus einem tönernen Krug in zwei Zinnbecher und reichte Drago einen davon. „Hier. Entschuldige bitte, dass wir noch gar nicht gefragt haben, ob du hungrig bist oder durstig. Aber die Freude über deinen Besuch war zu groß und die Aufregung macht mich ganz verrückt!" Drago zweifelte, ob es der Alte ernst meinte. Denn aufgeregt sah Vitus Weisz nun gar nicht aus. Eher amüsiert und neugierig.

„Bist du von der Brücke gekommen oder vom Drachentöter?"

„Vom Denkmal. Vom Drachentöter …" Drago nippte vorsichtig an dem Getränk, das so bitter war, wie es roch.

„Elbenkraut", sagte Weisz und zwinkerte verschmitzt. „Niemand kann uns hören, wenn wir davon trinken. Aber das weiß niemand außer meinem Weib, dir und mir. Und ..." Er nickte zu der Katze hin, die immer noch reglos auf dem Regal saß. „Und Kyra."

„Kyra? Die ... Katze?" Kannte Weisz den Feraphen? „Feraphe haben keine Namen", stellte er fest.

„Feraphe? Kyra ist alles andere als ein Feraph." Vitus Weisz klatschte in die Hände und die Katze sprang vom Regal. An der Stelle aber, auf die sie gesprungen war, stand plötzlich ein Mädchen in rotem Kleid und lächelte Drago spöttisch an. „Kyra", sagte der Alte. „Stell dich unserem Gast vor."

Das Mädchen warf sein tiefschwarzes Haar über die Schulter, trat auf Drago zu und hielt ihm die Hand hin. „Kyra Weisz. Ich bin die Tochter des Meisters."

„Drago", stotterte Drago und stand unsicher auf. „Und mein Feraph?"

Die beiden sahen ihn unschlüssig an. „Ich bin mir nicht sicher, worauf du hinauswillst", sagte schließlich der Alte.

„Ich dachte ..." Drago wandte sich an das Mädchen. „Ich dachte, du seist mein Feraph."

„Das wäre mir neu", entgegnete das Mädchen schnippisch und verließ die Kammer. In den Augen ihres Vaters aber leuchtete Erkenntnis auf. „Ich denke, ich weiß, was du meinst. Du hast dich eines Feraphen bedient, um zu uns zu kommen."

„Eines Feraphen und eines Raben, ja."

„Aber das ist unmöglich! Feraphen und Raben können gar nicht zur selben Zeit ..." Der Alte hielt inne. „Es sei denn ...", unterbrach er sich selbst. Und dann nickte er. „Es sei denn, du bist wirklich außergewöhnlich begabt." Doch er hatte es kaum ausgesprochen, da erstarrte sein Lächeln. „Du hast doch einen magischen Schlüssel bei dir? Etwas, das dir die Zeit offenhält, aus der du gekommen bist?"

„Einen magischen Schlüssel?", wiederholte Drago und spürte, wie etwas Fürchterliches in ihm zu arbeiten begann. „Ich verstehe nicht …"

„Doch", beharrte Vitus Weisz. Alles Fröhliche war mit einem Mal aus seinen Zügen gewichen. „Doch, du musst einen magischen Schlüssel bei dir haben. Einen Talisman vielleicht, eine verzauberte Spielkarte, ein …"

„Eine silberne Uhr vielleicht?" Drago wagte kaum, Hoffnung zu schöpfen. Aber vielleicht konnte die Uhr ihn ja wirklich retten.

„Eine Uhr? Nein. Uhren sind keine magischen Schlüssel. Sie sind das Werkzeug unzähliger Beschwörungsformeln, Flüche oder einfacher Zauber. Aber sie sind niemals magische Schlüssel." Der Alte schüttelte den Kopf. „Ich kann es kaum glauben. Wenn du keinen Schlüssel bei dir hast, dann wäre alles umsonst gewesen. Die Reise. Die Gefahren. Die Monate, die Kyra auf der Lauer gelegen hat …" So schwer, als laste die ganze Welt auf seinen Schultern, erhob sich der alte Mann und ging mit müden Schritten zum Fenster. Immer noch war dahinter nichts als der gelbliche Schein der Lampe im Nebel zu sehen. „Alles vergebens", klagte er leise und schüttelte den Kopf. „Und das bei einem Lehrling von Scarfazzo." Doch das schien ihn auf einen Gedanken zu bringen. Sogleich straffte sich seine Gestalt und das Kopfschütteln wurde energischer. „Nein, mein Junge. Du *hast* einen magischen Schlüssel! Du weißt es nur nicht. Titus hätte dich nie ohne einen magischen Schlüssel auf diese Reise geschickt." Der Alte musterte Drago und schließlich trat das weise Lächeln wieder auf seine Lippen und er nickte. „Unser Freund Titus ist ein Fuchs“, sagte er und lachte leise. „Er hat für deine Sicherheit gesorgt und du hast es nur nicht gemerkt. Aber wir werden ihn schon noch entdecken, deinen magischen Schlüssel, der dir die Tür zu deiner eigenen Zeit wieder aufstößt.“

Nachtgedanken

Er konnte das Holz des alten Hauses arbeiten hören. Durch die Ritzen in den Fenstern zog ein scharfer Wind. In dem Strohsack, den ihm der Meister als Bett gegeben hatte, schien es zu rascheln. Und über ihm hing eine große Spinne, er hatte sie vorhin im Schein der Öllampe gesehen. Jetzt war es dunkel, tiefste Nacht beherrschte die winzige Kammer, die man ihm zugewiesen hatte. In der Ferne kläffte ein Hund. Und das Rauschen der Bäume unter der Burg erinnerte ihn an das Rauschen des Meeres vor Venedig.

Ob er es jemals wiedersehen würde, das Meer? Und die Stadt … Er war nicht nur viele Tagesreisen davon entfernt, er war vor allem zweihundert Jahre davon entfernt! Drago stöhnte auf bei dem Gedanken. Zweihundert Jahre! Immer noch fiel es ihm schwer zu begreifen, was das für ihn bedeutete.

Zweihundert Jahre in der Vergangenheit, das hieß, dass noch nicht einmal sein eigener Großvater geboren war. Drago schreckte hoch. War er überhaupt der, als den er sich kannte? Er tappte zum Fenster. Der Nebel hatte sich verzogen und der bleiche Mond schien durch die kleine Luke. In der Glasscheibe, durch die sich ein Bruch zog, konnte er sich selbst gespiegelt sehen. Doch, er war der, der er war. Weder war er jünger, noch älter geworden durch die Reise. Er dachte an die Katze. Sie war also nicht der Feraph gewesen. Das bedeutete, dass der Feraph nicht mit ihm gekommen war. Er war allein. Allein in einer fernen Stadt und in einer fernen Zeit.

Drago warf sich wieder auf den Strohsack und versuchte zu schlafen. Doch er war viel zu aufgewühlt. Tausend Gedanken schossen ihm durch den Kopf. Wenn er in der Vergangenheit lebte, konnte er dann die Zukunft ändern, indem er in dieser Zeit etwas tat, was sich auf die späteren Zeiten auswirkte? Vermutlich. Aber was, wenn das alles schon geschehen war? Vielleicht waren andere schon vor ihm in die Vergangenheit gereist? Bestimmt! Er war nicht der Erste, das hatte Vitus Weisz klar gesagt. Vielleicht war er ja selbst schon in die Vergangenheit gereist und konnte sich bloß nicht erinnern? Nein, danach hatte der Alte eigentlich nicht geklungen.

Er hatte die Wahrheit gesucht, wie es in dem alten Buch von Weisz stand. Und diese Suche hatte ihn in die Vergangenheit reisen lassen. Vitus Weisz war ein Magier des Kaisers, was immer das hieß. Er wollte ihn zum Magier ausbilden. Das war, was Drago sich gewünscht hatte: einen Meister, der sein Wissen mit ihm teilte. Nun hatte er ihn. Wenn Weisz wusste, wie man in die Vergangenheit reiste – und das musste er wissen, schließlich hatte er in seinem Buch eine Anleitung dazu verfasst! –, dann wusste er auch, wie Drago wieder in seine Zeit zurückreisen konnte.

Das Wort vom magischen Schlüssel flüsterte irgendwo in seinem Hinterkopf, doch Drago hörte nicht darauf. Er war entschlossen, in *dieser* Zeit etwas zu bewirken, um in seiner eigenen einige wichtige Dinge zu verändern. Diese Dinge hatten mit Scarfazzo zu tun, mit Drachen, vor allem aber mit seiner Mutter – und vielleicht ein klein wenig auch mit der Contessa. Mit ihrem Bild im Sinne schlief er endlich ein, ohne zu bemerken, wie sich an seinem Fenster eine Fledermaus festhakte und kopfüber hängen blieb. Und während sie ihre großen schwarzen Flügel zusammenfaltete, begann in der Ferne schon der Morgen heraufzudämmern. Drago aber träumte einen seltsamen Traum von einem Jungen, der sich lautlos in die Schatten der Palazzi drückte, kleine Kanäle suchte, in denen Gondeln vertäut lagen und im kalten Winterwasser schaukelten. Er zerschnitt das Leinentuch einer dieser Gondeln und tastete nach einem Cavai. Es dauerte nicht lange, da hatte der Junge einen zu fassen bekommen. Ein grimmiges Lächeln glitt über sein Gesicht. Mit eiserner Hand packte er den Cavai und stemmte sich gegen den Rand der Gondel. Er biss die Zähne zusammen und drückte den Rücken durch. Mit aller Kraft zog er an dem Cavai. Mehr als einmal glitt das kalte Metall durch seine Finger. Trotzig packte er das bronzene Stück erneut. Beinahe erschien ihm, als gäbe der Cavai ein klein wenig nach. Er hielt die Luft an, presste die Füße gegen den Rand des Bootes, zog, dass er meinte, seinen Rücken knacken zu hören, löste, lockerte den tief im Holz sitzenden Sporn, ächzte, spürte, wie das Blut in seinem Kopf pochte, wie sein Körper nach Luft schrie, wie ihm schwindlig wurde. Dann, plötzlich, rutschte ihm der Cavai durch die Hand, riss seine Finger auf, dass das Blut spritzte, schnellte sein Körper hoch, ohne dass er sich noch irgendwo hätte festhalten können. Und der Junge stürzte rücklings hinaus auf den Kanal und ins Wasser, wo die kalte Flut wie eine Falle über ihm zuschnappte und ihn hinabzog bis auf den Grund … Schweißgebadet wachte Drago auf.

Siebtes Kapitel

Die Hilfe grosser Geister

Die Burg erhob sich auf einem Hügel über einer prächtigen Stadt, durch die sich ein mächtiger Fluss schob: Prag. Wie in Venedig gab es auch hier zahllose Kirchtürme und Paläste. Und doch sah alles ganz anders aus. Vom Fenster des Labors aus – so nannte Vitus Weisz sein Arbeitszimmer – konnte man einen Teil der Stadt überblicken. Fasziniert betrachtete Drago die Kathedrale, die in der Mitte der Burg thronte und die er von diesem Platz aus gerade noch sehen konnte. Viele Türme hatten hier auf den Spitzen nochmals kleine Türmchen und zusätzliche Dächer und Erker. „Prag ist seit jeher die Stadt der Magie", erklärte Vitus Weisz. „Allerdings befindet sie sich mit anderen Orten in stetem Wettstreit. Unser Ehrgeiz ist es, eine starke Macht gegen die Schwarze Magie zu schaffen. Doch das führt immer wieder zu Angriffen. Der Krieg ist in Prag ein alter Bekannter, der immer wieder zu Besuch kommt, ob man will oder nicht. Seit wir gegen die Awaren kämpfen mussten, haben wir ein Dutzend Kriege geführt. Und es werden vermutlich noch ein Dutzend weitere folgen."

„Warum ist ausgerechnet Prag die Stadt der Magie?", wollte Drago wissen, der Venedig dafür den natürlichen Anspruch eingeräumt hätte.

„Es ist die Silberförderung, mein Junge", erklärte Weisz und deutete auf seine Instrumente, von denen viele in reinstem Silberglanz funkelten. „Seit alters her wird in der Gegend Silber gefördert. Vor etwa fünfhundert Jahren aber wurden Adern gefunden, die sehr viel ergiebiger waren und sehr viel reineres Silber hervorbrachten, als alle bis dahin bekannten Vorkommen. Und, wie du weißt, ist die Reinheit des Silbers der Schlüssel zu seiner magischen Wirkkraft." Ja, davon hatte Drago gelesen: Silber war das magische Metall. Es besaß Kräfte und Fähigkeiten, die kein anderer Stoff besaß – vor allem nicht Gold. Silber war das Metall, aus dem unfehlbare Kugeln gegossen und Messer geschmiedet wurden, mit denen sich die Seele vom Körper trennen lässt. In silbernen Spiegeln konnte man seine Zukunft sehen, silbern waren die Ringe, die die Magier trugen, wenn sie sich in Gefahr begaben. Unwillkürlich zog Drago seine silberne Taschenuhr hervor. Sie war stehen geblieben.

„Ja", sagte der Alte. „Auch diese schöne Uhr wird aus reinstem Silber gefertigt worden sein. Darf ich sie mir einmal ansehen?"

„Sie scheint stehen geblieben zu sein", murmelte Drago.

„Sie *muss* stehen geblieben sein!", lachte der Alte. „Du kannst schließlich nur in einer Zeit zugleich leben." Er zwinkerte ihm zu. Dann betrachtete er anerkennend die Arbeit des unbekannten Uhrmachermeisters.

„Bedeutet das, dass für mich die Zeit stehen geblieben ist?“, fragte Drago.

„So kann man das sagen“, bestätigte Weisz. „Wenn du zurückkehrst, dann wirst du zu derselben Zeit an demselben Ort wieder auftauchen, an dem du deine Zeit verlassen hast.“

„*Wenn* ich zurückkehre“, echote Drago düster.

„Oh, du *wirst* zurückkehren. Ich bin mir absolut sicher, dass Titus für deinen magischen Schlüssel gesorgt hat.“

„Und wenn nicht?“

„Wenn nicht ...“ Der Alte blickte gedankenverloren aus dem Fenster. „Wenn nicht, dann wäre deine Zeit bei uns nach neunundzwanzig Tagen abgelaufen und du würdest ...“ Er schwieg.

„Ich würde *was?*“

„Du würdest ...“ Es fiel dem Alten sichtlich schwer, Drago einzuweihen. „Du würdest in der Tiefe der Zeit verschwinden und nie wieder daraus auftauchen.“

„Die Tiefe der Zeit ...“ Drago setzte sich an seinen Platz, wo Vitus Weisz ihm bereits einige Lehrbücher hingelegt hatte. „Das kann ich mir nicht vorstellen.“

„Niemand kann sich das vorstellen.“ Weisz' Stimme klang tröstend, Drago spürte, dass er es wirklich gut mit ihm meinte. Er nickte. „Dann sollten wir wohl die Zeit nutzen.“

„Das sollten wir.“ Weisz setzte sich zu Drago an den Tisch und begann, seinen Schüler einzuführen in die Mechanismen der Alchimie, in die Zusammenhänge von Zauberei, dunklen Kräften und magischen Zirkeln. Vor allem aber enthüllte er ihm das Geheimnis der Zeit: „Du glaubst, du seist in die Vergangenheit gereist, mein Junge. Das ist richtig und falsch zugleich. Für dich ist es die Vergangenheit, für uns ist es die

Gegenwart, für die Magie aber spielt es keine Rolle: Magier leben immer nur in einer Zeit.

Natürlich beginnt eines jeden Wesens Leben zu einer bestimmten Stunde und endet zu einer bestimmten Stunde. Die Zeit, die dazwischen vergeht, ist zunächst viel Zukunft und schließlich viel Vergangenheit, für das Wesen selbst aber ist sie stets Gegenwart. Es sei denn, es hat magische Fähigkeiten." Der Alte drehte vorsichtig an Dragos Uhr. „Auch diese schöne Uhr wird aus reinstem Silber gefertigt worden sein. Darf ich sie mir einmal ansehen?"

„Sie scheint stehen geblieben zu sein", murmelte Drago.

„Sie *muss* stehen geblieben sein!", lachte der Alte. „Du kannst schließlich nur in einer Zeit zugleich leben." Er zwinkerte ihm zu. Drago erschrak. Genau das hatten sie doch eben erst gesagt. Genauso hatte ihn Weisz doch gerade vorhin angesehen! Jetzt wurde ihm auch plötzlich bewusst, dass sie wieder am Fenster standen. „Das …", stotterte er. „Das … Habt Ihr die … Zeit …"

„Zurückgedreht?" Der Alte nickte. „Ja. Das habe ich. Aber damit muss ich vorsichtig sein. Deine Uhr darf hier nicht laufen. Sonst würde diese Zeit in deinem eigenen Leben fehlen." Er sagte das so ernst, dass Drago angst und bange wurde. Was wären die Folgen? Dass er nicht mehr in seine eigene Zeit zurückkonnte?

Der Alte reichte ihm die Uhr zurück und Drago steckte sie rasch ein. Dann setzten sie sich erneut. „Bleiben wir in dieser Gegenwart", schlug Weisz vor. „Zeitzauber sind zwar die häufigsten und die praktisch wichtigsten Zauber, aber dafür ist es noch zu früh. Nur so viel: Wenn du in der Lage bist, die Zeit ein klein wenig zu verschieben, dann kannst du den Lauf der Dinge in deinem Sinne beeinflussen. Du hast bestimmt schon allerlei unerklärliche Vorkommnisse erlebt. Die meisten davon werden Zeitzauber gewesen sein.“ Drago erinnerte sich daran, wie er Briefe bekommen hatte, die geschrieben worden waren, ohne dass jemand daran geschrieben hätte. Dergleichen war natürlich möglich, wenn man die Zeit genügend vordrehte, um in der Zwischenzeit den Brief anzufertigen. „Aber was meint Ihr damit, dass Magier immer nur in einer Zeit leben?“

Vitus Weisz nickte. „Es ist ganz einfach und doch kaum zu begreifen: Alle Zeiten existieren nebeneinander. Du darfst dir die Zeit nicht vorstellen wie etwas, das sich aneinanderreiht, sondern du musst sie dir vorstellen wie ein Buch: Wenn du Seite für Seite umblätterst, dann erscheint es dir wie etwas Aneinandergereihtes. Doch alle Blätter existieren ja zur gleichen Zeit. Du kannst sie alle gleichzeitig sehen, wenn du das Buch von der Seite anschaust. Und du kannst jede einzelne dieser Seiten aufschlagen, ob sie nun vorne im Buch ist oder hinten. Wie die Seiten eines Buches, so ist die Zeit: Man kann sie als etwas Vergehendes begreifen, das aus der Vergangenheit kommt und in die Zukunft reicht, oder als etwas Immerwährendes, in das man hineingeschrieben ist – oder sich eben hineinbegibt, wenn man den Schlüssel dazu hat. Dieser Schlüssel ist die Fähigkeit, bestimmte Zauber zu vollbringen. Beim Buch wäre es die Fähigkeit, in einer bestimmten Sprache zu lesen.“

Drago nickte. Es schien ihm seltsam, fremd und kompliziert, aber er hatte doch das Gefühl, dass er verstand, worauf der Alte hinauswollte. „Alle Zeiten existieren nebeneinander“, murmelte er.

„Richtig“, bestätigte Vitus Weisz und faltete die Hände, als wäre damit alles gesagt.

„Aber warum erlebt man dann immer nur eine Zeit gleichzeitig?“

„Nun, es ist wie mit dem Lesen. Du kannst auch nicht zwei Seiten eines Buches gleichzeitig lesen.“

„Aber ich kann vor- und zurückblättern, wie es mir gefällt. Das heißt, ich kann in die Vergangenheit reisen und in die Zukunft, wie es mir gefällt.“

Der Alte wiegte den Kopf. „Vorsicht“, sagte er. „Wir sprechen hier nicht von Büchern, sondern von der Zeit. Das Bild vom Buch ist nur dazu bestimmt, es dir verständlicher zu machen. Richtig ist, dass du in die Vergangenheit reisen kannst. Und aus der Vergangenheit kannst du auch wieder in die Zukunft reisen. Doch du kannst nicht deine eigene Zeit überschreiten.“

„Was bedeutet das?“

„Es bedeutet, dass du wohl deine eigenen Vorfahren kennen lernen kannst, nicht aber deine eigenen Nachfahren. Du wirst niemals an einem Zeitpunkt der Zukunft landen, der weiter in der Zukunft liegt als der Tag, an dem du dich auf die Reise in die Vergangenheit gemacht hast.“

Das alles war sehr verwirrend. Drago stützte den Kopf in die Hände. Er war also in die Vergangenheit gereist, doch eigentlich fand diese Vergangenheit zur gleichen Zeit statt wie seine eigene Zeit und die Zeit, in der seine eigenen Urenkel lebten oder die Urgroßeltern seiner eigenen Urgroßeltern … Vitus Weisz sah ihm verständnisvoll in die Augen und nickte.

„Und kann denn jeder Magier eine Zeitreise unternehmen?“, wollte Drago wissen.

„Im Prinzip schon", erklärte sein Meister. „Aber nur den wirklich großen Magiern gelingt es. Es bedarf jahrelanger Übung und der Hilfe großer Geister, um es zu schaffen. Oder eben eines außergewöhnlichen magischen Talents."

„Aber ich habe nicht jahrelang geübt, Meister", sagte Drago.

„Ich weiß", entgegnete der Alte und lächelte sein gütiges Lächeln. „Ich weiß."

Und dann nahm er ein Buch zur Hand, in dem es um Verwandlungs- und Unsichtbarkeitszauber ging, und sie begannen die erste einer langen Reihe von Lektionen in dem kleinen unsichtbaren Häuschen in der Goldenen Gasse zu Prag, anno domini 1666.

Sieben Leben

Als Drago seine erste Unterrichtsstunde bei Vitus Weisz hinter sich hatte, war er so müde wie noch nie zuvor in seinem Leben. Mit letzter Kraft schwankte er die schmale Holztreppe zu seiner Kammer hinauf und warf sich auf den Strohsack unter der kleinen Dachluke.

Sein Kopf lag kaum auf dem Lager, da schlief er schon einen tiefen und zunächst traumlosen Schlaf. Unten in der Stadt erloschen derweil die Lichter und die eilfertigen Geister des Tages begaben sich zur Ruhe, während die unruhigen Geister der Nacht sich hinausbegaben auf die Jagd. Auch die Fledermaus, die den Tag an Dragos Fenster verbracht hatte, breitete ihre ledernen Schwingen aus und ließ sich vom Burgberg in den nächtlichen Himmel fallen, wo sie ihre blitzförmigen Bahnen zog, zu schnell, um von irgendjemandes Auge länger als nur für einen kurzen Moment verfolgt werden zu können.

Im Haus des Magiers Vitus Weisz aber kehrte keine Ruhe ein. Denn es zog schon sehr bald Nebel auf und mehr als einmal ging die niedrige Tür zur Gasse hin auf und vorsichtige Gestalten betraten die Stube, in der der Meister und seine Frau die Gäste empfingen. Sie holten kleine Säckchen mit unbekannten Rezepturen und brachten Kisten mit Büchern, sie erkundigten sich nach dem Stand der Forschungen, legten Briefe vor und nahmen Briefe mit, die mit ebenso zauberischen Mitteln geschrieben wie gesiegelt waren.

Auch Drago bekam Besuch in seiner Kammer, doch das fiel ihm erst nach einiger Zeit auf, als er sich schlafend von seiner größten Erschöpfung erholt hatte. Es war ein leises Scharren, das ihn aus der Besinnungslosigkeit holte, ein Geräusch, das aus dem Gebälk über ihm drang. Es war dunkel, nur das diesige Licht der Lampe im Nebel streute einen schwachen Schimmer durch die Luke. Erst erinnerte sich Drago nicht, wo er war. Er hielt den Atem an, um besser einschätzen zu können, woher das Geräusch genau kam. Ja, es war ziemlich genau über seinem Kopf, dieses Scharren. Angestrengt starrte er in die Dunkelheit. Gerade wollte er sich aufrichten, da bemerkte er eine Bewegung, die so lautlos wie blitzartig von oben kam und nur eine Handbreit neben ihn zielte. Er zuckte zurück und drückte sich an die Wand. Zwei gelbe Augen funkelten ihn aus der Dunkelheit an, Schlangenaugen, Drachenaugen!

„Du bist ziemlich schreckhaft", sagte da die vertraute Stimme von Kyra. Die Augen verschwanden und ein großer Schatten stand plötzlich neben Dragos Bett. Es waren keine

Drachen-, sondern Katzenaugen gewesen. Drago atmete auf. „Du hast mich erschreckt", erwiderte er.

„Offensichtlich." Kyra trat vor die kleine Luke und sah nach draußen. Jetzt konnte Drago ihre ganze Gestalt erkennen. Sie schien ein Kleid anzuhaben und trug ihr Haar offen. „Ich habe mich gefragt, ob du Lust hast, dir ein wenig die Stadt anzusehen."

„Die Stadt? Äh, ja, warum nicht." Drago rappelte sich auf. „Wir brauchen eine Kerze", stellte er fest, sich an die Anweisungen seines Meisters erinnernd.

„Das hast du aber brav gelernt", lachte Kyra und winkte ihm, ihr zu folgen. „Sei leise", schärfte sie ihm ein. Drago nickte und versuchte, so lautlos wie möglich hinter ihr her durch das finstere Haus zu schleichen.

Als sie unten an der Stube vorbeikamen, sah Kyra ihn mit einem geheimnisvollen Blick an. „Der Kreis der Magier", flüsterte sie bedeutungsvoll. Dann schlich sie weiter zur Haustür, neben der auf einem Brett an der Wand eine Reihe Kerzen stand. Daneben flackerte eine kleine Talglampe und verströmte einen seltsamen Geruch, von dem Drago leicht übel wurde. Drago griff schon nach einer der Kerzen, doch Kyra hielt seine Hand fest. „Ist es Tag?", zischte sie.

„Tag? Nein, es ist … noch Nacht. Natürlich", stotterte Drago.

„Dann würde uns eine Kerze verraten, mein Freund. Ich dachte ja, du machst einen Scherz. Hat dir mein Vater nicht beigebracht, dass nur tagsüber Kerzen nötig sind?"

„Doch", murmelte Drago schuldbewusst. „Entschuldige."

„Ist ja nichts passiert." Ein kalter Lufthauch schlug ihnen entgegen, als Kyra die Tür öffnete und Drago ein Zeichen gab, zuerst hinauszugehen.

Tatsächlich war es vor dem Haus des Meisters so dunkel, dass Drago zunächst seine eigenen Hände und Füße nicht erkennen konnte. Vorsichtig tat er ein paar Schritte auf die Gasse – und plötzlich konnte er das Haus und die umliegenden Gebäude wiedererkennen, gerade so wie in der Nacht, in der er hier angekommen war. Das war, weil Nebel über der Stadt hing und weil er ein Sonntagskind war. „Bist du auch an einem Sonntag geboren?", fragte er Kyra, die unvermittelt wieder neben ihm stand.

„Meine Mutter ist Hebamme", erklärte sie statt einer Antwort. Nun, vermutlich kannte sie Mittel und Wege, ein Kind am rechten Tage zur Welt zu bringen.

Zunächst durchquerten sie die Burg auf dem umgekehrten Weg, den Drago gekommen war, vorbei an der gewaltigen Kirche, vorbei auch an dem Denkmal mit dem Drachentöter. Drago fröstelte, wenn er an den Augenblick dachte, als er auf dem Drachen liegend erwacht war. Er bemerkte, dass Kyra ihn aus den Augenwinkeln beobachtete. Doch sie sagte nichts. Sie gingen weiter, kamen an eine Stelle, von der aus ein Turm gut sichtbar war, der auf der anderen Seite der Burg aufragte. „Der Mihulkaturm", flüsterte Kyra und deutete auf ein einsames erleuchtetes Fenster. „Tycho hat dort seine Studien betrieben."

„Tycho?"

„Tycho Brahe." Sie sah, dass er keine Ahnung hatte. „Du kennst Tycho Brahe nicht? Er war einer der größten Magier aller Zeiten – und der erste Lehrmeister meines Vaters. Die Alchimie wäre nicht da, wo sie ist, ohne seine Forschungen. Die Astrologie wurde von ihm neu erfunden. Und …" Sie senkte die Stimme, sodass Drago sie kaum noch hören konnte. „Und er war einer der Begründer des Kreises."

„Des Kreises?"

„Des Kreises der Magier."

Drago nickte, obwohl er gar nichts verstand. Zum zweiten Mal erwähnte sie nun schon diesen geheimnisvollen Kreis. Er kam sich schon dumm und unerfahren genug vor, noch mehr von seiner Unwissenheit würde er Kyra nicht gestehen.

„Obwohl er seit Jahrzehnten tot ist und niemand mehr den Turm betritt, seit er nicht mehr ist, brennt jede Nacht zwischen Mitternacht und vier Uhr morgens ein Licht in seiner Kammer und manchmal kann man Schatten sehen, die sich darin bewegen. Und wenn der Wind von Norden kommt, dann hört man sogar seine Stimme …" Kyra schlang die Arme um ihren Leib. Wie oft mochte sie schon an diesem erleuchteten Fenster vorbeigegangen sein? Und doch bewegte sie Brahes Schicksal offensichtlich.

Sie liefen eine schmale Gasse hinab und zwängten sich durch ein Gitter, an dem wildes Blätterwerk wucherte. Drago hatte Mühe, Kyra zu folgen, zumal er das Auf und Ab dieses Weges nicht gewöhnt war. In Venedig waren die Wege immer flach. Wohl gab es bisweilen Treppen und Brücken, die sich erhoben. Aber niemals lief man längere Strecken auf abschüssigem Gelände, nie musste man etwa einen Hügel hinaufklettern oder einen Abhang hinab. Genau das aber tat Kyra. „Warte!", keuchte Drago. „So schnell bin ich nicht."

Das Mädchen blieb stehen und wartete. „Entschuldige", sagte sie, doch ihr spöttisches Lächeln strafte die Höflichkeit Lüge. „Ich hatte vergessen, dass du eigentlich schlafen solltest."

Drago biss die Zähne zusammen. Es wäre nicht klug gewesen, mit der Tochter seines Meisters in Streit zu geraten. Deshalb sagte er nur: „Ich kenne mich hier nicht aus. Ich muss sehen, wohin ich meine Füße setze.“ Und das stimmte ja auch. Kyra lachte und lief weiter, kaum weniger schnell als vorher.

Der Abhang endete an einer rauen Hauswand, an der sie wieder auf ihn wartete. Es war ein altes Haus, das sich schief über eine Gasse beugte, die kaum breiter war als drei Schritte. Im dichten Nebel war nicht zu erkennen, wie hoch die Gebäude waren. Sie schlichen weiter von Hauseingang zu Hauseingang. Überall saßen Katzen in den Türstürzen, trübe Funzeln erleuchteten notdürftig den Weg. Immer wieder hatte Drago das Gefühl, dass die Tiere neugieriger schauten, als es für Katzen üblich war. Wie viele von ihnen mochten von Kyras Art sein?

Ein dunkles Rauschen war mit jedem Schritt deutlicher zu vernehmen. Drago hielt sich nahe bei Kyra, aus Sorge, er könnte sie im Nebel verlieren. Seit sie die Burg hinter sich gelassen hatten, war sie immer schweigsamer geworden, und Drago hatte das Gefühl, dass sie hier draußen bei weitem nicht so selbstsicher war wie hinter den mächtigen Mauern der Festung. Unwillkürlich drehte er sich um und hob den Blick dorthin, wo die Prager Burg lag. Natürlich war in der Undurchdringlichkeit des Nebels auf diese Entfernung nichts zu erkennen. Dort oben über ihnen musste sie liegen. Nun aber war sie verborgen wie Venedig im Sfumato.

Drago wandte sich wieder Kyra zu. Doch sie war verschwunden. „Kyra?“ Er stolperte einige Schritte weiter, blieb stehen, ging erneut einige Schritte – und wartete. Wartete darauf, irgendetwas zu hören, zu sehen, zu ahnen. Sie konnte nicht weit sein, er hatte sich doch nur für einen kurzen Augenblick umgedreht. Wie weit mochte sie in der kurzen Zeit schon gegangen sein? Er schaute in alle Richtungen. Wo war er hier? Offenbar war es eine breite Straße, auf der er sich befand, denn zu keiner Seite erkannte er ein Haus. Er ging einige Schritte in eine Richtung. Eine längliche Form zeichnete sich im Nebel ab. Vorsichtig schritt er darauf zu, bereit, jeder Gefahr zu begegnen. Das dunkle Rauschen war jetzt so laut, als käme es aus ihm selbst. Und dann erkannte er es: Vor ihm traten die Umrisse eines riesigen Kruzifixes aus dem Nebel. „An dieser Stelle hat man Skarsson zum ersten Mal ertränkt", flüsterte Kyra neben ihm. Drago zuckte zusammen. Ja, dies war keine einfache Straße, es war eine Brücke. Eine Brücke über den großen Fluss, der die Stadt teilte. Und der Fluss war auch die Quelle des gewaltigen Rauschens. „Skarsson?"

„Wenn ich richtig gehört habe, dann kennst du ihn als Scarfazzo."

Scarfazzo. Der dunkle Magier von Venedig. „Zum ersten Mal ertränkt?" Wie sollte das gehen? Wer ertränkt wurde, war tot. Wer tot war, konnte kein zweites Mal ertränkt werden.

„Er hat sieben Leben", erklärte Kyra. Drago konnte aus dem Augenwinkel sehen, wie sich eine ihrer Hände unter dem Umhang hervorschob. Sie hatte Krallen. Lange, dünne Krallen wie eine Raubkatze. Aber sie war ja auch eine Katze, wenn sie nicht gerade ein Mensch war. Doch was war sie wirklich?

Der Kreis der Magier

„Meister, wer war Tycho Brahe?" Es war ein regnerischer Tag und die Burg von Prag, Hradschin genannt, lag unter einer schweren Wolkendecke, die schon seit Stunden ihre Last abwarf. Vitus Weisz sah von seinen Notizen auf. „Tycho Brahe? Er war mein Meister, als ich so alt war wie du jetzt." Er stand auf und sah aus dem kleinen runden Fenster. „Ich war vom Land gekommen, meine Eltern waren beim Angriff der Thraker ums Leben gekommen. Du musst wissen, ich stamme nicht von hier. Es war ein Fuhrmann, der mich auf seinem Wagen mitnahm. Ich wollte damals nur weg von zuhause – abgesehen davon, dass mein Elternhaus niedergebrannt war …" Der Alte schwieg für einen Augenblick und Drago sah die entsetzlichen Bilder seiner eigenen Heimat vor sich. Auch er war vor dem Krieg geflohen, allerdings hatte er das Glück gehabt, mit seiner Familie fliehen zu können. „Brahe hat mich buchstäblich auf der Straße aufgelesen. Ich war ein kleiner Dieb, der sich durch seine Gaunereien irgendwie über Wasser zu halten versuchte, kannst du dir das vorstellen?" Vitus Weisz lächelte wehmütig. Und wie sich Drago das vorstellen konnte! Ein kleiner Dieb. Das war er doch auch gewesen, damals in Venedig, in diesem Leben, das ihm heute so vorkam, als sei es ewig her. Aber das war es in gewisser Weise ja auch: zweihundert Jahre war das her, und es lag in Dragos Vergangenheit, obwohl es für alle anderen Menschen um ihn her noch in ferner Zukunft lag. „Brahe hat mich mit einem Trick gefangen", fuhr der Alte fort. „Er hat mir mehr Lohn versprochen, als ich Beute zu machen hoffte."

„Zwei Silbermünzen", murmelte Drago.

Weisz drehte sich zu ihm um und hob die Augenbrauen. „Richtig", sagte er verwundert. „Zwei silberne Münzen, eine …"

„ … morgens und eine am Abend."

Sie sahen sich lange schweigend an. Da erkannte der Alte, dass Drago viel mehr war, als ein beliebiger Gast in seiner Zeit. Nein, dieser Junge war ein Auserwählter auf einer magischen Reise. Vitus Weisz seufzte tief und setzte sich neben Drago. Dann fuhr er fort: „Er nahm mich mit auf die Burg und gab mir Arbeit. Ich war sein Gehilfe, sein Bote und sein Diener. Und ich schwöre, niemals in meinem Leben habe ich mehr gelernt als in jener Zeit. Brahe kannte keine Grenzen. Es gab keinen Gedanken, der ihm zu gefährlich schien, ihn zu denken, kein Experiment, das ihm zu schwierig erschien, es zu wagen. Brahe hat alle Arten von Wesen beschworen, die ein Magier beschwören kann, alle Verwandlungen durchgemacht, die ein Mensch durchmachen kann. Er hat Essenzen geschaffen, von denen heute noch Spuren in jedem Zaubertrank verwendet werden, und er hat den Lauf der Sterne auf eine Weise ergründet, wie es keiner außer ihm getan hat.

Außerdem aber war er ein kluger und freundlicher Mann, der jedem Menschen und auch jedem Tier mit Respekt begegnete und – das meine ich wörtlich – keiner Seele etwas zu Leide getan hat. Ihm verdanke ich alles, was ich kann, habe und bin."

Drago lauschte gebannt. Jetzt atmete er durch und wagte seine zweite Frage. „Und was ist der Kreis der Magier?"

Vitus Weisz schnappte überrascht nach Luft. „Wer hat dir davon erzählt?", fragte er nach einer Schrecksekunde. „Oh … lass mich raten: Kyra konnte wieder einmal nicht an sich halten." Er klatschte in die Hände und im nächsten Augenblick saß die schwarze Katze auf der Fensterbank und verwandelte sich sogleich in Kyra, die mit empörtem Blick am Fenster lehnte. „Papa, du weißt, dass ich es nicht leiden kann, wenn du mich hierher zwingst."

„Und du weißt, wie gefährlich es ist, gegenüber Außenstehenden vom Kreis zu sprechen." Obwohl er streng und hart sprach, konnte er doch die tiefe Zärtlichkeit, die er für seine Tochter empfand, nicht verbergen, und Kyra schien genau das zu spüren. Sie lächelte beschämt und trat zu ihm. „Ach Papa, musst du denn immer so streng mit mir sein?"

Vitus Weisz seufzte. „Es ist doch zu deiner eigenen Sicherheit, Kind. Und zu der aller Menschen. Stell dir vor, was passiert, wenn irgendjemand herausfindet, dass unser kleines Haus der Treffpunkt ist ..." Er unterbrach sich und warf einen erschrockenen Blick zu Drago.

„Ihr dürft mir vertrauen, Meister", sagte Drago, dem klar war, dass der Alte gerade selbst einen aus seiner Sicht unverzeihlichen Fehler begangen hatte. „Keine Seele wird von mir erfahren, was ich von Euch erfahren habe." Er sah zu Weisz' Tochter hin. „Oder von Kyra."

„Mein Vater, du alte Plaudertasche, jetzt hast du es ihm verraten! Ich fürchte, jetzt musst du ihm die ganze Wahrheit sagen."

Vitus Weisz schüttelte den Kopf über seinen eigenen Unverstand und fügte sich schließlich in sein Schicksal. Er prüfte das Fenster und die Tür, das Gebälk über seiner Kammer und die Planken, die den Fußboden bildeten, ehe er sich setzte, die Hände faltete und mit leisen, aber wohlüberlegten Worten sprach: „Es war um das Jahr 1000, als ein großer Magier des Nordens einen Zauber erfand, mit dem es ihm gelang, die bis dahin mächtigsten magischen Wesen in seinen Bann zu schlagen."

„Skarsson", flüsterte Drago. Weisz nickte. „Skarsson, ja. Er galt schon damals als besonders skrupelloser Fürst eines kleinen Raubvolkes an den Eisküsten nördlich von Gotland. Doch nachdem er es geschafft hatte, sich Drachen untertan zu machen, wuchs seine Macht auf ein bis dahin unvorstellbares Ausmaß an. Seine Anhänger schufen eine Flotte, mit der sie auf ihren Raubzügen nahezu unbesiegbar waren. Sie eroberten Länder und plünderten Städte. Die ganze Welt fürchtete sie, diese Nordmänner, die sich selbst Wikinger nannten. Dabei schöpften sie ihre ganze Kraft und ihren ganzen Siegesmut aus den Drachen, die sie in Boote verwandelt hatten und mit denen sie die Meere und Flüsse besegelten, um gnadenlos zu zerstören und zu rauben, was andere geschaffen hatten."

„Die Drachenboote." Drago holte tief Luft. „Auch in meiner Zeit gibt es noch welche. Man nennt sie Gondeln. Sie sind viel kleiner als die Drachenboote der Wikinger. Aber sie sind auch nicht für Eroberungszüge gedacht, sondern für die stillen Kanäle der Lagune und ihrer Stadt. Venedig."

Der Alte nickte. „Venedig ist eine stolze und mächtige Stadt. Es wundert mich nicht, dass Skarsson sie sich als Sitz ausgesucht hat. Wenn ihn bis dahin niemand aufgehalten hat, muss er in deiner Zeit über ungeheure Macht verfügen."

Drago zuckte die Achseln. „Vermutlich. Doch er unterwirft keine Völker mehr. Jedenfalls nicht so, wie er es als Wikinger getan hat. Seid Ihr denn sicher, dass Euer Skarsson unser Scarfazzo ist?"

„Im Laufe der Jahrhunderte hat er sich viele Namen gegeben", erklärte Weisz und griff nach einem seiner Bücher. „Immer wenn wir ihm dicht auf den Fersen waren, hat er sich in eine andere Zeit begeben und einen neuen Namen angenommen. Aber immer hat er sein Wissen um die Beschwörung von Drachen und ihre Unterwerfung mit sich genommen. Und so jagt der Kreis der Magier ihn weiterhin und wird ihn womöglich bis ans Ende der Tage jagen." Vitus Weisz hielt inne. „Er unterwirft keine Völker mehr?"

„Trotzdem ist er vermutlich sehr mächtig. Der Doge hört auf sein Wort, die wichtigsten Persönlichkeiten der Republik gehören zu seinem Kreis …"

„Seinem Kreis? Er hat einen Kreis gebildet?"

„Äh, ja … in gewisser Weise", stotterte Drago. „Magier. Sie stehen in seinen Diensten. Ich selbst habe unter einem von ihnen gearbeitet?"

Vitus Weisz holte tief Luft. „Und was hast du gearbeitet?"

„Ich habe Bücher gefälscht." Erschrocken schwieg Drago. Bücher gefälscht. Er erinnerte sich, dass die Fälschung eines Buches die Fälschung aller seiner Ausgaben bedeutete. Hieß das aber auch: die Fälschung aller Ausgaben aller Zeiten? Wirkte der böse Zauber auch in die Vergangenheit? Hatte er, ohne es zu ahnen, womöglich sogar Vitus Weisz' Bücher gefälscht?

„Es ist Skarsson", knurrte der Alte und rang die Hände. „Zauberbücher, nehme ich an?"

Drago nickte.

„Natürlich. Er will das magische Wissen der Welt für sich allein haben. Dafür scheut er nicht davor zurück, es zu vernichten, wenn es erst in seinem Besitz ist." Der Alte blickte Drago tief in die Augen. „Der Kreis der Magier", sagte er, „ist eine Verbindung großer Geister, die Skarsson verfolgen, um der Schwarzen Magie endlich das Handwerk zu legen. Wir forschen seit Jahrhunderten im Auftrag weiser Herrscher, die sich nicht nur auf ihr eigenes Urteil verlassen wollen, sondern begriffen haben, dass eine gute Regierung im Einklang mit dem Universum stehen muss. Seit Arthus den großen Merlin zu seinem Berater machte, stehen wir im Dienst des Guten. Doch jede gute Erkenntnis lässt sich auch im bösen Sinne nutzen. Und so haben sich seit Jahrhunderten Schwarzmagier der Zauber weiser Frauen und Männer bedient. Der schlimmste von allen aber ist Skarsson oder Scarfazzo. Seit er den ersten Drachen durch das Druidentor gejagt und sich damit untertan gemacht hat, ist er zum gefährlichsten Feind der Freiheit geworden.

Tycho Brahe hat die Gesellschaft der Wächter des Wissens gegründet, um das magische Wissen zu schützen. Offenbar ist diese Gesellschaft in deiner Zeit machtlos, da Skarsson magische Bücher zu fälschen fähig ist.“ Weisz seufzte. „Und Brahe hat den Kreis der Magier ins Leben gerufen, um Skarsson endlich das Handwerk zu legen. Er hat die fähigsten Meister aller Zeiten gesucht und in dem Ziel verschworen, Skarsson alle magischen Fähigkeiten zu rauben. Ein Ziel, das immer schwerer zu erreichen ist, weil er immer mächtiger wird.“

„Viele von Brahes Magiern sind längst verloren“, ergänzte Kyra und trat an den Tisch. „Wir haben manchen kommen und gehen und nicht mehr wiederkommen sehen, hier in unserem kleinen Haus. Es gibt einen Zauber, den wir alle noch nicht verstehen. Auf irgendeine Weise gelingt es Skarsson, Magier spurlos verschwinden zu lassen.“

„Der Kreis der Zeit“, murmelte Drago, der plötzlich wieder Scarfazzos magische Bibliothek vor sich sah.

„Der Kreis der Zeit?“ Es war, als wäre eine Flamme in Vitus Weisz‘ Auge entzündet worden. Drago nickte. „So hat er es selbst genannt. Es ist eine Sammlung von zwölf silbernen Uhren, alle etwas größer als meine. Sie sind in einem Schrein in Scarfazzos Bibliothek verborgen und bilden einen Kreis. Hannibal Rabe hat mir erklärt, dass es diesen Kreis zu durchbrechen gilt, wenn man Scarfazzos Zauber entkräften will."

„Es gab einen Kreis der Zeit vor vielen Jahrhunderten", erklang da plötzlich die Stimme der Meisterin von der Türe her. Sie stand mit gefalteten Händen da und hatte ihre Augen weit aufgerissen. Drago schauderte, als er sie sah. Er mochte die Meisterin, aber mit einem so gespenstischen Blick hatte er sie noch nie gesehen. „Das war im Reich der Kelten. Und Skarsson hat ihn zerstört. Das Wissen der alten Druiden ist dabei für immer verloren gegangen."

„Ja", flüsterte Vitus Weisz. „Er scheut nicht davor zurück, das magische Wissen zu vernichten. Aber offenbar hat unser Freund Titus herausgefunden, dass sein eigener Zauber mit denselben Mitteln angegriffen werden kann." Nachdenklich sah er Drago an. „Und offenbar hat er dich zum Mitglied des Kreises der Magier bestimmt."

Die Magie des Blutes

Der Meister hatte Drago einige Bücher mit auf seine Kammer gegeben. „Wann immer du Zeit hast und nicht allzu müde bist, lies diese Bücher", hatte er gesagt. „Du musst lernen. Nur deine Kenntnisse können dich in der magischen Welt schützen. Denn eines ist klar: Inzwischen weiß Skarsson oder Scarfazzo, wie du ihn nennst, dass du nicht auf seiner Seite stehst. Und er wird nicht ruhen, ehe er dich gefunden und ausgeschaltet hat." Ausgeschaltet hat. Drago schauderte bei diesem Gedanken. Er musste daran denken, wie er vor kurzem verfolgt und niedergeschlagen worden war. Als er wieder zu sich kam, hatte er gefesselt in einem sinkenden Boot gelegen und nur der Zufall hatte ihn gerettet – oder etwas, wovon Drago noch nicht genug wusste.

Er sah sich den Stapel Bücher durch. *Die Anwendungen von magischen Tränken* legte er zur Seite. Dieses Thema interessierte ihn nicht sonderlich. Spannender erschien ihm *Die Suche nach Dämonen und dunklen Geistern.* Dieses Buch würde er als eines der ersten lesen. *Magische Wesen und ihre Geheimnisse* erschien ihm auch interessant. *Das Einmaleins des Hexenzaubers* war wohl für sehr junge Leser gedacht. Aber wenn es darin echte Zauber zu entdecken gab, dann sollte es Drago recht sein. *Silber und seine Magie* war natürlich Pflichtlektüre. Das Buch war auch schon sehr abgegriffen. Und als letztes Werk in dem Stapel fand Drago ein Buch, das er kannte: *Formeln der klassischen schottischen Zauberei seit H. Blackbird.* Er hielt den Atem an. Ein Exemplar dieses Buches hatte er in der Accademia auf dem Tisch gehabt. Und er hatte es gefälscht. Mit zitternden Fingern schlug er die erste Seite auf. Verlegt zu Prag im Oktober 1611 stand da. „Im Oktober", murmelte Drago. Er wusste, dass er das Datum gefälscht hatte. Zwar wusste er nicht mehr, ob aus November Oktober geworden war oder aus Oktober November. Aber er wusste, woran er genau erkennen würde, ob die Fälschung auch nach Vitus Weisz' Exemplar gegriffen hatte oder ob dieses Exemplar des Buches unverändert geblieben war. Seite 82. Dort hatte die Beschwörungsformel für niedere magische Wesen gestanden. Und dort stand sie auch in diesem Buch. Drago las:

Zaubersprüche, mit denen niedere magische Wesen beschworen werden sollen, müssen in Mondnächten gesprochen werden. Der Magier begebe sich dazu in die Mitte eines Sees oder freien Feldes und wende sich nach Norden, ehe er einen Tropfen Blut von seinem eigenen versenke oder unter einen Stein gebe. Legt er seinen Mantel darüber und spricht die Worte: spiritus est, *so wird er bei Morgengrauen an derselben Stelle einen Feraphen vorfinden, ein Panzaph oder einen Feuerelf, der nur durch die Worte:* me dominas *von seiner Fessel befreit werden kann und fortan für die Dauer eines Mondzyklus dem Magier zur Folgsamkeit verpflichtet ist.*

Drago schloss die Augen. Tatsächlich: Auch dieses Buch hatte er gefälscht. Der Zauber reichte nicht nur über die ganze Erde, er reichte auch noch durch die Zeit. Erschrocken klappte Drago das Buch zu und starrte auf den Stapel, der vor ihm lag. Wenn in diesem einen Buch nicht die Wahrheit stand, dann konnte jedes dieser Bücher gefälscht sein. Er war schließlich nicht der einzige Fälscher im Dienste Scarfazzos. Wer konnte schon sagen, wie viele Bücher bisher gefälscht worden waren?

Drago stand auf. Er musste mit dem Meister sprechen. Wie benommen tappte er die Treppe hinunter und klopfte an seine Tür. Eine unbekannte Stimme hieß ihn einzutreten. Verwirrt drückte Drago die Tür auf. Vor ihm stand ein junger Mann im eleganten Frack, einen Stock in der einen, einen breitkrempigen Hut in der anderen Hand. Vitus Weisz studierte ein Papier, das der Fremde offensichtlich mitgebracht hatte. Drago blickte automatisch zum Fenster. Doch kein Nebel war zu sehen. Stattdessen lag die Burg im melancholischen Licht des frühen Abends, von den Dächern schimmerte noch das sich spiegelnde Abendrot. Ein letzter Sonnenstrahl wurde von einer Kirchturmspitze so reflektiert, dass er genau auf eine Zeichnung an der Wand fiel, eine Reihe von ineinandergefügten Kreisen, zwischen denen verschiedene Symbole aufgezeichnet und die durch einen Stern miteinander verbunden waren. Mitten in diesem Lichtstrahl leuchtete das Zeichen des Skorpions. „Du bist Drago, nehme ich an?", sagte der junge Mann, dem Dragos Blick nicht entgangen war.

„Ja", bestätigte Drago und deutete eine Verbeugung an, weil er nicht wusste, wie er sich Fremden gegenüber verhalten sollte. „Angenehm", sagte der Unbekannte. „Ich bin Uliss. Uliss Forte. Der Bote." Und auch der Fremde deutete eine Verbeugung an. Er schien nicht unsympathisch. Im Gegenteil. Aus seinen Augen blitzte eine gewisse Abenteuerlust und eine Schläue, die Drago sich selbst auch gewünscht hätte. Drago nickte. Er wollte den Meister nicht bei seiner Lektüre stören. Doch Vitus Weisz war offenbar fertig. Er legte das Papier zur Seite und nahm aus der Schublade unter seinem Tisch ein anderes Papier, sah es noch einmal prüfend durch, faltete es dann und versiegelte es, indem er seine Hand darauflegte und lautlos eine Formel murmelte. Als er die Hand wieder fortnahm, leuchtete dort ein rotes Siegel: das Siegel von Vitus Weisz – eine Sanduhr, um die sich eine Schlange wand.

„Drei, vier, zwei, sieben", sagte Weisz und blickte Uliss tief in die Augen.

„Drei, vier, zwei, sieben", wiederholte der Bote. Dann neigte er das Haupt vor dem Alten, schlug mit seinem Stock zweimal auf den Boden, hob ihn dann in die Höhe und war im nächsten Augenblick verschwunden.

„Wo- wohin ist er?", stotterte Drago.

„Er bringt ein Schreiben von mir nach Transsylvanien", erklärte Vitus Weisz und ließ sich müde auf seinen Stuhl sinken. „Es geht um Blutzauber. Ein alter Freund von mir befindet sich in Gefahr. Ich fürchte, er ahnt noch nichts davon ..."

Drago nickte. „Und Uliss bringt den Brief dorthin?"

„Ja. Es ist sicherer, als wenn ich mich selbst auf die Reise begebe oder sonstige magische Botschaften schicke. Denn mit der Magie ist es wie mit jedem Gedanken: Man kann sie lesen, wenn man diese Kunst beherrscht. Aber das weißt du ja sicher."

„Um ehrlich zu sein, Meister, wusste ich das noch nicht." Drago kam sich unendlich dumm vor.

„Oh, das macht nichts. Dafür gehst du ja bei mir in die Lehre." Wieder trat dieses gütige Lächeln auf das Gesicht des Alten, ein Lächeln, wie Drago es sich von seinem Vater einmal gewünscht hätte, ein einziges Mal nur. „Aber ich vermute, das ist nicht der Grund, weshalb du zu mir gekommen bist?"

„Nein, Meister. Ich wollte mit Euch sprechen, weil ich etwas entdeckt habe." Drago hielt inne. Wie sollte er es dem Alten sagen? „Es ... es geht um eines der Bücher, die Ihr mir gegeben habt."

Vitus Weisz schwieg. Er nickte nur aufmunternd und legte seine Brille beiseite, als mache er sich auf eine lange Geschichte gefasst.

„Erinnert Ihr Euch, dass ich Euch sagte, ich hätte für Scarfazzo Bücher gefälscht? Nun, eines dieser Bücher habe ich unter denen gefunden, die Ihr mir geliehen habt."

Der Alte hob die Augenbrauen. „Um welches handelt es sich denn?" Drago legte das Buch vor ihn hin. Weisz brauchte nicht zu seiner Brille zu greifen. Er legte die Hand auf das

Buch, ohne überhaupt genau hinzusehen und sagte: „Formeln der klassischen schottischen Zauberei seit H. Blackbird."

„Ja", bestätigte Drago. „Es ist eines der Bücher, die ich in der Accademia in Venedig auf meinen Tisch bekommen habe." Wieder suchte er die passenden Worte. „Ich ... ich habe nicht nur das Exemplar gefälscht, das ich vorgelegt bekommen habe." Er räusperte sich. „Vielmehr wurden durch meine Änderungen alle Exemplare dieses Buches gefälscht, wo immer sie sich auf der Welt befanden."

Vitus Weisz lächelte schmerzlich und seufzte. „Das ist sehr traurig, Drago", sagte er dann. „Aber ich möchte dich gerne verbessern." Nun setzte er seine Augengläser doch wieder auf. „Du hast dieses Buch nicht gefälscht ..." Er sah Drago durchdringend an. „Du *wirst* es fälschen! Bedenke, dass es bis zu dieser Freveltat noch zweihundert Jahre dauern wird."

„Meister! Für mich ist es passiert!", beharrte Drago. „Und es hat ja auch Euer Buch verändert!"

„Es hat mein Buch verändert? Du meinst, der Zauber wirkt über die Zeiten hinweg?"

Drago nickte. Er schlug das Buch auf. Seite 82. „Hier, Meister, lest selbst."

Vitus Weisz nahm das Werk zur Hand, schlug die bezeichnete Seite auf und begann zu lesen: „*Zaubersprüche, mit denen niedere magische Wesen beschworen werden sollen, müssen in mondlosen Nächten gesprochen werden. Der Magier begebe sich dazu in die Mitte eines Sees oder freien Feldes und wende sich allen vier Himmelsrichtungen zu, ehe er einen Tropfen Blut von seinem eigenen oder von einem Tier versenke oder unter einen Stein gebe. Legt er seinen Mantel darüber und spricht die Worte:* spiritus veniat, *so wird das Wesen bei Morgengrauen an derselben Stelle nur durch die Worte:* te domino *von seiner Fessel befreit werden können und fortan für die Dauer eines Mondzyklus dem Magier zur Folgsamkeit verpflichtet sein. Doch sei der Magier achtsam. Der kleinste Fehler in der Beschwörungsformel kann dazu führen, dass der Zauber misslingt oder dass an Stelle des niederen magischen Wesens ein Dämon beschworen wird. Letzterer kann nach Ablauf der Frist von einem Mondzyklus seine magische Kraft gegen den Magier wenden. Kehrt der Magier nicht zu dem Ort zurück, an dem er den Geist beschworen hat, so stirbt das dort gebundene Wesen. Auch ein Fehler in der Beschwörungsformel kann tödlich sein. Mit seinem Tod aber nimmt das Wesen die magische Kraft von dem Zauberer fort, die ihm selbst eigen ist."*

Einen Moment war Drago verwirrt. Dann schüttelte er den Kopf. „Verzeiht, Meister, wenn ich Euch widerspreche. Ihr habt den Text so gut ihm Kopf, dass ihr falsch gelesen habt. Da steht …" Er streckte die Hand aus und ließ sich das Buch wieder geben. „Da steht: *Zaubersprüche, mit denen niedere magische Wesen beschworen werden sollen, müssen in* Mondnächten *gesprochen werden!"* Er schwieg eine Weile, um das Gesagte wirken zu lassen. Doch Vitus Weisz sah ganz gelassen aus dem Fenster, während draußen die letzte Dämmerung sich verflüchtigte und die ersten Lichter der Stadt aufblitzten. „Ich habe gelesen, was dort stand, Drago", sagte er. „Und du hast das wohl auch getan. Wenn es dennoch zwei unterschiedliche Texte waren, dann kann das nur daran liegen, dass du etwas anderes vor Augen siehst als ich."

„Aber wie soll das gehen?“ Drago starrte auf das Buch in seinen Händen. Es stand darin so, wie er es vorgelesen hatte: Schwarz auf Weiß.

„Der Zauber reicht offenbar doch nicht in die Vergangenheit“, erklärte der Alte, ohne dass seine Stimme erleichtert geklungen hätte. „Du liest nur den verfälschten Text, weil du dieser Zeit nicht angehörst. Ich aber entstamme der Zeit, in der wir uns befinden. Und also reicht der Zauber nicht bis zu mir.“

Sie schwiegen. Dunkelheit breitete sich über die Stadt. Nebel zog auf. Vitus Weisz vertiefte sich in seine Aufzeichnungen. Drago starrte ins Leere. Es fiel ihm schwer, des Meisters Ruhe zu verstehen. Erkannte Weisz denn nicht, was das bedeutete? War ihm nicht klar, dass Scarfazzo mit seinem Zauber dafür sorgte, dass seine Gegner nicht einmal in der Vergangenheit an die Quellen der Wahrheit vorstoßen konnten? Drago fühlte sich niedergeschlagen und aufgewühlt zugleich. Er musste etwas tun! Er musste einen Weg finden, wie er diesen bösen Zauber rückgängig machen konnte. Aber dazu musste er erst einmal herausfinden, wie der Zauber wirkte. „Meister! Wisst Ihr, wie Scarfazzos Zauber geht?“

Vitus Weisz sah von seinen Papieren auf. Sein weißes Haar wirkte noch dünner als sonst, seine Falten noch tiefer. Er schüttelte den Kopf. „Ich kenne Skarssons Zauber nicht“, antwortete er. „Aber wenn es gelingen soll, den Inhalt eines Buches zu ändern, dann müsste man es beleben. Man müsste also schon einen Dämon hineinzwingen. Und ob das jemals gelingt … Andererseits sagst du ja, dass es gemacht wurde, ja, dass du selbst es getan hast.“

„Einen Dämon …“ Einen Dämon hineinzwingen. Nein, das war es nicht gewesen. Drago sah sie vor sich, die Magier, mit denen Scarfazzo sich umgeben hatte, sah sie in dem geheimen Zimmer der Bibliothek, die d'Alengos, Ushers, Frinsburys, Tutticellis und Cerberos, sah sie in Scarfazzos Salon stehen und ihre Uhren zücken, in Signor Tremontis dunkler Werkstatt, wie sie einen Drachen auf den Boden zwangen und in der Kirche San Giorgio della Fiamma, wo ein Drache ihnen entkommen und in die Freiheit geflüchtet war. Er wusste, was es war, womit die Tinte an den Tischen der Fälscher versetzt war, es war: „Drachenblut!"

Vitus Weisz hob die Augenbrauen und richtete sich auf. „Mein Junge, du hast wirklich Talent!", sagte er anerkennend. „Ja, Drachenblut könnte ein Weg sein."

Drago schöpfte plötzlich Hoffnung. „Meister, was müsste man tun, um einen solchen Zauber rückgängig zu machen?"

„Das würde niemals gelingen." Der Alte schüttelte den Kopf. „Einen Dämon aus einem Buch herauszuholen oder einen ähnlich starken Geist, das ist ein Zauber, den kein Magier bewirken kann."

„Es sei denn", erklang da die Stimme von Vitus Weisz' Frau hinter Dragos Rücken, „der Zauberer würde an Stelle des Dämons in das Buch gehen." Sie zündete die Lampen an, denn inzwischen saßen der Meister und sein Lehrling im Dunkeln und nur der vage Schimmer der magischen Gegenstände im Raum, erhellte die Nacht. „Ein wenig Licht ist keine Zauberei", sagte Anna Weisz munter. „Wollt ihr nicht noch etwas essen, bevor ihr auch noch verhungert seid?"

Sie begaben sich hinunter, wo Anna Weisz ein einfaches Mahl bereitet hatte: Grünkernbrot, gewürzter Schinken und ein Krug Blauwein mit Wasser. Drago aß mit großem

Appetit. Seit er hier war, gab es für ihn regelmäßige Mahlzeiten. Das hatte er schon lange nicht mehr gehabt. Denn selbst als seine Mutter noch gelebt hatte, war er die meiste Zeit des Tages und oft tagelang nicht zuhause gewesen. Und im Dienste Scarfazzos hatte er niemals etwas zu essen bekommen und seltsamerweise auch niemals Hunger verspürt. Das war ihm zum ersten Mal in Vitus Weisz' Haus aufgefallen.

Doch jetzt ging ihm etwas anderes durch den Kopf. Während er dem forschenden Blick von Kyra standzuhalten versuchte, die ihre Katzenaugen auf ihn gerichtet hatte, hallte wieder und wieder der Satz in ihm nach, den die Frau des Meisters gesprochen hatte: „Es sei denn, der Zauberer würde an Stelle des Dämons in das Buch gehen." Das leuchtete Drago ein. Auch Hannibal Rabe hatte einen solchen Zauber vollführt, als er Dragos Schwester Luzia in seinen, Rabes, Körper eingesperrt hatte, um ihn auf der Jagd nach Scarfazzo verlassen zu können. Wenn also ein Dämon in einem Buch gefangen wäre, so könnte man ihn hervorholen, indem man sich selbst hineinbegäbe. Aber das würde nichts bringen! Was konnte Drago schon bewirken, wenn er selbst in einem Buch gefangen war? Alle Magie des Dämons hatte sich erschöpft, als er den Text verändert hatte. Natürlich, ginge Drago anstelle des Dämons in das Buch, so würde er dadurch den Text wieder zurückverwandeln. Aber er selbst bliebe gefangen in dem Buch, womöglich auf alle Zeit! Nein, es musste einen anderen Weg geben. *Es sei denn, der Zauberer würde an Stelle des Dämons in das Buch gehen.* – Oder das Blut des Zauberers!, schoss es Drago plötzlich durch den Kopf. Schließlich war ja in dem Buch gar kein Dämon gefangen. Es war lediglich das Drachenblut, das den Zauber bewirkt hatte, weil es selbst in geringen Mengen genauso große magische Kräfte hatte wie ein Dämon. Das Blut des Zauberers, der den Zauber ausgeübt hatte, konnte eine Möglichkeit sein, den Zauber rückgängig zu machen!

Musste er also Blut von d'Alengo auf das Papier träufeln? Oder von Rubio als dessen Meister? Vielleicht würde auch Cerberos Blut genügen, immerhin hatte er die Arbeiten beaufsichtigt. Aber an alle diese Gestalten würde er nicht herankommen. Und an ihr Blut noch viel weniger. Da kam Drago ein ungeheuerlicher Gedanke: Sollte am Ende gar sein eigenes Blut genügen, um den Zauber, den er mit seiner Hand ausgeführt hatte, rückgängig zu machen?

Er musste unbedingt mehr über die Magie des Blutes herausfinden.

Die Weisheit der Lebenssäfte

Draußen dämmerte der Morgen. Drago wusch sich das Gesicht mit klarem Wasser aus der Schüssel an seinem Fensterbrett. Am liebsten hätte er immer in dem kleinen Haus im Goldenen Gässchen zu Prag bleiben mögen. Musste er zurück in seine eigene Zeit? Konnte er nicht einfach in dieser fernen Vergangenheit bleiben, weit weg von all den Beschwernissen, von all der Mühsal seines eigenen Lebens? Was konnte er dort schon bewirken, in Venedig, der Stadt der Schwarzmagier und Dämonen, in der eine kleine Gruppe von reichen und einflussreichen Männern über die ganze Stadt herrschte und in der skrupellose Geschäftsleute Waffen ins Ferne Thrakien und Illyrien verkauften, wo sich die Menschen gegenseitig damit niedermetzelten und den Reichtum Venedigs mehrten. Nichts, nichts konnte er dort bewirken.

Einige Raben kreisten über der Burg. Nein, in Venedig konnte er nichts bewirken. Aber hier, hier konnte er etwas erreichen! Vielleicht nicht auf der Burg, aber doch in dieser Zeit. Wenn er in dieser Zeit den Lauf der Dinge beeinflusste, dann würde in seiner eigenen Zeit manches anders sein. Was musste er tun, um dafür zu sorgen, dass in zweihundert Jahren seine Mutter nicht starb?

Sie war krank geworden durch die Anstrengungen der Flucht. Hätte die Familie nicht aus ihrer Heimat fliehen müssen, dann wäre sie nicht an ihrer Krankheit gestorben. Die Flucht aber war eine Flucht vor dem Krieg. Ohne den Krieg hätte die Familie nicht fliehen müssen. Gab es in dieser Zeit eine Möglichkeit, den Krieg auf dem Balkan zweihundert Jahre später zu verhindern? Wenn ihm das gelänge, dann hätte Drago seine Mutter gerettet!

Drago lief hinunter in das Studierzimmer des Meisters. Der war gerade damit beschäftigt, einen bläulich schimmernden Trank zu brauen. „Ein Mittel, das auf wundersame Art hilft, in einen todesähnlichen Schlaf zu fallen, Junge – ohne dass man wirklich stürbe!“, erklärte Vitus Weisz. Doch Drago hatte keinen Sinn für die Faszination des Elixiers. „Meister“, sagte er aufgeregt. „Was muss ich tun, um die Ereignisse der Zukunft zu verändern?“

Der Alte lächelte weise. „Diese Frage stellt mir jeder Schüler, der aus der Zukunft zu uns stößt. Es tut mir leid, wenn ich dich enttäusche, Drago. Aber du kannst den Lauf der Geschichte nicht verändern. Denn dein Erscheinen in der Vergangenheit ist nichts als ein Teil deines Lebens in deiner Gegenwart."

Einen Moment lang war Drago sprachlos. „Aber …", stotterte er. „Aber wenn ich zum Beispiel etwas esse, dann verändere ich diese Zeit hier doch auch! Ich nehme etwas von dem weg, was in dieser Zeit existiert! Und wenn ich das Fenster öffne oder schließe, dann verändere ich diese Zeit doch auch. Oder wenn ich …" Er stampfte mit dem Fuß auf. „Wenn ich auf den Boden trete, dann mache ich ein Geräusch. Damit habe ich doch auch etwas verändert. Denn ohne mich hätte es das Geräusch nicht gegeben."

„Du hast Recht, mein Junge. Aber es ist doch nicht so, wie du denkst. Denn ob du dein Fenster öffnest oder nicht, ob du mit dem Fuß aufstampfst oder mit mir sprichst, das hat doch keinen Einfluss darauf, was weiter geschieht. Eine Zeit, die nicht deine eigene ist, kann sich nicht deinem Willen unterwerfen. Sie wird ihre Bahn ziehen, wie sie es auch ohne dich getan hätte." Er hob die Hände. „Tut mir leid. Ich weiß, was du wolltest. Aber vielleicht tröstet es dich zu wissen, dass du nicht der Erste bist, der diese Idee hatte."

Es tröstete Drago nicht. Vielmehr drückte es ihn nieder. War er eben noch voll Kraft und Tatendrang die schmale Treppe hinabgesprungen, so kämpfte er sich jetzt verdrossen wieder hoch und verkroch sich in seiner Kammer. In der kurzen Zeit, in der er weg gewesen war, hatte ihm die Meisterin einen Krug frischen Wassers gebracht und einige Beeren hingestellt – und ein Buch auf den Strohsack gelegt. *Die Weisheit der Lebenssäfte* hieß es. Von Felicius Pax. Drago nahm es etwas lustlos zur Hand. Wozu sollte er überhaupt noch lernen? Er trat doch sowieso auf der Stelle. Gar nichts konnte er bewirken. Doch gerade, als er es wieder zur Seite legte, rutschte ein Lindenblatt heraus, mit dem die Meisterin offenbar etwas eingemerkt hatte. Drago schlug das Buch auf. *Caput IV,* hieß es da. *De Sanguine – Vom Blute.*

Er musste etwas über die Magie des Blutes herausfinden! Und also las er:

Blut gilt als ganz besonderer Suft. Doch das gilt nicht im magischen Sinne, es sei denn, es handelt sich um das Blut magischer oder dämonischer Geschöpfe. Als wirkmächtigster Stoff der Magie gilt deshalb Drachenblut, das so schwer zu bekommen wie universell einsetzbar ist. Kein anderer Stoff hat größere Heilkraft, keine bekannte Substanz verleiht einem Zauber größere Wirksamkeit als Drachenblut. Selbst in kleinsten Mengen ist es imstande, die Mächte des Himmels heraufzubeschwören. Wird es dem Drachen unter Einsatz von Feuer und Glut abgenommen, so verwandeln sich seine guten Zaubereigenschaften in schwarzmagische Fähigkeiten …

Drago musste an die Unterwerfung des Drachen in Signor Tremontis Gondelwerkstatt denken. Mit Feuer und Glut war auch dort gearbeitet worden. Und er sah noch vor sich, wie eine Gondel, die dort auf dem Boden gelegen hatte, bei Hannibal Rabes Berührung geglüht hatte. Keine Frage, Scarfazzo und seine Bande hatten einen Drachen mit Hilfe von Feuer und Glut unterworfen. Und jetzt wusste Drago auch, dass sie nach seinem Blut getrachtet hatten. Er blätterte weiter:

Menschliches Blut besitzt keine magischen Eigenschaften. Es ist wohl der Lebenssaft seines Besitzers, aber in der magischen Welt hat es keinen eigenen Wert, es sei denn, es kommt mit einem magischen Gegenstand in Berührung. So, wie etwa Drachenblut durch die Berührung mit einem seelenlosen Gegenstand seine magischen Kräfte verliert (der Sage nach hat Siegfried in Drachenblut gebadet und wurde dadurch unverwundbar, bis auf eine kleine Stelle an der Schulter, auf die ein lebloses Blatt gefallen war, so kann menschliches Blut, wenn es etwa durch den Zahn eines Vampirs oder durch die verzauberte Klinge eines Schattenkriegers geschlagen wird, in demselben Maße magische Fähigkeiten annehmen, die dem betreffenden Gegenstand innewohnt. Ob es dabei rein magische oder schwarzmagische Fähigkeiten annimmt, hängt von den Umständen ab, unter denen die Blutentnahme erfolgt.

Drago hielt inne. Das bedeutete, dass er, wenn er sein eigenes Blut mit Hilfe eines magischen Gegenstands fließen ließ, über dieselben magischen Fähigkeiten verfügte, die der betreffende Gegenstand hatte. Das erklärte auch, weshalb der Biss eines Vampirs dazu führte, dass der Gebissene ebenfalls zum Vampir wurde. Dahinter stand dasselbe Prinzip: Magie war in gewisser Weise ansteckend!

Lange dachte er über das Gelesene nach. Der Tag verging, und doch fand Drago keine Antworten. Je mehr er nachdachte, umso verwirrender erschien ihm alles. So kam er nicht weiter. Er brauchte Hilfe. Und zwar nicht die Hilfe des Meisters.

Anna Weisz hatte die Eigenschaft, sehr unauffällig zu sein. Sie tauchte stets unbemerkt auf, arbeitete in ihrer Kammer, ohne besondere Geräusche zu machen, ja, man wusste kaum je, ob sie zu Hause war oder nicht. Drago wunderte sich, dass er sie nie mit einem Korb voller magischer Kräuter sah und dass auch niemand ihr die Zutaten für ihre heilsamen Tränke und Tinkturen zu liefern schien. Wie wirksam die Mittelchen waren, die sie im Stillen braute und mischte, erkannte er aber daran, wie wohl er sich fühlte, wann immer er etwas von ihren Speisen zu sich nahm: Es war, als würze sie ihre Gerichte immer mit einer Prise Lebenskraft, als würde sein Blut sich von innen heraus erfrischen. Gleichzeitig war Anna Weisz einer der liebenswürdigsten Menschen, die Drago je kennen gelernt hatte. Sie kümmerte sich um sein Wohlbefinden, wie es zuletzt seine Mutter vor Jahren getan hatte, als es ihr noch gut ging und die Familie noch in Frieden lebte. Sie brachte ihm frisches Wasser auf die Kammer, schüttelte seinen Strohsack auf, ließ am Morgen frische Luft herein und zündete ihm abends eine kleine Öllampe an, die einen wundervollen Duft verströmte.

Achtes Kapitel

Die Hexenkammer

Es war still im Haus. So leise wie möglich schlich er zur Trep-
pe und stieg hinauf in das Reich der Anna Weisz. Eine kleine
Öllampe flackerte an ihrem Arbeitstisch in der Kammer, die
auch bei Tag verwunschen wirkte, weil sie kaum Licht bekam.
Dort, auf dem Tisch, standen allerlei Mörser, Schälchen und
Dosen mit den unterschiedlichsten Kräutern und Essenzen.
Die Meisterin selbst war aber nicht da. Fasziniert betrachtete
Drago die Schätze. Auf manchen Behältern waren Aufschrif-
ten angebracht. *Schlangenhaut gerieben* stand da etwa oder
Elfenmoos. Bleibtreu oder *Trauerfarn feinherb.* Inzwischen
war sein Blick für Auren so geübt, dass er schon ohne Mühe
das leicht grünliche Schimmern erkennen konnte, das all die-
se Gegenstände umgab. „Als Magier würdest du nun alle die-
se Substanzen mit einem Tropfen deines Blutes in Berührung
bringen", sagte Anna Weisz, die in einem dunklen Winkel
saß und einen Kristall betrachtete, als könne sie darin die Zu-
kunft lesen. Aber vielleicht konnte sie es ja. Drago hatte die

Meisterin gar nicht bemerkt. „Wir hingegen versuchen", fuhr sie fort, „den verschiedenen Dingen ihre eigenen Fähigkeiten zu entlocken."

„Wir?"

„Alle weisen Frauen, die man Hexen nennt. Hexerei und Magie sind nicht dasselbe. Die Magie versucht, über den Dingen zu stehen, die Hexerei versucht, ihr Innerstes zu ergründen und zu nutzen. Und doch klingt das Wort Magie immer gut, das Wort Hexerei aber immer düster. Ist das nicht merkwürdig? Dabei kommt es wie bei allem im Leben immer darauf an, was man bezweckt. Wer Gutes im Sinne führt, wird Gutes bewirken. Wer Böses sät, wird Böses ernten."

Drago nickte. „Danke für das Buch", sagte er.

„Gerne."

„Warum wollte es mir der Meister nicht geben?"

„Er will dich noch nicht mit der Kunst der Blutzauber vertraut machen."

„Aber warum? Wenn ich es wissen muss, so soll er es mir doch beibringen!"

„Blutzauber sind die gefährlichsten Zauber, die es gibt, Drago. Sie können bewirken, dass du dein Menschsein verlierst. Als Mensch wird alles Leid für dich ein Ende nehmen im Augenblick deines Todes. Doch Blutzauber können dich untot machen."

„Unsterblich?"

Die Meisterin schüttelte den Kopf. „Nicht unsterblich, sondern untot. Das ist viel schlimmer, weil es bedeutet, dass du nicht zum Reich des Lebens gehörst und nicht zum Reich des Todes." Sie sah Drago lange an. „Er hat Angst um dich", sagte sie schließlich. „Er hat schon so viele Schüler verschwinden sehen. Es waren alles mutige Jungen, auch einige Mädchen übrigens, alle wollten sie den Kampf gegen die finsteren Mächte der schwarzen Magie aufnehmen, manch einer war schon bei anderen Magiern in die Lehre gegangen. Und doch wurden sie alle von der Zeit verschlungen und keiner ist je wieder aufgetaucht."

„Aber ist das nicht unsere Bestimmung?", fragte Drago und bemerkte erst, als er es ausgesprochen hatte, dass er sich damit selbst zum Kreis der Magier gezählt hatte. Die Hexe lächelte halb spöttisch, halb gütig. „Gewiss", erwiderte sie. „Das ist es. Aber es ist eben auch ein großes Wagnis. Und keiner vor dir hatte diese Geschichte."

„Welche Geschichte, Meisterin?"

„Keiner war dem Bösen so nah", antwortete sie so leise, dass es fast ein Flüstern war. „Keiner hatte Skarsson je gesehen."

Drago nickte und wandte sich ab. Im flackernden Licht der Lampe schimmerten die Pülverchen und Essenzen in den unterschiedlichsten Farben, doch jede Farbe schien Drago für Hoffnung zu stehen. Schon in der Tür wandte er sich noch einmal um. Ein schrecklicher Gedanke war ihm plötzlich in den Sinn gekommen. „Meisterin!"

„Ja?"

„Wer sagt mir, dass dieses Buch nicht gefälscht ist? Ihr habt es womöglich ganz anders gelesen als ich."

„Niemand sagt uns das, Drago." Anna Weisz legte ihren Kristall beiseite. „Niemand. Wir werden es erst wissen, wenn deine Reise ein gutes Ende genommen hat."

Drago nickte. „Oder ein böses", sagte er düster.

„Oder ein böses."

Der Spiegel der Erinnerungen

So erschöpft er auch war, in der folgenden Nacht konnte Drago nicht einschlafen. Er lag wach auf seinem Strohsack und lauschte auf die Geräusche des Hauses, auf seine Erinnerungen an Venedig, auf seine Gedanken und Gefühle. Inzwischen wusste er nicht mehr, was er mehr fürchten sollte: dass er nicht mehr zurückkehren könnte in seine eigene Zeit oder dass er zu einem geheimnisvollen Kreis von Magiern gehören sollte, die offenbar seit Jahrhunderten vergeblich versuchten, Scarfazzo das Handwerk zu legen – und die es mindestens zweihundert weitere Jahre vergeblich versuchen würden.

Er stand auf und trat an die kleine Dachluke. Eine Fledermaus hatte sich dort festgekrallt. Fledermäuse sind magische Wesen, erinnerte sich Drago. Doch er ließ sie in Ruhe. Seine Experimente mit dem Nachtmahr, dem Feraphen und dem Raben hatten ihm genug Ärger beschert.

Es war eine klare Nacht. Von Nebel war weit und breit nichts zu sehen. Das konnte nur bedeuten, dass Weisz in dieser Nacht keinen Besuch erwartete.

Ohne zu wissen, wozu, stieg Drago leise die Treppen hinunter, nahm einen Umhang vom Haken neben der Tür und entzündete eine Kerze. Im letzten Moment fiel ihm wieder ein, dass er doch nachts gar keine Kerze entzünden musste. Also blies er sie wieder aus, stellte sie wieder auf das Brett und öffnete leise die Tür, um in den tiefen Schatten vor dem Haus zu treten.

Das Goldene Gässchen, so belebt es tagsüber war, war in der Dunkelheit verschwiegen wie ein Friedhof. Dragos Gruft auf San Michele war kaum düsterer als diese schmale Straße am östlichen Ende des Hradschin.

Plötzlich wusste Drago, wohin es ihn zog: Wenn das Standbild des Drachentöters der Ort gewesen war, an dem er den Zutritt zu dieser Zeit und zu diesem Ort gefunden hatte, dann konnte es doch sein, dass das auch der Ort war, an dem sich ihm ein Weg zurück eröffnen würde! Also schlich er im Mondschatten der alten Häuser zur Kathedrale, die in dieser sternenklaren Nacht noch viel gewaltiger aussah als sonst. Wenige Schritte entfernt lag das Denkmal. Aus dieser Entfernung, wirkte es gar nicht so erschreckend. Drago trat näher und betrachtete das Werk. Es sah alt aus. Der Drache unter dem Pferd war klein, viel kleiner als die Drachen, die er in Signor Tremontis Werkstätten gesehen hatte: die Gondeldrachen. Ob es verschiedene Arten von Drachen gab? Vermutlich. Er umrundete die Statue. Mondlicht fiel auf den Kopf des Pferdes, sodass das Metall, aus dem es gegossen war, glänzte. Drago streckte die Hand aus. „Vorsicht!", rief eine Stimme in seiner Nähe. Er zuckte zurück und sah sich um. Im Schatten des Doms bewegte sich etwas. Er starrte in die Dunkelheit, doch erkannte er nichts. Nichts außer einem leicht grünlichen Schimmer. „Du weißt nie, was passiert, wenn du etwas berührst, mit dem dich ein Zauber verbindet." Jetzt löste sich eine kleine Gestalt aus dem Schatten und kam auf ihn zu. Der Feraph! Deutlich blitzten die drei Augen in der Nacht. Das breite Grinsen wurde durch zwei Reihen furchterregender Zähne geteilt. „Feraph!", rief Drago. Er wagte kaum, auf das Wesen zuzugehen, so groß war sein Abscheu. Doch dann machte er sich klar, dass er immerhin mehrere Tage und Nächte neben ihm in der Gruft zugebracht hatte. „Wie kommst du hierher?"

Da lachte der Feraph mit sonderbar vertrauter Stimme, sprang auf – und stand mit einem Mal als Kyra vor Drago. „Dich kann man leicht hereinlegen, wie mir scheint."

Drago keuchte. „Woher … woher wusstest du …?"

„Ich habe dich hier empfangen", stellte Kyra trocken fest. „Schon vergessen?"

„Nein. Ich erinnere mich." Er hatte sie als Katze gesehen und geglaubt, der Feraph habe sich in eine Katze verwandelt. Und nun hatte sich die Katze in einen Feraphen verwandelt – eine Katze, die eigentlich ein Mensch war. „Und du bist ziemlich gut im Gestaltwandeln, wie mir scheint", stellte Drago fest.

„Man gibt sich Mühe." Kyra lächelte. Keine Frage, als Mensch sah sie sehr viel besser aus denn als Feraph. Sie hatte ihr Haar mit einer Schleife zusammengebunden und sich einen langen Umhang übergeworfen, der in der Mondnacht grün schimmerte. „Ich muss weiter", sagte sie und wandte sich um. „Denk daran, dass du das Haus nicht sehen kannst ohne Nebel. Aber du kannst es natürlich betreten, wenn du nur mitten in den Schatten hineingehst und dich nicht von der Tür stören lässt, gegen die du vermutlich mit dem Kopf rennst." Sie kicherte und war im nächsten Augenblick schon verschwunden. Eine Ratte huschte über das Pflaster und Drago fragte sich, ob das wohl Kyra gewesen war oder eine echte Ratte.

Das Tier war um den Dom herumgelaufen. Drago folgte ihm einige Schritte, obwohl er die Ratte schon nicht mehr sehen konnte. In diesem Teil der Burg war es still. Ein eisiger Wind fegte über den Hügel und ließ Drago frösteln. Das Wetter erinnerte ihn an seine illyrische Heimat. Auch dort hatte es diesen trockenen, kalten Wind gegeben. Er stolperte über den Hof hinüber zur Vikarsgasse. Er sollte besser zurück zum schützenden Heim seines Meisters gehen. Schon richtete er seine Schritte nach Osten, da fiel ihm aus dem Augenwinkel ein Licht auf, das von etwas oberhalb herabblitzte. Ein Leuchten, das er zuvor nicht bemerkt hatte. Er blieb stehen und blickte auf: Es war der Mihulka-Turm, der sich am äußeren Rand der Mauer erhob, jener Turm, in dem der legendäre Tycho Brahe seine Studien betrieben und in dem Vitus Weisz seine ersten Unterweisungen in den Künsten der Alchimie und der Magie erhalten hatte. Drago erinnerte sich, wie Kyra ihm erzählt hatte, dass man nächtens immer noch ein Licht dort droben sehen konnte, obwohl Brahe seit langer Zeit tot war!

Die Nacht war klar und eisig. Aber vielleicht kam die Kälte, die Drago in allen Gliedern spürte, auch von innen. Jetzt, da er das Licht dort droben sah, stellten sich ihm alle Haare auf. Wenn stimmte, was Kyra erzählt hatte, dann durfte es da oben gar kein Licht geben. Das hieß: Es geschah etwas Außergewöhnliches im Mihulka-Turm. Etwas, das nach Gefahr roch.

Drago würde widerstehen, er würde nicht hingehen. Er hatte keinen Grund dafür. Auch wusste er gar nicht, wie man in den Turm hineingelangte. Das Bauwerk lag an der nördlichen Burgmauer. Es war ein runder, massiger Bau, der in der Düsternis der Nacht noch wuchtiger wirkte. Das erleuchtete Fenster lag unter dem Dach. Nun, da er etwas näher stand, konnte Drago erkennen, dass das Licht flackerte. Eine schmale, steile Treppe führte die Burgmauer hinauf. Sie schien im eisigen Wind zu schwanken. Aber vielleicht waren es auch nur Dragos Beine. Er würde nicht in den Turm eindringen, nein. Weshalb sollte er! Er würde sich nicht unnötig in Gefahr bringen. Eigentlich war es ja erstaunlich, dass die niedrige Pforte, von der aus man den Turm betreten konnte, nicht verschlossen war. Vielmehr glitt sie lautlos auf. Dunkelheit gähnte dahinter, Dunkelheit, gepaart mit einem fast unmerklichen grünen Schimmer, der sich im ganzen Turm zu verbreiten schien. Natürlich, hier wurde seit Jahrhunderten geforscht, magische Experimente wurden hier angestellt, große Geister hatten diesen Turm bevölkert. Es war kein Wunder, dass das Bauwerk eine magische Aura angenommen hatte, durch die in der Finsternis sogar jede einzelne Stufe der Treppe zu sehen war. Nicht das leiseste Knarren verriet den ungebetenen Gast. Vielmehr schien es fast, als wollten die Stufen dem Eindringling auf seinem Weg helfen. Drago wollte nicht weitergehen. Er wollte nicht in die geheimnisvollen Gefilde eines längst verstorbenen Geistes vordringen. Tycho Brahe sollte in seinem einstigen Reich tun und lassen, was er wollte, er, Drago, würde ihn meiden, er würde nicht durch den schmalen Spalt in der Tür schauen, durch den ein goldener Lichtschein fiel, der Drago den Weg wies. Es roch nach unbekannten Kräutern und nach Rauch und Schießpulver. Nichts deutete darauf hin, dass jemand in der Kammer war. Nein, der Raum war menschenleer. Aber er war mit Gerätschaften und Büchern gefüllt, die von einer dicken Staubschicht bedeckt waren. Woher der intensive Geruch kam, war nicht zu erkennen. Für einen Augenblick hielt Drago inne: Er glaubte Schritte zu hören, Schritte, die sich durch den Raum bewegten. Doch es war niemand zu sehen. Er setzte selbst einen Fuß vor, doch zog er ihn sogleich wieder zurück. Er würde nicht weitergehen! Wie war er überhaupt bis hierher gekommen? Hatte er nicht fest für sich beschlossen, den Turm zu meiden? Und doch fand er sich plötzlich inmitten dieses alten Gemäuers wieder und lauschte auf Schritte, die niemand machen konnte. Drago spürte sein Herz rasen. Er musste so schnell wie möglich hier weg. Er würde nicht in die Kammer gehen. Es interessierte ihn auch gar nicht, was auf dem Tisch in der Mitte lag. Nicht die Briefe noch die Bücher interessierten ihn. Weder der silberne Ring noch der bronzene Cavai …

Drago zuckte zusammen. Ein Schrei fuhr ihm durch Mark und Bein – bis er merkte, dass er selbst geschrien hatte. Ein Zittern befiel ihn, etwas Kaltes fasste nach ihm, doch es kam aus seinem Inneren. Das war sein Cavai! Er hatte ihn in Tremontis Werft gestohlen. Wie von selbst drückte Drago die Tür zu der Kammer auf und trat an den Tisch. Ja, es war sein Cavai. Und es war der Brief, den Rabe ihm geschrieben hatte und das Drachenbuch, das er von ihm bekommen hatte. Drago streckte die Hand danach aus. Wie waren die Sachen hierhergekommen? Wie konnte etwas, das 1881 in Venedig in seinem Besitz gewesen war, 1666 in Prag wieder auftauchen? Er griff nach dem bronzenen Cavai. Schon spürte er die Kälte des Metalls, da schoss ihm durch den Kopf, was Kyra vorhin erst gesagt hatte: „Du weißt nie, was passiert, wenn du etwas berührst, mit dem dich ein Zauber verbindet." Wie immer die Sachen hierhergekommen sein mochten, es war kein Zufall. Und es war kein Zufall, dass er plötzlich inmitten dieses Raumes stand, obwohl er sich fest vorgenommen hatte, den Turm nicht zu betreten. Jemand wollte, dass er hierherkam. Und jemand wollte, dass er den Brief, das Buch oder den Cavai in die Hand nahm. Aber warum?

Drago rang mit sich: Er wusste, dass er diesen Ort so schnell wie möglich verlassen musste. Er durfte diese Gegenstände nicht berühren. Aber er konnte sie doch auch nicht liegen lassen! Wie waren sie hierhergekommen? Wer wusste überhaupt von ihnen? Hatte er den Brief jemals jemandem gezeigt? Wusste irgendjemand außer ihm selbst von dem Buch oder von dem Cavai? Rabe!, schoss es ihm durch den Kopf, während er vorsichtig einige Schritte zurückwich. Nur Rabe wusste von alledem. Aber Rabe war verschwunden. Er war in den Kreis der Zeit eingetaucht und nicht wieder daraus hervorgekommen. So wie ich, dachte Drago. Auch ich bin verschwunden. In der Vergangenheit. Niemand würde mich hier vermuten. Luzia nicht, mein Vater nicht, nicht die Contessa – und nicht einmal meine magischen Diener, falls sie überhaupt noch da sind.

Es war seltsam: Je weiter er sich von dem Tisch entfernte, umso weniger deutlich konnte er die Gegenstände sehen. Sie wurden nicht nur kleiner, sie schienen vor seinen Augen zu verblassen. Er hielt inne und trat noch einmal einen Schritt näher. Tatsächlich wurde alles wieder klarer sichtbar. Aber wie konnte das sein?

„Es ist eine Spiegelung", hörte Drago die Stimme eines Mannes, ohne aber jemanden im Raum entdecken zu können. „Es ist ein Spiegel deiner Erinnerungen. Diese drei Gegenstände sind so etwas wie ein Sinnbild für deine eigenen magischen Fähigkeiten. Du siehst sie, weil sie dir mehr bedeuten als die anderen magischen Dinge, die du zurückgelassen hast. Würdest du in diesem Augenblick an mein Bild denken, so könntest du auch mich sehen." Die Stimme! Er kannte sie! Es war … es war die Stimme von Hannibal Rabe! Und Rabe stand auf einmal im Raum. In seinem weißen Anzug lehnte er lässig an der Tür und hielt seine silberne Taschenuhr in der Hand. „Na bitte", sagte er. „Es geht doch."

„Signor Rabe? Wie sind Sie hierhergekommen?"

„Nur durch deinen Geist, Drago. Du hast mich durch deine bloße Vorstellungskraft beschworen. Ich habe diesen Raum vor vielen Jahren mit einem Zauber belegt, der es ermöglicht, Dinge und Wesen zu beschwören, wenn man sie am nötigsten braucht."

Drago schüttelte den Kopf. „Aber ich ... weshalb ..." Drago wich zurück. „Sie haben diesen Raum verzaubert?"

„Als ich noch hier gearbeitet und geforscht habe, ja", erklärte Rabe. „Damals nannten sie mich Tycho Brahe."

„Aber Tycho Brahe ist längst tot!"

Rabe lächelte milde. „Tot, ja. Das ist er. Wenn man so will. Du bist es auch – für die Menschen, die nach dir leben. Aber wer weiß das schon in dieser Zeit, in der du dich jetzt befindest? Für diese Zeit bist du noch nicht einmal geboren – und doch bist du hier. So wie ich. Es sind zwei unterschiedliche Zauber für etwas ganz Ähnliches."

„Sie sind hier und ich bin hier, obwohl wir beide gar nicht in diese Zeit und an diesen Ort gehören. Meinen Sie das?"

„Ja, Drago, das meine ich. Der Unterschied ist ..." Rabe machte eine Pause. Er sah aus dem Fenster. Zeichnete sich am Horizont schon das erste Licht des frühen Morgens ab? „Du wirst dich beeilen müssen, Drago. Bei Tag und ohne Nebel kannst du nicht in das Haus von Meister Weisz zurückkehren. Du müsstest dann bis zur Nacht warten und würdest wertvolle Zeit verlieren!"

„Der Unterschied ist was?", beharrte Drago.

„Der Unterschied ist, dass du hier bleiben wirst, bis du selbst wieder gehst. Ich aber muss gehen, sobald du die Augen schließt und an etwas anderes denkst."

Drago war schwindelig. Rabe hier, das konnte er kaum fassen. Es war beinahe noch unvorstellbarer als die Tatsache, dass er selbst hier war. Er warf einen Blick auf den Tisch. Der Brief, das Buch und der Cavai lagen genauso da wie vorhin. Rabe, an der Tür, schien neugierig abzuwarten. Was, wenn das alles eine Falle war? Brauchte er die Gegenstände denn? Brauchte er Rabe? Nein. Es ging ihm gut. Er war in Sicherheit. Meister Weisz brachte ihm mehr bei, als er bei Scarfazzo jemals gelernt hatte. Drago schloss die Augen. Wenn stimmte, was Rabe oder sein Trugbild sagte, dann musste er jetzt nur an etwas anderes denken, um diesen bösen Traum zu verscheuchen. Er konzentrierte sich. Es fiel ihm nicht leicht, das Bild des Magiers zu verscheuchen. Die Contessa tauchte vor seinem inneren Auge auf. „Ich wusste es", hörte er, schon ganz von fern, die Stimme des Hannibal Rabe. Und als er die Augen wieder öffnete, war der Mann im weißen Anzug verschwunden – ebenso wie der Brief, das Buch und der Cavai auf dem Tisch.

Der Mann mit der goldenen Nase

Drago stolperte hinaus in die Nacht. Ihm war übel. Rabe war Titus und Titus war Brahe und Brahe hatte noch viele andere Namen. Dieser Mann mit den unterschiedlichen Gesichtern war dabei, Drago in seinen Bann zu schlagen, so viel war sicher. Drago erinnerte sich, wie er in Scarfazzos Palast einmal in einen Spiegel gesehen hatte und beinahe darin versunken wäre. Wenn es solche Zauber gab, wie Rabe behauptet hatte, dann war vermutlich auch der Spiegel in dieser Weise verzaubert worden. Man sah, was man zu sehen hoffte oder erwartete – und wurde dadurch in eine Trugwelt gelockt, von Wünschen und Träumen gefangen wie von den bösen Gespenstern eines Albs.

Benommen wankte Drago zurück zum Haus des Meisters und fiel, kaum dass er in seiner Kammer war, in tiefen Schlaf.

Wieder träumte Drago den Traum von der Gondel, die er von den bronzenen Beschlägen zu befreien versuchte. Wieder hastete er voll düsterer Ahnungen durch Venedig, sprang von Boot zu Boot, riss sich die Hände blutig an den Cavai, die ihn höhnisch anzulachen schienen, taumelte, stürzte ins Wasser und fiel in unendliche Tiefe. Ein Pochen schreckte ihn auf. Zweimal bebten die Wände leicht, dann ging ein seltsamer Luftzug durch das Haus. Uliss, schoss es Drago durch den Kopf. Das musste der Zauberbote gewesen sein. Genauso hatte es geklungen, als er im Studierzimmer des Meisters zweimal mit seinem Stock auf den Boden geschlagen hatte. Und dann hatte er den Arm erhoben und war wie von Geisterhand gezogen im Nichts verschwunden.

Drago rieb sich die Augen. Wie viel Zeit mochte vergangen sein? Jedenfalls war es Nacht. Er erhob sich, reckte seine Glieder und trat ans Fenster, um die Sterne zu betrachten. Ein Schatten, drunten auf dem Weg, erregte seine Aufmerksamkeit. Da! Ein Mann trat aus dem Dunkel, ein groß gewachsener Mann im weiten Umhang. Er wandte sich um und sah über die Schulter zu Drago herauf. Es ging so schnell, dass Drago sich nicht rechtzeitig besann, vom Fenster zurückzutreten, und ihre Blicke trafen sich. Es war tatsächlich Uliss! Das Aufblitzen seiner Augen zeigte, dass er Drago erkannt hatte. Der Bote schien es eilig zu haben. Er raffte seinen Umhang und ging mit geschwinden Schritten in Richtung des Doms davon, immer wieder über seine Schultern blickend, ob ihm jemand folgte.

Neugierig geworden, schlüpfte Drago in seine Schuhe, huschte die Treppe hinab, entzündete eine Kerze und trat auf die Straße hinaus. Er konnte gerade noch erkennen, wie Uliss um eine Ecke bog, an der eine hell erleuchtete Schenke lag. Lautlos und nahezu unsichtbar folgte er ihm. Seine Zeit als Dieb in einer Stadt wie Venedig hatte ihn einiges Geschick gelehrt. Flink huschte er über das Pflaster und war schon bald wieder nah an der dunklen Gestalt, deren Umhang in heftiger Bewegung war, obwohl kaum ein Lüftchen wehte. Vielmehr schien leichter Nebel aufzuziehen. Er kroch vom Tal, von der Senke des Flusses herauf zur Burg. Und je weiter Drago dem Zauberboten folgte, umso dichter wurde der Nebel. Ein Stück weiter vor ihm öffnete sich eine Tür wie ein dunkler Schlund und Uliss verschwand darin. Doch trotz des Nebels konnte Drago erkennen, dass er sich noch einmal über die Schulter zu ihm umgeblickt hatte. Er will, dass ich ihm folge, dachte er, und es war ihm klar, dass das Gefahr bedeutete. Einerseits. Andererseits war er neugierig. Was, wenn Uliss ihm auflauerte? Drago griff nach seinem Messer. Ob er damit gegen einen Magier etwas bewirken konnte? Wohl kaum. Er sah sich um. Ein Stock fiel ihm auf, der ein paar Schritte entfernt auf dem Boden lag. Ja, damit konnte er etwas anfangen. Wenn Uliss seinen Zauberstab benutzte, konnte Drago, wenn er geschickt war, den Zauberstab mit diesem Stock verlängern und den Zauber in eine andere Richtung lenken. Er hatte dergleichen noch nie versucht, aber er hatte gelesen, dass es einen solchen Zauber gab.

Erst als ihm der kalte Atem von Weihrauch entgegenschlug, bemerkte Drago, dass er in eine Kirche trat. Es war nicht der Dom, also musste es die andere Kirche auf der Burg sein: die Basilika. Sankt Georg.

Das milde Licht vieler Kerzen erleuchtete den Innenraum, der eigentlich ganz freundlich aussah. Es war keine Prachtkirche, kein gigantischer Bau, in dem alles in die Höhe strebte. Eine einfache hölzerne Decke spannte sich über einen schlichten Raum. Vor dem Altarraum wanden sich zwei große Treppen empor. Darunter lag eine Art Höhle, die mit einem schweren Gitter verschlossen war. Drago schritt langsam über den kalten Stein zu seinen Füßen. Obwohl er sich bemühte, keinen Laut zu geben, hallte jeder seiner Schritte deutlich durch das Zwielicht des seltsamen Gotteshauses.

Als er bei den Treppen angekommen war, bemerkte er, dass dazwischen Uliss' Zauberstab auf dem Boden lag. Die Spitze zeigte zu dem eisernen Portal. Jetzt erkannte Drago, dass es nicht verschlossen war, sondern nur angelehnt. Vorsichtig berührte er das kalte Metall. Die Tür schwang lautlos auf, und Drago trat näher. Eine Reihe steinerner Sarkophage zeichnete sich im Dunkel dieses Raumes ab. Die Krypta! Drago war an die Gräber derer vorgestoßen, die in dieser Kirche begraben lagen.

„Zwölf Könige und zugleich zwölf große Magier. Der richtige Ort, um ein interessantes Gespräch zu führen …" Der Zauberbote erschien hinter einem der Sarkophage, als wäre er ihm entstiegen, und trat auf Drago zu. „Wie kommt es, dass du in der Lage warst, durch die Zeit zu reisen, aber weniger Ahnung von Magie hast als ein Eichhörnchen?"

„Ich … ich …“ Drago wusste nicht, was er sagen sollte. War das eine Falle? War Uliss kein Vertrauter von Weisz, sondern einer von Scarfazzos Schwarzmagiern? „Ich wüsste nicht, was dich das angeht“, stammelte er schließlich.

Uliss Forte lachte spöttisch. „Du bist ein echtes Lamm, was?“ Er streckte die Hand aus und sein Stock tauchte plötzlich in seiner Faust auf. Drago konnte nicht vermeiden, hinzusehen: Die Stelle, an der der Stab gelegen hatte, war leer. „Weißt du“, sagte Uliss, „ich habe mich gefragt, ob es Zufall ist, dass du ausgerechnet in dieser Zeit und an diesem Ort aufgetaucht bist. Vielleicht bist du gar nicht das harmlose Bürschchen, für das du dich ausgibst.“

„Vielleicht bin ich es tatsächlich nicht“, entgegnete Drago trotzig, wobei er fieberhaft überlegte, wie er diesen Ort verlassen konnte, ohne dass Uliss ihn daran hinderte.

„Also“, sagte der Bote und rückte näher. So nah, dass Drago seinen kalten Atem riechen konnte. „Wer bist du?“

Drago sah ihn so harmlos an, wie er es nur konnte. „Ich bin ein Gestaltwandler“, erwiderte er dann.

„Ein Gestaltwandler?“ Ein Zucken ging durch Uliss' sehnigen Körper.

„Ja. In Wirklichkeit bin ich ein Eichhörnchen.“

Einen Moment stutzte der Zauberbote, dann brach er in schallendes Gelächter aus, das von den Wänden der Krypta widerhallte. „Ein Eichhörnchen! Na, ein Lamm bist du also jedenfalls nicht.“ Er stieß ihn mit dem Ellbogen in die Seite und zwinkerte ihm zu. „Vielleicht bist du ja ein Spion. Aber wenigstens bist du dann einer mit Witz.“

„Ein Spion?“ Langsam dämmerte Drago, worauf Uliss hinauswollte.

„Klar! Drago, Spion und Eichhörnchen." Wieder lachte er. Doch dann wurde er sehr plötzlich ernst und zog Drago mit sich hinter die Sarkophage. Wieder hob er seinen Stab, richtete ihn in alle Himmelsrichtungen, strich mit ihm über den Boden, zeichnete einen Bogen über ihren Köpfen und lehnte sich dann lässig gegen eines der Grabmäler. „Ich vertraue dir", sagte er. „Auch wenn es dafür keinen guten Grund gibt. Aber ich habe so ein Gefühl. Und mein Gefühl ist zumindest etwas, woran ich glauben kann."

Drago zuckte die Achseln. Was machte der Bote da mit seinem Stab? Schuf er einen unsichtbaren Käfig, aus dem Drago nicht ausbrechen konnte? Uliss bemerkte Dragos Blick. „Das ist nur zu unserer Sicherheit", erklärte er. „So kann uns niemand belauschen."

„Es ist doch sowieso niemand hier", stellte Drago trocken fest. Doch Uliss machte eine unbestimmte Handbewegung. „Kyra ist nicht die einzige Gestaltwandlerin auf dieser Burg. – Wenn man von dir absieht." Er zwinkerte. Irgendwie war er doch ganz sympathisch, fand Drago. Er gab sich so ganz anders als alle anderen aus der Zauberwelt. Seine Kleider waren bunter, sein Ton unbekümmert, ja, er machte sogar Scherze. „Du musst wissen, dass diese Burg voller Geheimnisse steckt." Die Pforte der Basilika öffnete sich und eine Frau in Schwarz trat ein. Drago duckte sich hinter einen der Sarkophage. Doch Uliss blieb ganz gelassen. „Sie kann uns nicht sehen. Als Zauberbote kann man ja nicht eben viel zaubern. Aber Schutzzauber aller Art sind sozusagen das kleine Einmaleins." Drago hüstelte verlegen und kam wieder aus seinem Schlupfwinkel hervor. Uliss aber fuhr fort, als sei er gar nicht unterbrochen worden: „Immerhin wird hier seit Jahrhunderten auf den Feldern der Magie, der Astrologie, der Alchimie und in allen möglichen anderen zwielichtigen Wissenschaften geforscht. Das hat seine Spuren hinterlassen. Wer die Burg betritt, muss damit rechnen, dass er sie nicht wieder lebend verlässt. Jedenfalls nicht, wenn er sich in den Kreisen der Magier bewegt."

„Gibt es denn noch mehr Magier auf der Burg?"

„Machst du Witze? Natürlich! Die Burg ist der wichtigste magische Ort der Welt. In dieser Zeit. In deiner Zeit mag es anders sein, da ist Venedig wohl sehr in Mode bei den Zauberern. Früher war es mal Avalon, dann Bagdad. Naja, wenn man es genau nimmt, ist Prag zu dieser Zeit schon nicht mehr ganz so wichtig. Als der große Brahe hier herrschte, war das noch ganz anders."

Drago fiel auf, dass Uliss das Wort *Brahe* seltsam betonte. Er sprach nicht so ehrfürchtig, wie es alle anderen taten. „Herrschte? Ich denke, er war bloß der Astrologe des Kaisers."

„Eben. Denkst du etwa, der Kaiser herrscht über seinen Magier? Nein, der Kaiser herrscht über das Volk, der Astrologe aber herrscht über den Kaiser."

Drago nickte. „Das scheint mir ähnlich wie bei uns. Da herrscht auch der Doge über Venedig. Aber Scarfazzo herrscht über den Dogen."

„Du musst nicht glauben, Brahe sei ein weißer Ritter gewesen. Der hatte auch seine dunklen Seiten. Wusstest du, dass er selbst Drachen gejagt hat?" Uliss lachte. „Ja, das erstaunt dich, was? Aber im Ernst, Brahe dachte, wenn er sich ein paar von den Viechern unterwirft, dann kann er es leichter mit Skarsson aufnehmen. Die Klausenburger haben ihm einen Strich durch die Rechnung gemacht."

„Die Klausenburger?"

„Martin und Georg von Klausenburg. Zwei ausgesprochen begabte Magier, die in ihrer kleinen Goldschmiede nicht nur nach dem Stein der Weisen gesucht haben, sondern auch noch mit anderen Erzzaubern zugange waren. Das Ergebnis ist bekannt."

Drago hob etwas hilflos die Hände. „Mir leider nicht", bekannte er und wagte einen Blick zu der Frau in Schwarz, die in die kleine Kapelle zur Rechten ging und darin verschwand.

„Natürlich." Uliss ließ einen mitleidigen Blick über Drago tropfen. „Die Statue. Hast du die noch nicht gesehen? Der Drachentöter auf dem Hof vor dem Dom?"

„Die … die … natürlich habe ich die gesehen", stotterte Drago und hätte sich beinahe verschluckt.

„Das ist Brahe. Das heißt, eigentlich ist es ein anderer Reiter. Sieht ja auch ganz anders aus. Aber als die beiden Klausenburger ihren Zauber ausgeführt haben, saß Brahe auf dem Gaul und war dabei, mit seinem Zauberstab den Drachen niederzuwerfen. Weiß der Himmel, wie er ihn auf die Burg gezwungen hat. Er muss irgendwo einen magischen Kreis unter seine Kontrolle gebracht und den Drachen dort hindurchgeschickt haben, so wie Skarrson das immer macht."

Drago nickte, obwohl ihm nicht ganz klar war, ob er verstand, wovon Uliss da sprach. „Und Brahe?"

„Brahe hat sich offenbar im letzten Moment in Sicherheit gebracht und seinen Körper mit einem anderen getauscht. Das hat dem armen Mann, der seit fünfundsechzig Jahren auf dem Pferd sitzt, nicht gerade gutgetan. Jetzt steht er zu Bronze erstarrt im Burghof und muss sich von Tauben auf den Kopf kleckern lassen. Die Brüder haben zwar geschworen, dass sie nur den Drachen retten wollten, aber Brahe hat sie trotzdem verbannen lassen. Wie sie ihm das mit der Nase angehängt haben, weiß kein Mensch." Der Zauberbote lachte.

„Mit der Nase?"

„Stimmt, du hast Brahe ja nie gesehen. Er hatte eine goldene Nase. Ich meine: nach der Sache mit dem Drachen. Es hat ihn ziemlich wahnsinnig gemacht. Vor allem, weil er sie nicht wegzaubern konnte." Er nickte. „Ja", sagte er dann. „Du hast wirklich keine Ahnung." Das schien ihn zu beruhigen. Ein Spion konnte nicht so wenig Ahnung haben. „Was ich sagen will, ist, pass bloß auf hier. Du bist in Gefahr. Brahe geistert immer noch durch die Burg, die netten Magier sind nicht alle nett und ein Leben als Untoter macht keinen großen Spaß, das kannst du mir glauben. Ich komme ziemlich herum auf der Welt und in den unterschiedlichsten Zeiten. Wenn du zu uns gehören willst, dann musst du zuerst einmal lernen, nicht jedem hinterherzulaufen." Er zwinkerte wieder. „Und dann solltest du …" Ein Flackern ging durch die Luft. Uliss verstummte. Er sah sich um, fuhr mit seinem Stab über ihre Köpfe und beschrieb einen Kreis um den Sarkophag, an dem sie standen. Dann sah er Drago plötzlich aus kleinen Augen an. „Sieh lieber zu, dass du wegkommst. Der Ort hier ist auch nicht mehr so sicher, wie er mal war." Er klopfte zweimal mit seinem Stab auf den Boden, dann hob er ihn in die Höhe und – war verschwunden.

Zwölf Sarkophage

Es war dunkler geworden in der Kirche. Erst jetzt fiel Drago auf, dass Uliss von einem schwachen grünlichen Leuchten umgeben gewesen war. Aber natürlich, ein Magier, der ständig durch Zeiten und Länder reiste, musste eine magische Aura mit sich tragen, zum einen, weil der Zauber, den er immer wieder ausführte, seine Spuren hinterließ, zum anderen, um sich zu schützen. Mit Sicherheit traf Uliss ähnliche Vorkehrungen für seinen allgemeinen Schutz, wie eben gerade speziell um sich und Drago vor Lauschern zu schützen. Doch jetzt, das wurde Drago schlagartig klar, jetzt gab es nichts mehr, was ihn wie auch immer abschirmte. Wer immer sich näherte, würde ihn sehen und hören – und sich fragen, was er zu dieser Stunde an diesem Ort machte.

Es war kalt in der Krypta, eisig kalt. Drago schob sich hinter dem Sarkophag hervor und starrte durch das schmiedeeiserne Gitter. War die Frau in Schwarz noch da? Oder war sie längst gegangen und Drago hatte es nur nicht gemerkt? Er lauschte, doch nichts war zu vernehmen, nichts außer dem leisen Knistern eines Insekts, das in eine Kerze flog.

Es waren keine Prachtsärge, die man hier aufgestellt hatte. Vielmehr waren es schwere, aber schlichte Steinsarkophage, auf denen in lateinischer Schrift Namen und Daten vermerkt waren. CAROLUS REX MLI las Drago zum Beispiel. Er fühlte sich an die Grabplatten in San Giorgio della Fiamma erinnert. Auch wenn dort weit weniger berühmte Persönlichkeiten begraben lagen. Hier waren es immerhin Könige und Kaiser! Ehrfurchtsvoll schritt Drago an den Sarkophagen entlang. Er musste daran denken, dass er noch vor wenigen Monaten vor allem eines gerne gewusst hätte: Waren in diesen Monumenten Grabbeigaben verborgen, die zu stehlen sich gelohnt hätte? Damals in der Zukunft war seine Welt noch einfach gewesen. Es gab ihn und seine Familie und es gab den Rest der Welt. Außer seiner Mutter und seinen Geschwistern war ihm nichts heilig gewesen. Und so etwas wie ein schlechtes Gewissen war ihm gänzlich unbekannt. Weshalb auch. Was er getan hatte, war vor allem eines gewesen: nötig.

Jetzt war alles anders. Jetzt interessierte ihn höchstens, ob diese Sarkophage magische Kräfte besaßen. Immerhin lagen hier die Herren der mächtigsten Magier ihrer Zeit begraben. Eigentlich mussten sie durch vielfältige Zauber vor Frevel geschützt sein, vor Grabräubern und Schwarzmagiern, die noch eine Rechnung offen hatten. Doch nichts dergleichen war der Fall. Es war nicht der leiseste grünliche Schimmer zu sehen. Das wunderte Drago. Wenn hier wirklich all diese Könige und Kaiser bestattet waren, dann mussten die Magier doch besonders starke Abwehr- und Schutzzauber ins Werk gesetzt haben. Drago schloss die Augen und lauschte. Schon öfter war ihm aufgefallen, dass das schwache Licht mit einem noch schwächeren, aber mitunter deutlich hörbaren Geräusch einherging, einem leisen Summen, kaum mehr als dem Geräusch, das eine Mücke machte, wenn sie durch den Raum flog. Doch auch zu hören war nichts.

Ein Luftzug schreckte ihn auf. Er öffnete die Augen und sah gerade noch, wie die Tür der Basilika zufiel – und kurz darauf auch das eiserne Gitter zuschlug. Es geschah ganz langsam, er hätte es aufhalten können. Doch er stand wie angewurzelt und beobachtete das gespenstische Geschehen, ohne auch nur die Hand auszustrecken. Er war gefangen.

Eine Weile blieb Drago still stehen. Doch dann flackerte eine Idee in ihm auf. Er betrachtete die Sarkophage. Einige davon waren weniger groß als die anderen. Einer wirkte sogar, als sei er gar nicht so schwer. Drago trat näher und legte die Hand auf den Stein. Falls er erwartet hatte, die letzte Ruhestätte würde glühen wie eine Gondel, nachdem man einen Drachen in sie gezwungen hatte, wurde er enttäuscht. Der Stein blieb kühl und glatt. Drago stemmte sich dagegen. Es dauerte lange, unendlich lange, bis sich der Deckel des Sarkophags auch nur um die Breite eines Haares bewegte. Doch je länger er drückte, umso leichter und schneller ging es. Als er endlich entkräftet zu Boden sank, hatte er den steinernen Deckel um mehr als eine Handbreit bewegt und einen Spalt freigesetzt, durch den man in das Innere der letzten Ruhestätte blicken konnte.

Doch da war nichts zu sehen. Es war zu dunkel. Wo hatte er sine Kerze gelassen? Hatte er sie überhaupt noch gehabt, als er die Basilika betrat? Nun jedenfalls war sie weg. Sollte er hineingreifen? Ihn graute bei der Vorstellung, wie er einen Totenschädel berühren oder mit den Fingern in den Gebeinen eines Verstorbenen landen würde. Nein, das brachte er nicht über sich. Er musste den Deckel noch weiter öffnen.

Mit aller Kraft warf sich Drago gegen den Stein. Er stemmte sich gegen einen anderen Sarg und konnte so stärker drücken. Er dachte an Luzia, an die Contessa, dachte an seine Mutter. Aber erst als er an Scarfazzo dachte und Wut in ihm aufkam, bewegte er den Deckel mit einem Ruck so weit, dass er beinahe hineingefallen wäre.

Wie ein Tor ins Jenseits klaffte unter ihm der geöffnete Sarkophag: dunkel, kalt, leer. Fassungslos starrte Drago hinab in das Grab, in dem die sterbliche Hülle eines Königs liegen sollte. Doch stattdessen starrte ihm das Nichts entgegen. Und in dem Moment wurde ihm klar, dass alle diese Gräber leer waren. Was immer hier passiert war, es hatte dazu geführt, dass die Toten aus der Krypta entführt worden waren. Denn irgendwo mussten sie ja sein. Nur wo?

Es dauerte mehr als doppelt so lange, den Deckel wieder über den Sarkophag zu schieben, wie es gedauert hatte, ihn zu entfernen. Als er endlich fertig war, leuchtete hinter den Fenstern der Basilika der helle Morgen. Wie lange er geschlafen hatte, hätte er nicht zu sagen vermocht. Ein unsanfter Schlag auf den Kopf weckte ihn, dass ihn der Schädel schmerzte. „Was in Gottes Namen hast du hier zu suchen, du Unseliger!", rief ein in eine schwarze Kutte gekleideter Mann, der über ihm stand und bereits zum zweiten Schlag ausholte, als Drago, noch benommen vom Schlaf und von den Anstrengungen der Nacht, aufblickte. „Schämst du dich nicht, diesen heiligen Ort zu entweihen, indem du hier deinen Rausch ausschläfst?" Und schon fuhr die Faust des Geistlichen wieder auf ihn herab. „Man sollte dich in den Turm sperren, Gesindel, schamloses!" Es folgten ein Tritt und ein weiterer Schlag. Drago aber raffte sich auf, so gut es ging, und stolperte davon, zwischen den geschwungenen Treppen hindurch, auf die Pforte zu, hinaus auf den Hof, wo ihn das gleißende Sonnenlicht des Morgens blendete, und – ohne etwas zu sehen – in Richtung Goldenes Gässchen. Erst als er den Dom bereits hinter sich gelassen hatte, hielt er inne. Warum lief er so? War der Leibhaftige hinter ihm her? Was war denn schon geschehen? Ein Mönch hatte ihn schlafend in der Krypta gefunden und gedacht, er sei betrunken dort eingeschlafen. Doch Drago war nicht betrunken gewesen, sondern nur erschöpft. Erschöpft von der Arbeit und von seiner Erkenntnis: Die Kaisergruft war leer.

Eine Magd kreuzte seinen Weg. Sie trug einen Korb, der mit einem Laken bedeckt war, und lächelte ihn an. „Hast du dich verlaufen?“

„Ich … ich, äh.“ Er konnte ihr nicht sagen, dass er im Goldenen Gässchen wohnte, denn wenn sie ihn gefragt hätte, in welchem Haus, dann hätte er mehr verraten müssen, als ihm erlaubt war. Verwirrt sah er sie an. „Ich …“

„Keine Sorge. Man findet sich auf der Burg eigentlich ganz leicht zurecht. Wo musst du denn hin?“

„Zum Weißen Turm“, antwortete Drago, dankbar, dass ihm irgendetwas eingefallen war.

„In die Richtung gehe ich auch. Komm.“ Sie raffte ihre Schürze ein wenig und schritt voran. Drago folgte ihr und überlegte, was er ihr dann am Weißen Turm erzählen sollte.

„Woher kommst du?“, wollte sie wissen und lächelte ihn auf eine seltsame Art an.

„Aus Venedig“, antwortete Drago automatisch und ärgerte sich, dass er sich nicht schnell etwas anderes hatte einfallen lassen. Hatte Uliss ihn nicht vor wenigen Stunden noch gewarnt?

„Venedig“, sagte die Magd und sah ihn an, als hätte er gesagt, er käme vom Mond. „Das sieht man dir gar nicht an.“

Drago zuckte die Achseln. Wie sollte er auch aussehen? Dachte sie etwa, die Venezianier trügen Gondeln auf dem Kopf? Sie lachte, als hätte sie seine Gedanken erraten. „Da sind wir schon“, sagte sie und deutete auf einen gedrungenen, nicht allzu hohen Rundbau. „Der Weiße Turm. Grüß mir den Vaclav, wenn du ihn siehst.“

„Mache ich“, murmelte Drago. „Und danke.“

„Gern geschehen.“ Die Magd trollte sich. Eigentlich sah sie ganz nett aus, wie sie barfuß über den Hof lief, den Korb in die Hüfte gestemmt, die Schürze gerafft, auf dem Kopf eine weiße Haube, ganz ähnlich denen, die auch die venezianischen Mägde trugen. Drago schüttelte den Kopf. Sah er wirklich schon hinter jeder Wäschefrau eine Spionin Scarfazzos?

Er wartete, bis die Magd nicht mehr zu sehen war, dann schlug er den Weg zum Goldenen Gässchen ein. Es war ein strahlender Sonnentag. Die schmale Gasse verlief im Bogen an der Burgmauer, Händler zogen ihre Handkarren, Handwerker saßen vor den Türen in der Sonne, die bunt getünchten Fassaden strahlten fröhlich. Nichts ließ darauf schließen, dass hier die Künste der Magie und der Alchimie zu Hause waren. Und nichts ließ darauf schließen, dass Meister Vitus Weisz hier sein Haus hatte. Denn das Haus war nicht zu sehen. Dort wo Drago es vermutete, schloss ein schmales gelbes Häuschen direkt an ein etwas breiteres, niedrigeres graues Haus an. Unauffällig trat Drago näher und ließ die Hand über die Stelle gleiten, an der die Grenze zwischen den beiden Gebäuden verlief. Doch nichts war zu spüren, außer vielleicht einem leichten Luftzug, für den es eigentlich keine Erklärung gab.

Der Meister hatte es ihm gesagt: Das Haus war nur bei Nebel zu sehen, und nur von Sonntagskindern. Nebel aber herrschte nicht. Also wandte Drago sich ab und entschied sich, den Tag in der Stadt unten zu verbringen, um möglichst nicht aufzufallen.

Nebelnacht

Der Nebel kam so plötzlich, als hätte ihn ein Riese über die Stadt gegossen. Drago hatte die Brücke eben erst betreten, der

Blick hinauf zum Hradschin war frei und klar gewesen. Doch noch ehe er die andere Seite der Brücke erreicht hatte, lag die Stadt im dichten Dunst – und bald würde auch die Burg vom Nebel verhüllt sein.

Hastig eilte Drago den steilen Pfad hinauf, den ihm Kyra vor Tagen gezeigt hatte. Hier, das wusste er, war nie zugesperrt, auch wenn die Burgtore verschlossen waren. Er war schon beinahe oben angekommen, da bemerkte er eine Reihe von Lichtern durch den Nebel schimmern. Pferdegeschirr klirrte und eine dunkle Kutsche rollte ganz nah an ihm vorbei, geleitet von mindestens einem Dutzend Reitern. „Platz da für den Kaiser!“, hörte Drago jemanden rufen. Dann ein Pochen. „Schließt das Tor!“ Die Pferde und die Kutsche verschwanden so unvermittelt, wie sie aufgetaucht waren, in Richtung der Burg, dann hörte Drago ein Ächzen und Poltern, ehe wieder Ruhe einkehrte und nur von fern die leisen Geräusche zu vernehmen waren, die eine Gruppe Reisender macht, wenn sie angekommen ist. *Der Kaiser,* dachte Drago. Er musste in der Kutsche gesessen haben. Vorsichtig stolperte er weiter. Ja, die Burghöfe waren belebt, viel mehr als sonst. Einige Gestalten zog es in Richtung Goldenes Gässchen, doch der meiste Lärm bewegte sich in Richtung Kaiserpalast.

Drago beeilte sich zu Meister Weisz' Haus zu gelangen. Da stand es wieder! Als wäre es immer sichtbar, lag es zwischen dem gelben und dem grauen Haus und lud mit seinem verlockenden Schild *Vitus Weisz, Magier* ein, näher zu treten.

Er hatte die Hand schon erhoben, um zu klopfen, da hörte er von innen laute Stimmen. Mit angehaltenem Atem drückte er die Tür auf und trat so leise wie möglich ein. „ … dann hätten sie die anderen auch noch erwischt!“, rief jemand aufgebracht. Die Stimme kam aus der Stube zur Linken.

„Das ist nicht gesagt! Es geht auch darum, dass wir unsere Wege nicht gefährden dürfen. Wenn sie den Musicus erwischen, ist das etwas ganz anderes.“

„Ist er etwa weniger schützenswert? Sind wir schon so weit gekommen?“

„Jeder Einzelne muss geschützt werden. Aber wenn sie unsere wichtigste Quelle enttarnen, dann haben wir ein größeres Problem, als wir uns vorstellen können.“

„Dann müssen wir eben wieder von vorne anfangen! Vielleicht können wir den Jungen einschleusen.“

„Der Junge bleibt aus dem Spiel!“ Das war die Stimme der Meisterin.

„Aber er kennt sie und könnte …“

„Ich werde das zu verhindern wissen!“

Drago drückte sich nah an die Wand und hielt den Atem an. Es waren mehrere Stimmen. Doch worüber stritten sie? Und wer? Da ertönte in beschwichtigendem Ton die Stimme des Meisters: „Es gibt keinen Grund, dass wir uns darüber streiten. Jeder weiß, dass es gefährlich ist. Jeder von uns würde sein Leben für die Sache geben.“

„Nun mal den Teufel nicht an die Wand, Vitus“, erklang die Stimme der Meisterin. „Wir wissen doch gar nicht, ob sie wirklich entdeckt worden ist. Und dass sie verschwunden ist, muss nicht heißen, dass Skarsson sie hat verschwinden lassen.“

„Sie hätte uns eine Botschaft zukommen lassen, wenn sie von allein verschwunden wäre“, gab eine unbekannte Stimme zu bedenken.

„Vielleicht hat sie das und wir haben sie nur noch nicht bekommen. Immerhin muss die Botschaft erst einmal zweihundert Jahre überwinden.“

„Das geht in Windeseile“, sagte die Stimme von Uliss.

„Das kommt auf die Botschaft an“, murmelte Vitus Weisz. „Angenommen, sie konnte keine magische Botschaft hinterlassen, weil sie Sorge hatte, man würde eine solche Botschaft entdecken …“

Betretenes Schweigen breitete sich in der Kammer aus. Drago hörte nur seinen eigenen Atem, hörte sein eigenes Herz pochen. Doch in der Stube war es mit einem Mal still geworden. Dann plötzlich klopfte es zweimal. Drago zuckte zusammen, weil er dachte, jemand stünde draußen an der Tür. Doch stattdessen ging die Tür zur Stube auf und der Meister sagte: „Komm doch herein, Drago. Wir haben uns gerade zum Frühmahl gesetzt.“

Drago trat ein. Am Tisch saß Anna Weisz, neben ihr Kyra, an der Tür stand der Meister. Doch sonst war niemand im Raum – oder niemand war sichtbar.

Den ganzen Tag über sprachen sie nicht mehr davon. Nach dem Abendessen ging Drago bedrückt auf seine Kammer. Er konnte an nichts anderes denken als an das, was er gehört hatte. Es war der Kreis der Magier gewesen, der sich getroffen hatte, so viel stand fest. Und sowohl der Meister und seine Frau gehörten dazu als auch Uliss. Aber es hatte auch Stimmen gegeben, die er nicht kannte. Natürlich. Immerhin war der Kreis der Magier eine Gruppe von Menschen aus allen Zeiten und Ländern. Vielleicht waren sie ja nicht einmal alle da gewesen. Und wie waren sie wieder verschwunden?

Drago wusste es nicht. Nur bei Uliss konnte er sich vorstellen, wie er seinen Stab benutzt und sich in Nichts aufgelöst hatte.

Was Drago vor allem bewegte, war ein böser Verdacht, den er hegte. Die Magier hatten von einer Frau gesprochen, die womöglich entdeckt worden, einer Quelle, die von Skarsson oder seinen Leuten enttarnt worden war. Und diese Quelle lebte in zweihundert Jahren Entfernung. Keine Frage, es ging um eine Spionin – und Drago hatte eine erschreckende Ahnung, wer diese Spionin sein mochte, ja, er hörte sogar ihre Stimme: *Ich liebe den Conte nicht. Ich habe ihn nie geliebt. Dass ich seine Frau geworden bin, hat andere Gründe.* Jetzt kannte er den Grund. Die Contessa war eine Spionin. Sie gehörte zum Kreis der Magier. Deshalb hatte sie ihm auch den Weg gezeigt, wie er hierherkommen konnte, weg von der Gefahr, die von Scarfazzos Schurken in Venedig ausging, in den Schutz eines Hauses, das in einer fernen Stadt lag und für beinahe jeden aus nahezu jeder Zeit unsichtbar war. Hier konnte, hier sollte er die Kunst der Magie lernen, bei einem der besten Magier, die dieses Zeitalter hervorgebracht hatte. *Hast du nicht verstanden, dass alles, was dir widerfahren ist, Teil eines großen Plans war?* Ja, sie hatte ihm alles gesagt, doch er hatte nichts verstanden. Aber jetzt wusste er: Der Plan würde nicht aufgehen. Er würde nicht hierbleiben, bis er alles über Magie wusste und zu großen Zaubern fähig war, vielmehr würde er zurückkehren müssen. Denn die Contessa war in Gefahr, und er würde sie retten – oder mit ihr untergehen.

Als die Sonne ihre ersten Strahlen über den Horizont schickte, hatte Drago einen Plan gefasst. Eine Fledermaus, die sich an seinem Fensterrahmen einen Platz gesucht hatte, hatte ihn auf die Idee gebracht. *Der Einzug in ein anderes Wesen ist Dämonen vorbehalten. Nur sie können sich in fremde Körper begeben und nur sie können deshalb auch ihre Gestalt wandeln. Wer kein Dämonenblut in sich trägt, kann auch mit größten magischen Fähigkeiten nicht unter die Gestaltwandler zählen. Es sind jedoch Fälle überliefert, in denen auch niedere magische Wesen, sofern sie dämonischer Natur sind, die Kunst des Gestaltwandelns beherrschen.* So hatte es in dem Buch in der magischen Bibliothek gestanden. Und doch: Es musste einen anderen Weg geben, sich in ein anderes Wesen zu verwandeln, einen Weg, der auch ihm offen stand. Und diesen Weg würde er Kyra entlocken. Denn am Ende dieser Nacht war ihm klar: Er musste wieder zurück nach Venedig, musste zurück in seine Zeit. Vor allem aber: Er musste noch einmal in den Palast des Conte eindringen. Nur dort konnte er herausfinden, ob die Contessa eine Botschaft hinterlassen hatte. Und nur auf diese Weise würde er die Contessa finden können. Falls es nicht schon zu spät war.

Drago streifte sich seine Kleider über und benetzte mit ein paar Spritzern Wasser sein Gesicht. Im Spiegel der Schüssel sah er sich selbst. So hatte er einst Luzias Antlitz auf den Wassern der venezianischen Kanäle gesehen. Da wurde ihm klar, was immer er tat, er tat es auch für sie.

Am Morgen war Kyra meist im Labor ihres Vaters anzutreffen. Doch dort war niemand. Zu Dragos Überraschung hatte Meister Vitus noch nicht einmal das Feuer geschürt, das er für seine Experimente benötigte.

Auch in der Kammer der Meisterin war Kyra nicht – und auch Anna Weisz schien nicht zu arbeiten. Also ging Drago nachdenklich nach unten, wo er die Tür zur Stube angelehnt fand. Mit einem Gefühl der Beklommenheit trat er näher. Der Meister und seine Frau saßen am Tisch und schwiegen. „Guten Morgen", sagte Drago mit belegter Stimme.

„Guten Morgen, Drago", antwortete der Alte und klang, als wäre er mindestens hundert Jahre alt.

„Ich suche Kyra."

Anna Weisz stand auf und trat auf ihn zu. „Wir wissen nicht, wo sie ist." Sie sah ihm fest in die Augen und Drago konnte in ihrem Blick etwas erkennen, was er noch nie darin gesehen hatte. „Wir wissen es nicht." Angst. Das war es. In ihrem Blick lag Angst. „Na, dann wird sie hoffentlich bald wieder auftauchen", versuchte Drago sie leichthin aufzumuntern.

„Hoffentlich", murmelte der Meister und erhob sich ebenfalls.

„Hat sie denn nicht gesagt, wo sie hingeht?"

Die Alten schwiegen.

„Bestimmt ist sie auf der Burg geblieben." Irgendetwas trieb Drago dazu an, gute Laune zu verbreiten. Doch es misslang ihm. Die Meisterin fasste ihn an der Hand und sagte: „Du bist ein guter Junge, Drago. Wir hoffen auch, dass sie bald wieder auftaucht. Es ist nur – wir wissen sonst immer, wo sie ist. Auch wenn sie es uns nicht sagt. Es gibt einfache Mittel ..." Ihr Blick schweifte zu dem Platz hin, auf dem sie gesessen hatte, und Drago, der ebenfalls dorthin schaute, entdeckte den Kristall, den er schon in der Kammer der Meisterin einmal gesehen hatte. War es das? Konnte sie mit Hilfe des Kristalls sehen, wo Kyra war? Und womöglich auch noch andere? Ein wehmütiges Lächeln umspielte ihre schmalen Lippen. „Man kann vieles sehen, aber eben nicht alles.

Und unter Umständen sind Dinge, die man sonst sicher sehen kann, plötzlich nicht mehr sichtbar."

„Unter Umständen, die besser nie eintreten sollten", ergänzte Vitus Weisz und schlurfte mit müden Schritten aus dem Raum.

„Wenn ich etwas tun kann, Meisterin ...", bot Drago an, doch Anna Weisz schüttelte den Kopf. „Danke für dein Angebot. Das Einzige, was du tun kannst, ist, auf dich selbst Acht zu geben."

Ja, das würde er tun. Aber er würde Kyra dennoch suchen.

Den ganzen Tag über streifte er durch die Burg und durch die Stadt, besuchte all die Stellen, die Kyra ihm gezeigt hatte, achtete auf verborgene Zeichen, auf Hinweise auf Zauberei, schlich sich in Kirchen und Kapellen, kletterte auf engen Pfaden, die er durch Kyra kennen gelernt hatte. Doch wohin er auch kam, von ihr war nichts zu sehen: Sie war nicht in der Altstadt noch auf der Kleinseite, nicht auf dem jenseitigen Ufer der Moldau noch diesseits des Flusses, der ruhig und geheimnisvoll schimmernd durch die Stadt strömte. Nicht im Dom fand Drago sie noch in der Sankt Georgs Basilika, nicht auf der Karlsbrücke noch am Denkmal des Drachentöters. Erschöpft und ratlos sank er schließlich unweit des Goldenen Gässchens nieder und wartete. Wartete auf die Nacht, in der Hoffnung, dass es Nebel geben und er das Haus des Meisters wiederfinden würde.

Doch die Nacht legte ihr dunkles Tuch über die Burg und kein Nebel wollte sich bilden. Es war vielmehr sternenklar und schon bald eisig kalt. Ein scharfer Ostwind fegte über den Hradschin. Drago zog die Beine an und starrte auf das

Denkmal, das Brahe beim Drachenmord zeigte. Da kam ihm plötzlich eine Idee. Vielleicht war Brahe der Schlüssel! Er blickte hinüber zum Mihulka-Turm. Tatsächlich war das kleine Fenster erleuchtet. Jetzt wusste er, wie er Kyra finden konnte: Er würde sie durch die Kraft seiner Gedanken beschwören.

Der Turm

Diesmal war der Tisch leer. Der Raum war kahl, ja sogar das Licht schien keiner sichtbaren Quelle zu entstammen, es war einfach da. Drago trat ein und blickte sich verstört in der Turmkammer um. Staub bedeckte die wenigen Gerätschaften, die man in einer Ecke aufgetürmt hatte und die vermutlich einst astrologischen Beobachtungen oder alchimistischen Experimenten gedient hatten. Eine halb zerfallene Schreibfeder lag auf dem Tisch, daneben stand ein ausgetrocknetes Tintenfass. In den blinden Fenstern hingen Spinnweben und der Wind zog durch den Turm, als hätten ihn die Erbauer genau dafür vorgesehen.

Wenn er jetzt an Kyra dachte … Er drehte sich um. Ja, da saß sie, das grüne Kleid ein wenig gerafft, barfuß und mit einer Haarsträhne im Gesicht.

„Wie machst du das?“ Drago stellte sich in die Tür, als müsse er Kyra den Fluchtweg abschneiden.

„Wie mache ich was?“, fragte sie zurück und sah ihn spöttisch an.

„Du weißt, was ich meine. Es ist eine Kunst und ich muss sie beherrschen.“

„Man muss nicht alles wissen." So schnippisch sie auch sprach und so amüsiert ihr Blick auch war, meinte Drago doch zu spüren, dass hinter diesen Worten eine gewisse Düsternis steckte. „Kyra", sagte er. „Ich bin von weit her gekommen und ich habe große Gefahren auf mich genommen, um die Kunst der Magie zu erlernen. Wir wissen beide, dass es nur einen Grund gibt, weshalb ich diese Kunst beherrschen soll. Ich werde Scarfazzo verfolgen und durch meine Rache die Welt der Magie endlich von ihm befreien." Er glaubte selbst nicht ganz an das, was er da sagte. Aber wenn er mit Gelächter gerechnet hatte, so hatte er sich getäuscht. Zu seiner Bestürzung sah er, wie Tränen in Kyras Augen traten und sie unwillkürlich die Hände vor dem Mund faltete. „Es … es ist besser, du sprichst das alles nicht aus", flüsterte sie. „Das falsche Wort zur falschen Zeit ist wie eine böse Prophezeiung."

Drago sah ihr lange in die Augen. Aller Hochmut war aus ihrem Blick gewichen. „Sagst du es mir?"

„Es ist ein Fluch, Drago", fing Kyra leise zu erzählen an. „Denn du begibst dich nicht nur selbst in den Körper eines anderen Wesens, du erlaubst dem Wesen auch, in deinen Körper einzuziehen. Du magst einen Magier, der die Kunst des Gestaltwandelns beherrscht, wohl wieder aus dem anderen Wesen herausbekommen. Aber du bekommst das andere Wesen nie ganz aus dem Magier heraus."

Drago nickte. Er ahnte, was sie meinte. Aber das konnte ihn nicht abhalten. Sein Plan musste verwirklicht werden! „Es muss sein", sagte er. Sie nickte. „Bei mir war es der Biss eines Feraphen", sagte sie leise. „Ich habe es zuerst gar nicht bemerkt. Aber dann habe ich in einem von Vaters Büchern etwas darüber gelesen."

„Über Bisse?"

„Über das Gestaltwandeln. Wenn man sein eigenes Blut mit magischen Wesen in Berührung bringt ... Naja, die Zähne eines Feraphen sind so magisch wie der ganze Feraph. Also habe ich es ausprobiert. Es ist eigentlich ganz einfach! Du musst einen Blick in den Spiegel werfen, auch dein Spiegelbild im Wasser oder auf einem schimmernden Stück Metall genügt. Dann hältst du den Atem an und sprichst für dich die Formel *Metamorphosis veniat.* Alles andere geschieht wie von selbst."

Der Feraph! Auch Drago hatte einen Feraphen, der ihm sogar noch zum Gehorsam verpflichtet war. Wenn er ihm den Befehl gab, ihn zu beißen, dann müsste der Feraph es tun. Es gab nur einen Haken: Er war zweihundert Jahre und viele Meilen entfernt. Und Drago saß fest. Würde es helfen, wenn Kyra sich in einen Feraphen verwandeln und ihn ebenfalls beißen würde? „Kyra", begann Drago. „Ich will dich um einen Gefallen bitten."

Doch das Mädchen schüttelte den Kopf. „Ich weiß, was du willst. Aber ich werde es nicht tun. Die Fähigkeit des Gestaltwandelns ist ein Fluch! Du lebst nicht nur in einem Feraphen, der Feraph lebt auch in dir. Und alle anderen Geschöpfe, in die du dich verwandelst. Es wird dich innerlich zerreißen. Und doch wirst du es immer wieder tun, weil es immer wieder Situationen gibt, in denen du der guten Sache damit nützlich sein kannst. Zuerst ist es ein Feraph, dann eine Katze. Dann verwandelst du dich in eine Fledermaus, irgendwann endest du als Werwolf ..." Sie hielt inne, als wäre ihr selbst erst bewusst geworden, was sie da prophezeite.

Drago schloss die Augen. Was konnte er sagen, um sie zu überzeugen? Er atmete tief durch, dann sah er sie wieder an –

doch Kyra war verschwunden. „Kyra?" Drago versuchte, sich auf sie zu konzentrieren. Doch mit einem Mal standen ihm tausend andere Bilder vor Augen. „Kyra! Ich muss wissen, wo du bist! Deine Eltern machen sich Sorgen." Leise fügte er hinzu: „Und ich sorge mich auch." Doch das Mädchen blieb verschwunden.

Nachdenklich stieg er den Turm hinab und setzte sich auf die Burgmauer. Unter ihm lag die Kleinseite, wenige Lichter blitzten durch die Nacht. Natürlich, er hätte ganz einfach versuchen können, einen Feraphen zu beschwören. Was in seiner Zeit in Neumondnächten gelang, das mochte auch hier und jetzt gelingen. Doch was nützte es, wenn er diese Zeit trotzdem nicht verlassen konnte?

Drachenritt

Das Licht in der Kammer über ihm erlosch. Verzweiflung machte sich in Drago breit. Er konnte nichts tun. Er war hier zur Untätigkeit verdammt, während Scarfazzo die Contessa enttarnt hatte und die Magier Venedigs sie als Spionin jagten. Die Hilflosigkeit lastete wie ein Felsbrocken auf ihm. Er konnte kaum Atem holen, wusste seinen Blick nicht mehr geradeaus zu richten. Voll Weltschmerz stieg er die Treppen hinab und schleppte sich über den großen Burghof. Das riesige Bauwerk des Doms schien über ihm zu wanken, der steinerne Boden unter seinen Füßen fühlte sich an wie die Planken eines Schiffs bei schwerer See. Drago taumelte über den Hof und spürte, wie sich seine Eingeweide nach außen kehren wollten. Alles drängte nach oben, während er nah daran war, ohnmächtig zu werden. Da, das Denkmal! Er taumelte darauf zu, streckte die Arme aus, um sich daran festzuhalten. Schon wurde ihm schwarz vor Augen, kaum dass er noch das Aufblitzen einer Flamme neben seiner Hand wahrnahm. Doch dann befand er sich bereits inmitten eines Infernos, wie er es noch nie erlebt hatte: ein Brüllen hob an wie von tausend Kanonen, die Erde unter ihm erbebte, über ihm bäumte sich ein riesiges schwarzes Wesen auf, Feuer versengte sein Haar und griff nach seinen Kleidern, er wurde hin und her geworfen, eine Lanze fuhr auf ihn herab und verfehlte ihn um Haaresbreite, weil der Drache, auf dem er ritt, sich zur Seite warf – die Statue war lebendig geworden! Drago befand sich mitten im tödlichen Kampf zwischen dem Drachen und dem Heiligen Georg, der ein ums andere Mal mit dem Eisen zustieß. Das Reptil wand sich unter den Hufen des Pferdes, das immer wieder scheute und sich aufbäumte, Drago riss schützend die Arme vors Gesicht, Flammen schossen aus dem Maul des Drachen, der mit seinen gewaltigen Schwingen wild um sich schlug. Jetzt, inmitten des Kampfes, schien Drago das Tier riesig. Er versuchte, sich loszureißen und vom Sockel des Denkmals zu springen. Doch er war gefangen in diesem Albtraum, verdammt dazu, plötzlich die Lanze des Ritters in seinen Leib gestoßen zu bekommen oder im Flammenstrahl des Drachen zu verbrennen. Drago schrie, er schrie, wie er noch nie geschrieen hatte. Das Brüllen der Flammen, das Wiehern des Pferdes, das Donnern der auf die am Boden liegende Kreatur herabstoßenden Hufe, der Todesschrei des Drachen, all das mischte sich mit Dragos verzweifelten Hilferufen, die niemand hören konnte. Nein, niemand würde ihn hören, das wusste er, so wie er wusste, dass niemand diesen Todeskampf sehen würde. Denn so waren die Gesetze der Magie: kein Wesen konnte sie erkennen, wenn es nicht selbst über magische Fähigkeiten verfügte. Er würde hier sein Leben beschließen und nichts würde von ihm bleiben. Hier, in der Tiefe der Vergangenheit. Mit einem Mal sah Drago sich wie von fern auf diesem Kampfplatz liegen, ein Spielball des Schicksals. Wie seltsam es aussah, dass er den Drachen auf diese Weise ritt. Denn das war es, was er tat. Der Drache lag auf dem Rücken unter dem Pferd. Und Drago lag auf dem Bauch des Drachen wie dessen Schutzschild. Und jetzt, jetzt richtete der Reiter seine Lanze mitten auf sein – Dragos – Herz. Drago schloss die Augen. Er wollte nicht seinem eigenen Todesstoß zusehen, nein, wenn dies sein letzter Augenblick war, dann wollte er an etwas Schönes denken, an etwas Tröstliches. Das Bild der Contessa erstand vor seinen Augen, wie sie neben ihm stand in ihrem schönen Kleid, mit den zierlichen Schnabelschuhen. Die Perle. Sie hatte eine Perle verloren. Wie von selbst griff Drago in seine Tasche. Ja, da war sie, die Perle der Contessa. In diesem Augenblick wurde ihm klar, dass sie die Perle nicht verloren hatte. Sie hatte sie absichtlich zurückgelassen! Die Perle war sein magischer Schlüssel.

Neuntes Kapitel

Zurück

Für die Dauer eines Wimpernschlags stand die Zeit still. Es wurde nicht schwarz um ihn her, vielmehr schien sich alles in Licht zu verwandeln. Ruhe umgab ihn, eine Leichtigkeit, als wäre er in einer anderen Welt. Der Kanal lag still unter ihm, die Gondel machte eine leichte Seitwärtsbewegung und ließ sich dann, noch ohne von Drago gesteuert zu werden, sacht in Richtung des Beckens von San Marco treiben. Schon tauchten die Umrisse der Insel San Giorgio Maggiore vor ihnen auf. Ein Rabe zog seine Bahn über der Seufzerbrücke und ein abscheulicher Feraph bleckte seine Zähne zu Drago hin, als sie aus dem Schatten der Brücke glitten und die venezianische Sonne auf sie herabstrahlte. „Ihr seht nicht gut aus, Meister", sagte der Feraph. „Ist Euer Zauber gelungen?"

Drago nickte. „Ja", sagte er und lauschte auf seine eigene Stimme, die ihm merkwürdig fremd vorkam. „Das ist er."

Die Gondel glitt auf die Brücke an der großen Mole zu. Passanten waren zu sehen. Und wenn er sie sah, dann sahen sie auch ihn – und den Feraphen! Mit einer einzigen geschmeidigen Bewegung riss Drago sich den Umhang von der Schulter und warf ihn über das Wesen, das kurz auffauchte. Doch Drago zischte ihm zu: „Still!“ Und tatsächlich schwieg der Feraph, während sich ein Schatten von oben auf den jugendlichen Gondoliere senkte und kurz über ihm in der Luft blieb. Dann ließ sich der Rabe auf Dragos Schulter nieder und so fuhren sie unter die niedrige Brücke, die es kaum zuließ, dass ein Gondoliere auf seinem Boot stehend hindurchglitt. Drago aber stieß das Ruder in den dunklen Grund des Kanals und brachte so die Gondel zum Stehen. Er kletterte zum Bug des Bootes und riss den Umhang von dem Feraphen. Der saß da, die Zähne gefletscht, und starrte ihn mit seinen drei roten Augen an, als wollte er ihm im nächsten Moment an den Hals springen. Drago aber hatte keine Angst. Er hielt dem Blick stand und sagte mit ruhiger, klarer Stimme: „Du wirst mich jetzt beißen.“

Verwirrt sah ihn der Feraph an. „Beißen, Herr?“

Drago hielt ihm die linke Hand hin: „Hier. Du hältst dich zurück, verstanden? Nur ein kleiner Biss, gerade so fest, dass Blut fließt.“

In den Augen des magischen Geschöpfs war Gier zu erkennen, ungläubiges Staunen und Gier. Und dann geschah es: Der Feraph biss zu. So schnell, dass Drago zunächst gar nichts spürte. Schon trat Blut aus der Wunde, zwei Finger waren verletzt, dann durchfuhr Drago ein heftiger Schmerz. Er schloss die Augen, unterdrückte einen Schmerzensschrei, atmete tief durch und öffnete die Augen wieder. Doch der Feraph war verschwunden. An seiner Stelle saß mit lauerndem Blick ein Nachtmahr und sah Drago an.

Erschrocken wich Drago zurück. Spielten seine Augen ihm in der Düsternis unter der Brücke einen Streich? Unmöglich: Das war ein Nachtmahr. „Wie … wie konnte das geschehen?“, stotterte er.

Der Nachtmahr aber kletterte auf den Rand des Bootes. „Wohin willst du?“, rief Drago. „Bleib hier!“

Doch der Nachtmahr setzte zum Sprung an, schnellte empor und krallte sich unter der Brücke fest. „Du bist nicht mehr mein Herr“, sagte er mit einer Stimme wie ein Fluch. „Du bist kein Mensch. Vermutlich bist du ein Dämon. Sonst hätte die Berührung mit deinem Blut mich nicht in ein anderes Wesen verwandelt. Als Feraph mag ich dir untertan gewesen sein, als Nachtmahr bin ich es nicht, denn als Nachtmahr hast du mich nicht beschworen.“

„Du bist der … Feraph?“

„Jetzt nicht mehr.“ Und sogleich war der Nachtmahr in den Schatten des venezianischen Mauerwerks verschwunden.

Drago sah an sich herab. Immer noch war er Mensch. Natürlich, er hatte ja auch keine Beschwörungsformel gesprochen und nicht in einen Spiegel geblickt. Aber der Feraph? Vermutlich konnten dämonoide Geschöpfe ihre Gestalt auch ohne diese Beschwörungsformeln ändern. Aber wie konnte es sein, dass der Feraph ausgerechnet durch sein, Dragos, Blut die Fähigkeit dazu bekommen hatte? Er war doch selbst kein dämonoides Geschöpf. Zum Nachtmahr hatte er den Feraphen gemacht! Er!

„Eine erstaunliche Begebenheit, Herr“, sagte da der Rabe auf Dragos Schulter.

„Ich … ich kann niemanden verwandeln“, mühte sich Drago, seine Gedanken zu ordnen. „Ich bin ein einfacher Mensch.“

„Ein einfacher Mensch? Aber offensichtlich einer mit ungewöhnlichen Fähigkeiten. Ihr seid nie mit dem Blut eines Nachtmahrs in Berührung gekommen?“

„Natürlich nicht!“, erwiderte Drago. Doch noch während er es aussprach, wusste er, dass es eine Lüge war. Er war mit dem Blut eines Nachtmahrs in Verbindung gekommen. Oder vielmehr: Ein Nachtmahr war mit seinem Blut in Berührung gekommen. Damals, als er bei seiner ersten Beschwörung verletzt worden war. Sein Diener, der Nachtmahr, hatte ihm die Wunden geleckt. Dabei musste etwas von der Magie des Nachtmars in sein Blut gelangt sein. Und als der Feraph ihn jetzt gebissen hatte, war er mit dieser Magie in Berührung gekommen und hatte sich in das betreffende Wesen verwandelt: einen Nachtmahr.

Bedeutete das, dass er sich nun selbst in einen Nachtmahr verwandelt würde, sobald er die Formel sprach, die ein dämonoides Wesen offenbar gar nicht nötig hatte. Oder würde er zum Feraphen? Er trug nun die Magie zweier Geschöpfe in sich. Was, wenn sich diese Kräfte zu etwas ganz anderem, zu etwas Unberechenbarem vereinten? Die magischen Kräfte des Feraphen und des Raben hatten ihm in Verbindung mit der Gondel immerhin den mächtigen Zauber der Zeitreise ermöglicht!

Er musste einen Weg finden, wie er sicher in die richtige Gestalt verwandelt wurde. Und die richtige Gestalt, das war in diesem Fall die des Feraphen. Denn als Nachtmahr wäre er schutzlos.

Auf der Brücke wurden Stimmen laut. „Doch, da unten muss er sein.“ – „Hoffentlich ist ihm nichts passiert.“ – „Er ist bestimmt schon längst weg.“ – „Dann hätten wir ihn doch gesehen." – „Aber wie kann er denn da unten hängen bleiben?"

Es wurde Zeit, dass er verschwand. Aufmerksamkeit konnte Drago jetzt nicht brauchen. Keine Menschen, die auf ihn aufmerksam wurden – und schon gar keine Dämonen. Drago zog sein Messer. Die Klinge war ein wenig matt. Rasch rieb er sie an seinem Ärmel, bis sie glänzte. Ja, jetzt konnte er sich ganz gut darin erkennen. „Du hast ein Aufgabe, Rabe", sagte er dann.

„Ja, Herr?"

„Sobald meine Verwandlung geglückt ist, wirst du mich zum Palazzo Rubio fliegen. Alles Weitere erzähle ich dir, wenn wir in der Luft sind."

„Ja, Herr." Der Rabe sprang von Dragos Schulter und setzte sich auf den Rand der Gondel. Drago aber drückte etwas Blut aus seiner Wunde, starrte auf seine eigenen, sich in der Klinge des Messers spiegelnden Augen und sprach zu sich selbst leise: „Metamorphosis Feraphis Veniat!"

Unwillkürlich begann sein Leib, sich aufzubäumen. Alles um ihn her geriet in Bewegung. Er sank auf den Boden des Bootes und brauchte einen Augenblick, ehe er sich wieder aufrichten konnte. Doch dann erkannte er, dass dort, wo seine Hände gewesen waren, nun Klauen saßen, am ganzen Körper bedeckte ihn tiefschwarzes Fell. Außerdem sah er seine Umgebung ganz anders als bisher: Er konnte beide Seiten des Kanals zur gleichen Zeit beobachten und sogar noch einen Blick auf den Raben werfen, der neben ihm saß und ihm respektvoll zunickte. „Eine beeindruckende Demonstration Eurer Fähigkeiten, Herr", krächzte der Vogel. „In Eurem Fall wundert es mich nicht einmal, dass wir beide auf einer Ebene existieren können. Schließlich seid Ihr Magier in Gestalt eines Feraphen und nicht bloß ein niederes magisches Wesen." Drago schauderte, als er diese Worte hörte: Schließlich seid Ihr Magier! Ja, das war er – ein Magier. Nun würde nichts mehr seinem Aufstieg im Wege stehen.

„Ihr erlaubt?", krächzte der Rabe. Dann breitete er seine Schwingen aus, sprang auf Drago zu, packte ihn im Nacken und hob sich mit schwerem Flügelschlag unter der Brücke hindurch und auf die Lagune hinaus.

Der Palazzo Rubio

Sie flogen durch enge Kanäle, nah an den Mauern der Palazzi, und machten immer wieder Halt auf einem der unzähligen Türme von Venedig. Drago wollte vermeiden, dass sie gesehen wurden. Ein Vogel mit einer Beute, die kaum weniger groß war als der Vogel selbst, das war für sich genommen schon etwas, das aufmerksam machte. Aber für all jene, die um die magischen Fähigkeiten eines Raben wussten und für alle, die einen Feraphen auch auf die Ferne von einem Hund oder einer Katze zu unterscheiden vermochten, war das Bild des majestätischen Vogels und seiner zauberischen Fracht etwas sehr Außergewöhnliches. Drago aber musste versuchen, so unauffällig und dabei so schnell wie möglich zum Palazzo des Conte zu gelangen.

Auf jedem Kirchturm, auf dem sie innehielten, ließ er seinen Blick über die Stadt schweifen. Gab es irgendwo erkennbare Dämonen, gab es Stadtgarden, die sich auffällig verhielten, war womöglich sogar einer von Scarfazzos Schurken unterwegs? Der Kreis jener Magier, mit denen sich der Conte umgeben hatte, war nicht groß, aber er war auffällig. Und jeder Dieb wusste, dass er seine Verfolger zuerst sehen musste, wenn er auf seinen Wegen sicher sein wollte. Wie ein Dieb aber würde Drago in den Palazzo eindringen und versuchen, mehr über die Contessa herauszufinden.

Sie landeten auf einem der zahlreichen Kamine des prächtigen Gebäudes. Nur aus einigen wenigen stieg Rauch empor, die anderen waren kalt, obwohl der Winter die Stadt noch nicht gänzlich aus seinen Fängen gelassen hatte. „Du wartest hier", wies Drago den Raben an. Dann kletterte er in den Kamin und ließ sich vorsichtig in die Tiefen des Palazzo hinab. Es war ungewohnt und aufregend für ihn, im Körper eines Geschöpfes zu stecken, das sich viel wendiger und geschmeidiger bewegen konnte als ein Mensch. Mit den scharfen Krallen eines Feraphen konnte er sich am Mauerwerk festhalten und sicher vorankommen. Dennoch dauerte es überraschend lange, bis er endlich an eine Stelle gekommen war, wo der Kamin sich weitete und einer Feuerstelle Platz machte. Mit angehaltenem Atem beugte Drago sich vor. Der Raum war in Dämmerung getaucht. Offenbar wurde er nicht benutzt. Die schweren Vorhänge waren zugezogen. Weiße Laken bedeckten die Möbel. Ein Glücksfall! Vorsichtig kletterte Drago aus dem Kamin und huschte zur Tür. Doch die war versperrt. Er versuchte, durch das Schlüsselloch in den Nebenraum zu sehen: Dort aber musste es mindestens ebenso düster sein wie in diesem Raum, denn es war nichts zu erkennen. Drago verbarg sich hinter einem verhängten Stuhl und überlegte. Wo mochte er in dem weitläufigen Palazzo sein? Er war im Kamin weit herabgestiegen. Also konnte es kein Raum in einem der oberen Stockwerke sein. Ganz unten und ganz oben lebte vermutlich die Dienerschaft, in diesen Raum aber war ein offener Kamin gebaut worden. Demnach war er wohl in dem Stockwerk, in dem der Conte seine Räume hatte. Drago sah sich um. Das Fenster war mit schweren Gardinen verhängt. Zusätzlich waren die Fensterläden geschlossen, die aber nach venezianischer Art unten schräg ausgestellt waren, damit frische Luft hereingelangen konnte. Wie geschaffen für einen Feraphen!, dachte Drago und kletterte auf die Fensterbank. Keine Minute später war er bereits draußen auf dem Sims und huschte am Palazzo entlang, bis er zu einem geöffneten Fenster gelangte. Er hielt inne und lauschte. Doch es war nichts zu hören. Also schob er den Kopf ein wenig vor und blickte vorsichtig hinein, während seine beiden anderen Augen die Umgebung beobachteten.

Auf dem Kanal unter dem Gebäude glitten langsam zwei Gondeln dahin, zu langsam, um nicht verdächtig zu wirken. Auf den Gondeln waren Felze aufgesteckt, jene schwarzen Kabinen, in denen man sich trefflich verbergen konnte. Offenbar ließ Cerbero, oder wer immer jetzt den Befehl im Palazzo des Conte führte, das Haus beobachten. Drago drückte sich ganz nah an die Mauer. Die Kammer war leer. Aber das Fenster war einen Spalt breit geöffnet, gerade weit genug, um einen Feraphen in das Haus zu lassen. Zu Dragos eigener Überraschung schien das gesamte Gebäude nicht von Bannzaubern geschützt. Ob es einen grünlichen Schimmer trug, war im hellen Licht des Tages nicht zu erkennen. Und doch: Es wirkte nicht mehr wie das Haus eines Magiers.

Die Kammer war offenbar ein Ankleideraum. Es gab mehrere Spiegel, von denen Drago seinen Blick geflissentlich fern hielt. Er wollte sich nicht als Feraphen sehen. Und es gab große Kleiderschränke. Vorsichtig öffnete Drago einen davon und entdeckte tatsächlich mehrere dunkelgrüne Umhänge, wie Scarfazzo sie trug. In einer Truhe waren Hemden aus feinstem Tuch verstaut, Hosen füllten einen anderen Schrank. Das war zweifellos die Wäschekammer des Conte. Dunkelgrün überwog, es war die Farbe Scarfazzos, womöglich hatte sie sogar eine magische Bedeutung, die Drago aber nicht kannte.

Die Tür der Kammer war nicht verschlossen. So leise, dass er seinen eigenen Atem nicht mehr hörte, glitt Drago auf den Flur hinaus und drückte sich, von Winkel zu Winkel huschend, an der Wand entlang. Es war düster im Palazzo. Drago versuchte sich zu orientieren, doch das war schwierig, zumal es hier keine Fenster gab. Eine Treppe führte nach unten. Drago entschied sich aber dafür, zunächst in diesem Stockwerk zu bleiben. Immer wieder blieb er stehen, bändigte seinen Atem und lauschte. Lauschte auf die Geräusche des Hauses. Es war nicht viel zu hören. Gelegentlich schien ein fernes Seufzen durch die Wände zu dringen, von weit her erfüllten die Rufe zweier oder mehrerer Männer den Raum, doch das kam vermutlich von draußen. Also lief Drago weiter und weiter durch das Gebäude, das, je tiefer er drang, umso dunkler wurde. Er hatte das gesamte Stockwerk fast durchquert, da fiel ihm ein Lichtstreif auf, der unter einer Tür hindurchschimmerte. Vorsichtig legte Drago ein Ohr an das Holz und hielt den Atem an. Doch auch hier war nichts zu hören. Sollte er versuchen, die Tür zu öffnen? Doch nein, man würde ihn entdecken und jagen – mit allen Mitteln, die Magiern zur Verfügung standen.

Unschlüssig verharrte er auf dem Boden neben der Tür, bis er schließlich ein Geräusch von drinnen hörte, ein Schnauben, dann ein Rascheln und schließlich Schritte. Erst jetzt fiel Drago auf, dass er ungeschützt neben der Tür saß und von jedem, der vorbeikam, unweigerlich entdeckt werden musste! Er überlegte nicht lange, sondern hakte sich mit einer Kralle am Türstock fest, schwang sich hoch, schlug die Krallen der anderen Hand über der Tür ins Mauerwerk, unterdrückte einen Schrei, als der Schmerz ihm in die Klaue fuhr, und blieb so reglos über der Tür in der Luft hängen, als unten jemand aus dem Raum trat und sich nach beiden Seiten umsah. Es war Braga Manzini, der Komponist, der zu Scarfazzos Kreis gehörte, aber vermutlich nur ein mäßig begabter Magier war. Jedenfalls trat er meist nicht mit den anderen in Erscheinung. Und tatsächlich: Manzini schien ihn nicht zu bemerken. Stattdessen zog er die Tür hinter sich zu und eilte dann den Flur hinab in die Richtung, in die Drago auch unterwegs gewesen war.

Ohne auch nur das geringste Geräusch zu verursachen, ließ Drago sich zu Boden fallen und huschte dem Komponisten hinterher. Es war wirklich ein großer Vorteil, ein Feraph zu sein! Manzini ging eine halbe Treppe hoch und bog dann in einen schmalen Durchgang ab. Von dort gelangte Drago bei seiner Verfolgung plötzlich in jene Zimmerflucht, in der er bei seinem Besuch mit Hannibal Rabe im Palazzo gewesen war. Sie kamen in den Spiegelsaal. Einmal blieb Manzini stehen und wandte sich plötzlich um. Doch Drago schob sich blitzschnell hinter eine Säule und als er wieder hervorkam, war der Komponist gerade noch zu sehen, wie er um die Ecke in den Salon bog, in dem Scarfazzo seine Gäste zu empfangen pflegte. Drago hielt inne. Wenige Schritte von hier befand sich das kleine Durchgangszimmer mit dem goldenen Tischlein, über dem ein Spiegel hing … Er konnte nicht anders, er musste dorthin.

Ja, es war genauso wie damals. Der Spiegel über dem Tisch war in Gold gerahmt und beinahe blind, man konnte nichts darin sehen. Es brauchte Licht, um ihm seine besonderen Fähigkeiten zu entlocken. Drago sah sich um. Auf einer kleinen Konsole neben der Tür stand eine Kerze, die schon ganz heruntergebrannt war. Daneben lag eine Art Medaillon. Drago griff danach und öffnete es: Sofort stand eine kleine Flamme über den geöffneten Deckeln des silbernen Schmuckstücks. Was für ein wundersames kleines Gerät! Drago entzündete den kümmerlichen Docht der Kerze und stellte sie dann unter den Spiegel. Sogleich erblickte er ein Gesicht darin, es war aber nicht seines, sondern die Fratze Cerberos, die im nächsten Augenblick verschwand, ehe sein eigenes Antlitz im Spiegel erschien. Er war jedoch nicht der Feraph, der vor dem Spiegel stand, sondern der Drago, als der er zu dieser dunklen Reise aufgebrochen war. Er sah aus wie immer. Und eine ernste Stimme erfüllte plötzlich den Raum: „Herr warst du und Knecht im Kreis der Zeit. Und Knecht bist du noch, nun, da du an diesen Ort zurückgekehrt bist." Drago erschauderte. „Mächtige Gegner hättest du bekämpfen, große Taten vollbringen können. Doch deine Feinde werden sich über dich erheben. Und du wirst niederknien und wirst dein Haupt zu Boden drücken. Denn sieben mal sieben mal sieben Jahre sind vergangen und du hast den falschen Herren gedient …" Drago spürte, dass sich durch den Spiegel ein Fluch gegen ihn richtete. Er wollte sich losreißen.

Doch der Spiegel gab sein Antlitz nicht frei. „Knecht wirst du bleiben und dich unter den Niedersten finden …" Drago schloss die Augen, doch selbst das half nichts. Das Bild, das vor ihm stand, brannte sich durch seine Lider, ja, fast sah er es noch deutlicher. Er wollte schreien, um die Stimme, diese grauenvolle Stimme nicht mehr zu hören, doch sein Mund blieb stumm, sein Körper bäumte sich auf und brannte wie Feuer. „Es ist vorbei, Drago!", tönte die Stimme, als käme sie aus seinem Inneren. „Du hast dein Spiel gespielt. Von Stund an …" In diesem Augenblick erstarb die kleine Flamme der Kerze und das Bild im Spiegel verschwand. Nur der Nachhall der Stimme füllte noch den kleinen Raum wie Donnergrollen, das sich in der Ferne verliert. Drago schlug die Augen auf. Der Spiegel war schwarz und leer. Das Bild von Cerbero aber flackerte noch einmal auf. Drago schlug die Hände vors Gesicht. Der Dämon des Magiers. Dragos immerwährender Albtraum. Er atmete schwer, ließ die Hände sinken und starrte erschöpft und gedemütigt in den Spiegel. Er hätte jetzt nichts sehen müssen, denn es war ja ein magischer Spiegel, der nur Trugbilder zeigte. Doch stattdessen sah er immer noch Cerberos höhnisches Grinsen. Bis ihm klar wurde, dass es diesmal kein Trugbild war, sondern dass der Dämon sich tatsächlich in dem kleinen Rahmen spiegelte.

Cerbero stand hinter ihm. Lässig lehnte er an der Wand gegenüber. Offenbar hatte sich seine Aura in dem Spiegel spiegeln können, der für alles andere, sofern es wirklich war, blind war. Drago fuhr herum. Doch da war nichts. Bleich und leer stand die Wand vor ihm, von dem Dämon keine Spur. Da wurde Drago mit einem Mal klar, welches Trugbild im

Spiegel aufschimmerte, ehe man sich selbst sah: Es war das Bild desjenigen, der durch seinen Zauber bewirkt hatte, dass man in den Spiegel hineinsah. Beim ersten Mal hatte er Scarfazzos Bild erblickt, ehe er selbst im Spiegel aufgeschimmert war. Diesmal war es Cerbero gewesen. Natürlich hatte er den Dämon letztlich nicht wirklich hinter sich gesehen. Denn Dämonen hatten kein Spiegelbild – so wie sie keinen Schatten hatten.

Wenn Drago aber Cerbero im Spiegel erblickt hatte, dann hieß das, dass der Dämon ihn im Palazzo erwartete. Er hatte einen Bann für ihn im Spiegel hinterlegt – und nur der glückliche Umstand, dass die Flamme von selbst erloschen war, hatte Drago davor gerettet, fortan an Cerbero gekettet, ihm untertan zu sein. Wenn Cerbero Drago aber im Palazzo erwartete, dann war dieser Besuch für Drago noch viel gefährlicher, als er selbst befürchtet hatte!

Mit pochendem Herzen bewegte sich Drago vorwärts. Er wusste jetzt, wo er sich befand. Es war nicht mehr allzu weit bis zu Scarfazzos Räumen. Und auch nicht zur Bibliothek. Dorthin musste er, so viel stand fest. Hier irgendwo mussten die Gemächer des Conte liegen.

Lautlos huschte Drago durch die Zimmerfluchten und Flure. Wo immer ein Vorhang auftauchte oder ein toter Winkel, verbarg er sich, atmete durch und lauschte. Die drei Augen taten ihm gute Dienste. Er konnte sowohl den Weg vor sich als auch den Weg hinter sich beobachten, wenn er den Kopf seitlich hielt.

Die Marmorplatten unter seinen Klauen fühlten sich an wie Eis. Drago musste daran denken, dass dieses ganze eigentümliche Gebäude innerhalb weniger Tage entstanden sein sollte. Der Nebel hatte sich über die Stadt gesenkt, der berüchtigte Sfumato. Und als er sich wieder verzogen hatte, hatte dieser prachtvolle Palazzo hier gestanden. Ja, prachtvoll war das Gebäude, aber düster. Trotz der hohen Fenster, die zumindest zur Kanalseite hin gelegen waren, drang nur wenig Licht in diese Gemäuer.

Drago kam an einigen schmucklosen Türen vorbei, verbarg sich in einem offenen Kamin, als plötzlich eine der Türen sich öffnete und der Magier Lorenzo d'Alengo heraustrat. Drago spürte, wie sich seine Haare aufstellten. Es war ein seltsames, ein schauriges Gefühl, als Feraph Angst zu haben. Denn Angst hatte er. Schreckliche Angst sogar. D'Alengo war einer von Dragos schlimmsten Albträumen. Er war es, der den Befehl in den Eingeweiden der Accademia geführt hatte, in seinem Auftrag hatte Drago wundervolle Meisterwerke fälschen müssen und Jahrhunderte altes Wissen vernichtet. D'Alengo war vermutlich der bösartigste Handlanger Scarfazzos und vielleicht sein unterwürfigster Diener.

Doch d'Alengo trat nicht in seiner hochmütigen Art aus dem Zimmer, sondern ging gebeugt und mit gesenktem Blick. Vor allem aber: Er ging rückwärts! Der Schwarzmagier kam mit dem Rücken zuerst zum Vorschein, gerade so, als wolle er einer Majestät, die sich in dem Raum befand, nicht den Rücken zuwenden. War Scarfazzo zurück? Hatte der Schurke seinen Meister wiedergefunden? Drago schärfte alle seine Sinne, um mehr zu sehen und zu hören. Und dann hörte er es. Eine Stimme aus dem Inneren sagte: „Tu, was ich dir gesagt habe, und du wirst das Ende dieses Tages erleben."

„Ja, Meister", murmelte d'Alengo und beugte sein Haupt noch tiefer herab. Dann fiel die Tür hinter ihm zu. Die Stimme!, dachte Drago. Diese Stimme! Das war nicht Scarfazzo gewesen. Nein, diese Stimme gehörte einer anderen dunklen Gestalt, die Drago kannte. Es war die Stimme von Scarfazzos Diener, seinem Dämon: Cerbero.

Drago spürte, wie ihm schwindlig wurde. D'Alengo buckelte vor Cerbero? Der Dämon drohte ihm, dem Schwarzmagier? Wie konnte das sein? Ungläubig starrte Drago dem Dichter hinterher, der wie ein Schatten seiner selbst durch den langen Flur verschwand. Mit dem anderen Auge aber behielt er die Tür fest im Blick. Nichts regte sich. Cerbero schien dort beschäftigt zu sein. Drago sammelte sich und setzte seinen Weg fort. Jetzt, da er wusste, dass Cerbero im Haus war und wo er war, konnte er sich schneller und gezielter bewegen. Eine kleine Treppe führte hinauf in das nächste Stockwerk. Drago wollte schon nach oben hasten, da erweckte eine kleine Tür seine Aufmerksamkeit, die unter der Treppe lag. Er sah sich um und entschied sich dann, sein Glück dort zu versuchen.

Drinnen war es dunkel und stickig. Drago hatte sich schon wieder umgedreht, da entdeckte sein drittes Auge eine weitere Tür im Hintergrund. Sie war verschlossen. Doch an ihrem unteren Ende war ein Spalt frei, durch den er sich zwängen konnte. Beinahe wäre er einem der Diener des Conte über den Weg gelaufen, einem kleinen, in eine dunkelgrüne Uniform gekleideten Mann, der ein Tablett mit Tee oder Kaffee vor sich her trug. Schnell drückte sich Drago in eine Nische und wartete ab. Dann sah er sich um: Es war der Gang, in dem er gelandet war, nachdem er die erste Kammer, in die er durch den Kamin gekommen war, verlassen hatte. Er hatte sich im Kreis bewegt! Und dort, keine drei Schritte von ihm entfernt, lag die Tür, aus der er Braga Manzini hatte treten sehen.

Neugier kitzelte ihn. Manzini lebte nicht im Palazzo. Was hatte er in der Kammer gemacht? Mit einem lautlosen Sprung hing Drago an der Tür und öffnete sie einen winzigen Spalt breit. Die Vorhänge waren zugezogen, es war nicht viel zu sehen. Aber auf den ersten Blick war niemand in dem Raum. Also huschte er hinein, drückte die Tür leise wieder zu und wusste sofort, dass er einen ganz besonderen Ort entdeckt hatte.

Verschwundene und Verborgene

Blütendüfte erfüllten die Luft, obgleich die Fenster geschlossen waren. Über einem kunstvoll verzierten Tisch hing ein Spiegel in einem ebenso fein gearbeiteten Rahmen. Auf dem Tisch aber standen allerlei Fläschchen und Dosen, Kämme und Bürsten. Es war das Zimmer einer Frau. Nicht irgendeiner Frau! Drago erkannte es am Duft. Seine Finger glitten behutsam über eine besonders zierliche Schatulle. Voll Zärtlichkeit hob er den Deckel. Haarspangen befanden sich darin, Bänder und Broschen in einer anderen. Ja, es war das Zimmer der Contessa. Auch wenn sie nicht hier war, war sie doch gegenwärtig. Drago blickte zu Boden. Neben dem Bett standen die zierlichen Schnabelschuhe, die aussahen, als lebte hier eine Prinzessin aus Tausendundeiner Nacht. Er schämte sich, dass er als Feraph in diesen heiligen Raum eingedrungen war. Er sah so unwürdig aus in diesem Körper, umhüllt von nachtschwarzem Fell, Klauen, so lang und so scharf wie die eines Raubtiers, dreiäugig … Auch wenn sie ihn nicht sehen konnte, wünschte er, er wäre in seiner normalen, menschlichen Gestalt hierhergekommen. Er blickte in den Spiegel, wo sich matt sein Abbild als Feraph abzeichnete. Da fasste er einen Entschluss. Er straffte seinen Körper und sah sich selbst fest in die Augen. Dann sprach er, leise zwar, aber deutlich die Worte: „Metamorphosis veniat."

Ein Ruck ging durch seinen Leib, für einen Moment wurde ihm übel, der Boden unter seinen Füßen schwankte.

Er ließ den Blick durch das Zimmer schweifen. Über dem Bett hing ein zartseidener Himmel, die Decke war straff gezogen, einige prächtige Kissen luden zum Verweilen ein. Auf dem Nachttischlein neben dem Bett lag ein Buch. *Prager Reise.* Was für ein merkwürdiger Titel. Drago nahm es zur Hand und blätterte es auf. Mit zarter Hand war eine Widmung darin vermerkt: *Für Dich, für Deine Reise, für ein glückliches Wiedersehen.*

Mit den Fingerspitzen strich Drago über das Papier. Ihm war, als hätte sie selbst es geschrieben, als stecke in dieser Widmung die Contessa selbst. Er drückte die Seite an seine Lippen. Auch sie ist auf einer Reise, dachte Drago und fühlte sich der Contessa noch inniger seelenverwandt als sonst. Wo mochte sie sein, was mochte ihr widerfahren sein? Würde er in diesem Raum den Schlüssel zu ihrem Verschwinden entdecken? Wieder blickte er sich um, doch nichts als ein ganz gewöhnliches Zimmer einer vornehmen Dame war zu sehen. In den Schränken oder unter den Decken würde er sicher keine Anhaltspunkte finden. Er legte das Buch wieder beiseite. Da rutschte ein Stück Papier heraus, gerade so weit, dass Drago es bemerkte. Ein Brief! Eine Botschaft in derselben zarten Handschrift verfasst, in der auch die Widmung geschrieben war. *Eine Botschaft für die Reise* stand da. Drago hielt den Atem an und faltete das Papier auseinander.

Mein Freund,

wie sehr wünschte ich, dass Du diese Zeilen fändest. Denn dann wärst Du sicher zurück von Deiner Reise. Und doch hoffe ich, Du findest sie nicht. Denn an welchem Ort auch immer Du sie vorfindest, es wird ein gefährlicher Ort für Dich sein. Du aber sollst keinen Gefahren mehr begegnen müssen, sollst sichere Zuflucht finden bei jenen, die Dich verstehen. Endlich.

Mein Herz ist schwer, wenn ich an Dich denke – und ich denke immerzu an Dich. Es sind Gedanken voller Hoffen und Bangen. Ich wünsche Dir alles Glück der Erde. Such mich nicht. Denk nicht an mich. Lass die Zeit mich auslöschen aus Deinem Leben und aus Deinem Gedächtnis. Lebe wohl, mein Freund.

In Liebe
R.

Drago atmete tief durch. Es war ein Abschiedsbrief. Ein Brief, der keine Zukunft zuließ. Aber waren diese Zeilen wirklich für ihn bestimmt? War er der Reisende, für den die Botschaft bestimmt war? Sein Blick fiel wieder auf das Buch: „Prager Reise". Ja, die hatte er hinter sich gebracht. Aber woher hätte die Contessa das wissen sollen? Andererseits: Sie war es gewesen, die ihm durch den Hinweis, er solle nur jedes dritte Wort lesen, diese Reise überhaupt eröffnet hatte! Beklommen faltete Drago den Brief wieder zusammen. Er spürte, wie ihm der Gedanke, die Contessa könnte sich für immer von ihm verabschiedet haben, die Kehle zuschnürte.

Schritte näherten sich auf dem Flur. Hastig steckte Drago das Papier in seine Tasche und verbarg sich hinter einem der Bettvorhänge. Gerade noch rechtzeitig, ehe die Tür sich öffnete. Doch es trat niemand ein. Vielmehr wurde die Tür wieder zugezogen und dann sorgsam versperrt.

Einen Moment glaubte Drago sich gefangen. Doch dann entsann er sich wieder seiner Fähigkeiten, die ihm einst ein Leben ohne Magie ermöglicht hatten. Er zückte sein Taschenmesser, schob es neben dem Schloss in den Spalt der Tür – und wenige Augenblicke später hatte er die Tür geöffnet.

Niemand war auf dem Flur. Nur von fern hallten Schritte an den kalten Wänden des Palazzo wider. Drago trat hinaus. Und während er die Tür hinter sich zuzog, vermeinte er zu hören, wie die Stimme der Contessa flüsterte: „Ich werde warten."

Die Kammer des Wissens

Er hatte eine Botschaft der Contessa gefunden. Aber er wusste nicht mehr als vorher. Statt Freude über seinen Erfolg zu empfinden, erkannte Drago, wie töricht es gewesen war, zu glauben, die Contessa hätte sich ausgerechnet an ihn gewandt, hätte sich ausgerechnet von ihm Rettung erhofft. Sie kannte so viel größere Magier, hatte selbst so lange im Angesicht des Bösen gelebt. Wer war er schon, der Junge aus Illyrien, vierzehn Jahre alt, ein Dieb und als Magier ein Anfänger?

Betreten blieb er stehen und nahm den Brief aus seiner Jacke. *Es wird ein gefährlicher Ort für Dich sein,* las er. Ja, das war es. Aber war damit seine Reise nicht zu Ende? Konnte dies wirklich eine *Botschaft für die Reise* sein, wie es außen auf dem Brief stand? Vielleicht war es eine solche Botschaft, aber sie war nicht für ihn bestimmt. Vielleicht sollte er sie zurückbringen. Dann konnte sie derjenige finden, an den die Contessa geschrieben hatte. Und er konnte sie retten. Denn sie war in Gefahr, dessen war Drago sich sicher. Noch einmal sog er den Duft der Contessa ein, den der Brief ebenso trug wie das Zimmer. Dann drehte er sich um.

„Ich wusste, dass du zurückkommen würdest." So plötzlich, als wäre er aus dem Erdboden aufgetaucht, stand Cerbero vor ihm und starrte ihn aus rot glühenden Augen an.

„Cerbero!", stammelte Drago. „Wie schön, dich zu sehen."

„Kann ich mir kaum vorstellen, Junge", erwiderte der Dämon und lachte. „Aber nett, dass du das sagst." Cerbero ging um ihn herum. Drago konnte seinen giftigen Atem riechen. „Du hast dich verändert", stellte der Dämon fest.

„Verändert?" Fieberhaft arbeitete es in Drago, wie er aus dieser Lage entfliehen konnte.

„Nun, wenn ich mich recht erinnere, warst du bei unserem letzten Treffen noch ein Mensch."

„Ein Mensch? Das bin ich doch immer noch." Drago atmete innerlich auf, dass er nicht in Gestalt des Feraphen vor Cerbero stand. Doch dann wurde ihm schlagartig klar, was der Dämon meinte.

„Das kann man so oder so sehen. Du bist natürlich noch um einiges mehr Mensch als ich", befand Cerbero und deutete auf seine eigene, unansehnliche Menschengestalt. „Doch wenn du noch ganz und gar ein harmloses Menschlein wärst, dann würdest du jetzt mehr leiden!" In diesem Augenblick feuerte er einen glühenden Dämonenblick auf Drago ab und flammender Schmerz durchdrang den jungen Magier. Drago wankte und hielt sich an der Wand fest. Der Brief entglitt ihm und fiel zu Boden. Dämonen können einen Menschen durch bloße Berührung töten, durchfuhr es ihn. So stand es geschrieben. Mit einem Blick allein konnten sie einen Menschen blenden und durch ihren Atem konnten sie einen Menschen vergiften. „Und?", rief Cerbero. Seine Stimmte hallte durch die düsteren Gänge des Palazzo. „Siehst du mich noch?" Er trat ganz nah auf Drago zu. „Natürlich siehst du mich noch!" Er blähte seine Nasenflügel auf und hüllte Drago in eine Wolke giftigen Atems. „Und du wirst auch dies überstehen, nicht wahr?" Er war jetzt so nah an Drago, dass er ihn fast berührte. „Und selbst dies wird dich nicht töten!", rief Cerbero und legte Drago die Hand auf die Brust, wobei er höhnisch auflachte. Drago aber spürte, wie ihm die Sinne schwanden. Er knickte ein und fiel auf die Knie. Ein nie gekannter Schmerz zerriss seinen Leib, er bekam kaum noch Luft, nur mühsam konnte er die Augen öffnen. „Und warum?", rief der Dämon „Warum ist das so?"

„Weil …", stöhnte Drago. „Weil ich … eine … Aura habe."

„Eine Aura! Das ist es!" Cerbero schüttelte fasziniert den Kopf. „Ich habe dich unterschätzt, Junge. Dass du es tatsächlich zu einer Aura bringen könntest, hätte ich dir gar nicht zugetraut." Wieder drückte er Drago die Hand auf die Brust. Voll Schmerz und Wut schrie Drago auf. Der Dämon aber lachte. „Nun, ein klein wenig Wirkung zeigt es immerhin doch, nicht wahr? Deine Aura ist nicht besonders stark ausgeprägt. Ich frage mich, woher du sie hast. Ist es die Wirkung eines magischen Tranks? Oder hast du einen Talisman bei dir?"

„Nein", stöhnte Drago und versuchte verzweifelt, wieder auf die Beine zu kommen. Sein Kopf dröhnte, und doch hörte er seine eigene Stimme, die ihm zuflüsterte: Kein Wort von den magischen Helfern. Ja, auf keinen Fall durfte er Cerbero verraten, dass er dämonoide Geschöpfe beschworen hatte und zum Gestaltwandler geworden war. Dieses Geheimnis durfte er nicht preisgeben, es war seine einzige Chance gegen den Dämon.

Cerbero bemerkte den Brief, der auf dem Boden lag. „Was haben wir denn da?" Er streckte die Hand aus und noch ehe Drago nach dem Brief greifen konnte, flog das Papier schon in die knorrige Hand des Dämons. „Botschaft für die Reise", sagte Cerbero leise. „Wie interessant …" Er entfaltete das Papier, während Drago sich mühsam aufrichtete und versuchte, sein Gleichgewicht wiederzufinden. Auf Cerberos Gesicht zeichnete sich ein dünnes Lächeln ab. „Wie rührend, nicht wahr? Da hat jemand ein paar schöne Zeilen geschrieben, passenderweise ist es ein Abschiedsbrief. Das war sehr vorausschauend." Der Dämon fauchte in seine Richtung und Drago taumelte zurück. Schon stand der Rotäugige wieder bei ihm und presste ihm die Hand auf die Brust. „Ein schöner Brief, wirklich", flüsterte er dem ächzenden Drago zu und steckte ihm den Brief in die Jacke. „Hier! Man soll mir ja nicht nachsagen, ich wäre ein Dieb!" Der Dämon lachte laut, dass es von den Wänden widerhallte. Drago fiel erneut auf die Knie und schob sich mühsam vorwärts. Er wollte nur weg. Weg von dem Dämon. Weg von diesem verfluchten Ort. Doch natürlich hatte er keine Chance. Niemals würde er es mit einem Dämon aufnehmen können. Er stöhnte auf, als Cerbero ihm einen Tritt versetzte. Sein Kopf schlug gegen etwas Hölzernes. Durch seine tränenden Augen erkannte er die Tür zum Zimmer der Contessa. Er sammelte all seine Kraft und warf sich dagegen. Die Tür schwang auf, und Drago stürzte zu Boden. Als er die Augen öffnete, stand der Dämon über ihm und blies ihm seinen giftigen Atem ins Gesicht, lächelnd, als würde er seine Wunden kühlen. Drago rollte sich zur Seite und hielt die Luft an. Verzweifelt versuchte er wieder auf die Beine zu kommen. Unter Schmerzen schaffte er es. Doch Cerbero kannte keine Gnade. Er wartete nur, bis sein Gegner sich wieder aufgerichtet hatte, um ihn mit einem gezielten Stoß an die Wand zu befördern. Wie ein Blitz schlug der Schmerz in Dragos Körper ein. Seine Rippen knackten, ihm wurde schwarz vor Augen, an der Kommode hatte er sich die Hand aufgerissen. Blut tropfte zu Boden. Da kam Drago ein Gedanke: „Der Conte …“, keuchte er.

„Der Conte? Wen interessiert schon der Conte?“

„Alle … seine Magier werden dich … verfolgen, Dämon, … wenn du mir etwas antust.“

„Alle seine Magier.“ Cerbero ließ sich diese Worte genüsslich auf der Zunge zergehen. Er schien sich über den Gedanken zu amüsieren. „Ich fürchte, du hast eine falsche Vorstellung davon, wer hier wem zu Diensten ist.“

„Ich … ich verstehe nicht.“ Er musste unbedingt Zeit gewinnen.

„Die Magier des Conte sind meine Magier, Junge“, erklärte Cerbero gelassen. „Und der Conte …“ Er machte eine kleine Pause, ehe er mit leiser Stimme fortfuhr. „Der Conte ist ebenso mein Magier.“

„Dein … Magier? Wie soll das gehen. Du stehst unter seinem Bann! Das hast du selbst gesagt.“

„Habe ich das? Nun, wer wird schon einem Dämon glauben, nicht wahr?“ Cerbero schien das Gespräch auf eine seltsame Weise zu genießen. „Die Wahrheit ist: Nicht ich stehe unter dem Bann Scarfazzos, sondern er steht unter meinem. Die Geschichte, die ich dir erzählt habe, hat sich genau so zugetragen – nur umgekehrt.“

Drago wankte. Der große Conte Rubio di Scarfazzo, der Fürst der Finsternis, Skarsson selbst, stand unter dem Bann eines Dämonen? „Dann bist du der Herr dieser Schwarzmagier?“

„Der Herr der Schwarzmagier, ja, das kann man so sagen.“

Unauffällig suchte Drago in seiner Tasche nach dem Messer, das er immer bei sich trug. Wenn er es dem Dämon ins Auge stieß, dann musste doch die Kraft seiner tödlichen Blicke abnehmen! Drago drehte sich unter Schmerzen zur Seite. „Du glaubst doch nicht etwa, dass du mit einem Messer etwas gegen mich ausrichten kannst?“ Cerbero hatte ihn sofort durchschaut. „Menschliche Waffen können Dämonen nichts anhaben.“

„Das können sie sehr wohl“, presste Drago hervor. Er spürte, wie Panik seine Brust zuschnürte. Er schlang die Hände um seinen Leib. Der Brief! Tatsächlich, Cerbero hatte ihn ihm wieder zugesteckt. „Kreuze und Holzpflöcke bannen Vampire oder vollenden ihren Tod.“

„Vampire!“, rief Cerbero. „Du willst einen echten Dämon doch nicht mit einem Vampir vergleichen. Es bräuchte schon die Kräfte eines Drachen, um einen echten Dämon zu bezwingen.“ Er sah, wie Drago voll Schmerz und Verzweiflung den Brief in seiner Hand zerknüllte, und lachte teuflisch. „Wer hätte gedacht, dass diese Botschaft für die Reise eine

Botschaft für deine letzte Reise würde, Junge?" Schon hob er beide Hände empor. „Es wird Zeit, dass wir dieses traurige Schauspiel zu Ende bringen, nicht wahr? Wirf noch einen Blick auf diese Welt. Es wird dein letzter sein."

Ein einziges Leben

Drago stand im Zimmer der Contessa, verletzt, verzweifelt, geschlagen. Er würde Cerbero nicht mehr entkommen. Dieser Raum, in dem der Duft der Contessa hing, ausgerechnet dieser Raum würde seine Todesfalle sein. Sein Blick schweifte traurig über die Kleider, das Bett, die Schränke, die Schuhe, den Spiegel … Der Spiegel! Wenn er jetzt noch einige wenige Augenblicke durchhielt, dann hatte er vielleicht eine winzig kleine Chance!

„Wo ist sie?", fragte Drago ruhig und sah dem Dämon mutig in die Augen. Der Blick schmerzte, schon spürte Drago wieder, wie sein Augenlicht nachließ.

„Wo ist wer?"

„Die Contessa. Es ist ihr Zimmer." Drago machte einen Schritt auf die Kommode zu. „Die Fläschchen, die Dosen, das kann nur der Contessa gehören." Er versuchte, sich dem Spiegel zu nähern.

„Ich weiß nicht, wo sie ist", sagte Cerbero. „Sie ist eine Verräterin, genau wie du. Ich muss allerdings zugeben, dass ich es bei dir vom ersten Moment an wusste. Bei ihr dachte ich lange, sie stünde lediglich unter Scarfazzos Bann."

„Er hat sie … gebannt? Aber wie konnte er das, wo er doch selber unter einem Bann stand?"

„Oh, das hatte er schon vorher erledigt. Ein lächerlicher kleiner Zauber." Cerbero lachte voll Spott und sah sich ebenfalls im Zimmer um. „Die Schnabelschuhe."

„Die Schnabelschuhe?"

„Sie kann sie nicht mehr ablegen, wenn ihr sehnlichster Wunsch nicht ..." Cerbero machte eine wegwerfende Handbewegung zu den Schuhen hin. „Aber du siehst es ja selbst: Sie hat ihren Wunsch verraten und den ewigen Bund gebrochen, den der Bann zwischen ihr und Skarsson geschlossen hat."

Drago schüttelte den Kopf. „Nein. Nein, so sieht keine Verräterin aus." Er flehte innerlich, dass sein Plan aufgehen möge. Und er ging auf. Cerbero packte ihn am Kragen und riss ihn zur Seite. „So sieht keine Verräterin aus? Weißt du, wie Verräter aussehen? *So* sehen sie aus!" Er presste Dragos Gesicht gegen den Spiegel, links und rechts fielen die kleinen Fläschchen und Dosen herunter und zerklirrten auf dem steinernen Boden. Drago aber hatte es geschafft. Er sah sich selbst in die Augen und flüsterte so leise, dass Cerbero es zunächst gar nicht hörte: „Metamorphosis veniat!" Dann ging alles so schnell, dass selbst der Dämon keine Zeit fand, darauf zu reagieren. Drago verwandelte sich in einen Nachtmahr, fiel ebenfalls zu Boden, schoss nach vorne, biss den Dämon ins Bein und huschte dann schneller als Cerbero schauen konnte, unter das Bett der Contessa. Der Dämon fluchte und zischte, seine Augen glühten dunkelrot, als er sich im Zimmer nach allen Seiten hin drehte und den Nachtmahr suchte. Jederzeit bereit, zuzupacken und dem kleinen Geschöpf das Genick zu brechen, tappte er zuerst in die eine, dann in die andere Richtung, bis er schließlich auf das Bett zukam und sich niederbeugte. „Das war ein Fehler, Bürschchen", knurrte der Dämon. „Das wird dir noch leidtun. Du weißt nicht, wie Nachtmahre leiden müssen, wenn sie den Atem eines Dämons spüren." Schon blähten sich seine Nasenflügel und sein Brustkorb dehnte sich, er ging auf ein Knie und pustete dann langsam und sorgfältig seinen Feueratem unter das Bett. Drago hielt die Luft an. Er spürte, wie das Gift in seinen Augen brannte. Er nahm all seinen Mut zusammen und schoss unter dem Bett hervor, geradewegs in den Kamin, der auf der gegenüberliegenden Seite stand. Er hörte, wie der Dämon ihn verfolgte. Mit all seiner Gelenkigkeit und seinem Instinkt kletterte er den Kamin hinauf bis ganz nach oben. Schon sah er das Licht des Himmels über sich. Doch unter ihm brauste ein Feuerball, der sich rasend schnell näherte: Der Dämon hatte sich aus seinem Körper befreit und war nun pure Energie: böse Energie, eine Höllenmacht.

Verzweifelt warf sich Drago an den Rand des Kamins und zog sich hinauf ins Freie. Doch schon versengte ihm der Feuerball das Fell. Ein höllischer Schmerz durchfuhr ihn. Cerbero aber nahm wieder die Gestalt des Menschen an, den er einst besetzt hatte. Wie eine Statue an den Mauern des Dogenpalasts stand er über den Dächern von Venedig und lauerte darauf, dass der Nachtmahr zu seinen Füßen eine Bewegung machte. Drago aber sah zu ihm auf und begann zu begreifen, dass sein Schicksal unausweichlich war. Was immer er jetzt tat, der Dämon war der Stärkere. Cerbero würde siegen. Denn gegen einen Dämon bräuchte es schon die Kräfte eines Drachen.

Cerbero musterte Drago spöttisch. „Hübsche Verkleidung übrigens. Ich bin beeindruckt."

Drago wurde bewusst, wie lächerlich er als niederes magisches Geschöpf, als Nachtmahr zumal, aussah im Angesicht eines echten Dämons – auch wenn der sich einen hässlichen, bluckligen, reichlich alten Menschenkörper ausgesucht hatte. Er wandte den Blick ab, konnte die Häme in Cerberos Augen nicht ertragen. Der Dämon würde ihn töten. Es sei denn … „Wirst du mich deinem Bann unterwerfen?", fragte er und spürte, wie ein winziger Hoffnungsschimmer in ihm aufglimmte.

„Du willst dich freiwillig in Bann schlagen lassen?" Cerbero war offenbar wirklich erstaunt. „Wie kommst du darauf, dass ich dabei mitspielen würde? Du hast einmal den Bann gebrochen, du wirst ihn wieder brechen. Beim letzten Mal hast du deine eigene Mutter verraten und dem Tod ausgeliefert. Was soll dir diesmal so heilig sein, dass du es nicht wieder verrätst? Nein, Junge, jetzt werden wir die Sache zu Ende bringen." Mit bloßen Händen stieß er nach dem Nachtmahr. Drago schrie vor Schmerzen auf und verlor den Halt. Er rutschte über das Dach auf den Abgrund zu. Verzweifelt schlug er seine Krallen links und rechts in die steinernen Platten. Doch er fand keinen Halt. Schon stürzte er über die Kante, da gelang es ihm doch noch, sich mit einer einzelnen Klaue an einem schmalen Vorsprung festzuhalten. Unter ihm lag die große Freitreppe des Palazzo. Auf ihr würde er zerschmettert, wenn er fiel. Wind war aufgekommen und zerrte an ihm.

„Schöne Aussicht von hier, was?" Cerbero war direkt über ihm. Langsam, genüsslich, trat er mit seinem Fuß auf Dragos Kralle. Ein teuflisches Brennen breitete sich sogleich in der ganzen Nachtmahrpfote aus und zog sich schnell hinauf bis in den Brustkorb. Dann hörte Drago ein Knacken. Es dauerte einen Moment, bis ihm klar wurde, dass es seine Kralle gewesen war. Das Brennen ließ augenblicklich nach, der Wind wurde stärker, griff nach Drago, zog ihn mit sich, ein Rauschen erfüllte seine Ohren – und er erkannte, dass er stürzte. Feraphe haben sieben Leben, durchfuhr es ihn. Doch er war kein Feraph. Er war nicht einmal ein Nachtmahr. Er drehte sich in der Luft katzengleich, um auf den Beinen zu landen, sah vor sich seine gebrochene Kralle, sah, wie tief er stürzte, schrie, schrie, schrie – und wurde plötzlich davongetragen von einer unsichtbaren Kraft. Er hob sich in die Lüfte, ließ den Kanal hinter sich, hörte das Brüllen Cerberos verklingen und schöpfte plötzlich neuen Mut. Der Rabe!

Sie landeten sicher im Glockenturm einer Kirche. Kühler Schatten umgab sie plötzlich und Drago atmete auf. „Du hast mir das Leben gerettet", sagte er mit schwacher Stimme.

„Einer musste es tun", entgegnete der Rabe. „Die Chancen waren allzu ungleich verteilt."

„Ich danke dir."

„Euer Diener", sagte der Rabe. Drago nickte. „Wir müssen weiter. Cerbero wird nicht lange brauchen, bis er uns gefunden hat."

„Wohin soll ich Euch bringen, Herr?"

„Such du den Feraphen. Ich mache mich allein auf den Weg. Wir treffen uns in der Kirche San Fantín." Drago hielt inne. „Oder nein", sagte er dann. Denn er wusste jetzt, wo er forschen musste, wenn er herausfinden wollte, wie er die Kräfte eines Drachen für sich gewinnen wollte. „Wir treffen uns an der Werkstatt von Signor Tremonti."

„Dem Gondelbauer?"

„Dem Gondelbauer."

Gleichzeitig machten sich der Rabe und der Nachtmahr auf den Weg, hinaus in den düsterer werdenden Himmel der eine, hinab in die verborgenen Winkel und Gassen der Stadt der andere. Drago hastete durch San Marco in Richtung San Trovaso. Auf dem Rialto versteckte er sich im Schatten der bodenlangen Umhänge zweier Stadtwachen, die den Canal Grande überquerten. Und es dauerte nicht lange, da stand er davor: Es war die Werft des legendären Gondelbauers Signor Tremonti. Ein paar niedrige, unscheinbare Schuppen, Holzstöße auf dem Hof, die Türen verschlossen, so lagen die Werkstätten vor ihm. Drago wurde schlagartig bewusst, dass niemand hier war. Schwere Eisenketten hingen vor den Pforten. Doch in der Gestalt des Nachtmahrs fiel es Drago nicht schwer, ein Schlupfloch zu finden, durch das er eindringen konnte in das böse Reich des Drachenbändigers.

Die Augen des Nachtmahrs gewöhnten sich schnell an das Zwielicht. Wie beim letzten Mal hing auch diesmal der Geruch von Teer und Farben und von verbranntem Holz in der Luft. Doch die Kohlen im Ofen glühten nicht mehr. Auch war keine Gondel hier, die sich noch in Arbeit befunden hätte. Nein, Tremonti hatte keinen Drachen hier, den man mit den Mitteln hätte befreien können, mit denen er unterworfen worden war.

In einem silbernen Beschlag an der Wand erkannte Drago sein Spiegelbild. „Metamorphosis veniat", murmelte er und schloss die Augen. Als er sie wieder öffnete, stand er in Menschengestalt in den düsteren Räumen.

Ein Klopfen riss ihn aus seinen Gedanken. Schon wollte er sich hinter einigen Gerätschaften verbergen, da wurde ihm klar, dass es der Rabe war, der mit seinem Schnabel an das Tor pochte. Drago öffnete von innen einen Fensterverschlag und ließ den Vogel ein. Drago wusste, dass er dem Raben die Freiheit schenken musste, nachdem ihm dieser das Leben gerettet hatte. „Ich weiß, was du für mich getan hast. Du bist frei."

Der Rabe nickte. „Wir werden uns wiedersehen", sagte er feierlich. Dann wandte er sich um und erhob sich in die Luft, wo er schon bald im aufziehenden Sturm verschwunden war.

Drago aber blieb zurück und setzte sich erschöpft auf einen Stapel Bretter, die auf dem Boden lagen. Er betrachtete seine Wunden. Ein Finger war offensichtlich gebrochen. An den Armen hatte er einige schlimme Verbrennungen. Sein Brustkorb schmerzte unerträglich und ihm wurde zunehmend klarer bewusst: Das Spiel war aus. Er würde weder hier noch sonst irgendwo Drachenkräfte erlangen, um den Dämon zu bezwingen. Und Cerbero würde ihn suchen, finden und vernichten, so wie er vermutlich die Contessa vernichtet hatte. Mit zitternder Hand nahm er den Brief aus seiner Jacke. *Botschaft für die Reise*, las er. Die Schrift war ebenso zart und elegant wie die Contessa selbst. Wieder sah Drago das Bild der Schnabelschuhe vor sich, die vor dem Bett gestanden hatten. Scarfazzo hatte die Contessa durch diese Schuhe gebannt, so wie er einst Drago mit der Uhr gebannt hatte. Er hatte ihr ihren innigsten Wunsch entlockt und ihn daran geknüpft, dass sie bei ihm blieb. So also war sie zu seiner Frau geworden. Und nun war sie geflohen, hatte sich aus ihrer Gefangenschaft befreit, die Schuhe abgestreift und damit ihren innigsten Traum aufgegeben. Was mochte es gewesen sein? Drago hatte einst um das Leben seiner Mutter gebangt und damit ihren Tod herbeigeführt. Lasteten ähnlich schwarze

Schatten nun auch auf der Seele der Contessa? Vielleicht war sie längst tot, durch einen Fluch des Dämons aus dem Leben gerissen, nur noch eine tröstliche Erinnerung, ein Trugbild seiner Hoffnungen. Aber vielleicht lebte sie auch noch. Vielleicht hatte sie einen Weg gefunden, sich Cerberos Rache zu entziehen.

Ein gewaltiges Dröhnen riss ihn aus seinen Gedanken. Die Erde begann zu beben, die Eisenkette am Tor klirrte. Dann sprang die Pforte auf und zerbarst in tausend Stücke. Drago konnte sich mit Hilfe eines spiegelblank polierten Cavai gerade noch rechtzeitig in einen Feraphen verwandeln und unter den losen Planken des Schuppens hindurchhuschen. Er hastete über einen Steg, sprang auf die andere Seite des schmalen Kanals, der hinter dem Gebäude vorbeiführte, sah sich selbst im Wasser, verwandelte sich wieder in seine Menschengestalt und lief im Schatten der Mauern von San Trovaso zurück nach San Marco. Er brauchte eine Gondel, brauchte ein Boot, mit dem er über die Lagune hinüberfahren konnte nach San Michele. Wenn Cerbero sein Versteck bis jetzt noch nicht gefunden hatte, dann war die Gruft vielleicht der einzige Ort, an dem Drago sich gefahrlos aufhalten konnte. Er hörte, wie hinter ihm die Werft des Signor Tremonti in Flammen aufging, sah eine schwarze Rauchsäule über der Insel aufsteigen. Er spürte, wie seine Beine nachgaben. Wieder war ein Dröhnen zu vernehmen. Der Dämon war ihm auf den Fersen. Konnte er seine Spur sehen, konnte er ihn wittern? Drago wusste es nicht. Er wusste nur, er würde es nicht bis San Michele schaffen. Er drückte sich in die Schatten der Palazzi, suchte sich kleine Kanäle, in denen Gondeln vertäut lagen und im kalten Winterwasser schaukelten: Drachenboote, in denen gequälte magische Kreaturen verborgen waren. Wenn diese Boote nicht genutzt wurden, dann waren sie in der kühlen Jahreszeit meist mit festem Leintuch bedeckt. Ein solches Leintuch zerschnitt er mit seinem Messer und tastete nach einem der Cavai, deren langer Sporn vom Gondelbauer tief in das Holz geschlagen worden war. Jede Gondel hatte mehrere solcher Cavai – und es dauerte nicht lange, da hatte Drago einen zu fassen bekommen. Ein grimmiges Lächeln glitt über sein Gesicht, das von seiner Entschlossenheit zeugte. Es gab nur noch diese letzte Chance, nur noch diesen einen, unmöglichen Weg: Er musste einen Drachen mit bloßen Händen befreien. Mit eiserner Hand packte er den Cavai und stemmte sich gegen den Rand der Gondel. Vor seinem geistigen Auge tauchten Bilder auf wie Gespenster aus der Vergangenheit: ein Mann im weißen Anzug, eine junge Frau mit Schnabelschuhen, blutunterlaufene Augen hinter einer dicken Brille, das Gesicht seiner Schwester auf dem Wasser des Canal Grande – und die blasse Gestalt seiner Mutter, die ihm traurig zulächelte. Er biss die Zähne zusammen und drückte den Rücken durch. Mit aller Kraft zog er an dem Cavai, alle Wut, alle Enttäuschung, aller Zorn lagen in seinem Griff. Mehr als einmal glitt das kalte Metall durch seine Finger, während er das Dröhnen immer näher kommen hörte, und er wäre beinahe in das dunkle Wasser gestürzt, das an das schaukelnde Boot klatschte, als wollte es seinem vergeblichen Bemühen Beifall zollen. Denn vergeblich war es. Nicht bei dieser Gondel und nicht bei irgendeiner anderen gelang es ihm, die Beschläge zu lockern und zu entfernen. Vielleicht hätte er ja das Werkzeug der Gondelbauer dazu gebraucht. Vielleicht aber hätte auch nur der richtige Zauberspruch genügt. Ein Wort, ein Satz, von der passenden Geste begleitet, eine leichte Berührung des Cavai mit den Fingerspitzen, mit einem magischen Gegenstand oder auch nur der Blick, den man mit der Kraft des Willens darauf richtete … Doch all das lag nicht im Rahmen seiner Möglichkeiten. Denn Drago wusste wohl, wie mächtig die Magie war, aber immer noch viel zu wenig darüber, wie man sie anwandte.

Trotzig packte er das bronzene Stück erneut und biss die Zähne zusammen. Er würde sich ganz und gar darauf konzentrieren, würde all seine Kraft sammeln und – löste sich das Teil etwa? Beinahe schien es ihm, als gäbe der Cavai ein klein wenig nach. Er hielt die Luft an, presste die Füße gegen den Rand des Bootes, zog, dass er meinte, seinen Rücken knacken zu hören, lockerte den tief im Holz sitzenden Sporn, ächzte, spürte, wie das Blut in seinem Kopf pochte, wie sein Körper nach Luft schrie, wie ihm schwindlig wurde. Dann, plötzlich, rutschte ihm der Cavai durch die Hand, riss seine Finger auf, dass das Blut spritzte, schnellte sein Körper hoch, ohne dass er sich noch irgendwo hätte festhalten können. Und er stürzte rücklings hinaus auf den Kanal und ins Wasser, wo die kalte Flut wie eine Falle über ihm zuschnappte und ihn hinabzog bis auf den Grund.

Der Schwarze Fuhrmann

Die Lagune war von düstersten Wolken umhangen, Blitze erhellten die Nacht, von allen Seiten schien der Donner heranzurollen. Wellen peitschten gegen Venedig, wie man sie seit Menschen Gedenken nicht mehr erlebt hatte. Rauch verpestete die Luft, ein schwerer, giftiger Geruch, der Drago fast den Atem nahm. Etwas Schweres, Großes lag über ihm. Er schlug die Augen auf und starrte in völlige Dunkelheit. Jetzt erst bemerkte er, dass er sich nicht bewegen konnte. Ein erstickter Schrei kam über seine rauen Lippen. Da hob sich von seiner Brust ein riesiges Gebilde, schwarz und mächtig, von Sehnen durchzogen, einem ledernen Vorhang gleich, der auf riesige Stangen gezogen war. Ein Zittern befiel Drago, als er erkannte, was sich da von seinem eingezwängten Leib löste: Es war der Flügel eines Drachen, eines Drachen, der sich vor ihm aufrichtete und die gesamte Gruft mit seinem Körper ausfüllte. Dragos Herz klopfte wie verrückt. Er wollte etwas sagen, doch er brachte keinen Laut über die Lippen. Der Drache sah ihn geradewegs an, seine gelben, geschlitzten Augen waren wachsam auf Drago gerichtet. Aus seinem riesigen Maul drang Rauch zwischen langen, spitzen Zähnen hervor. Drago keuchte und versuchte, sich irgendwohin zu retten. Doch da war nichts. Der Drache versperrte den Weg nach draußen, die kleinen Fenster der Gruft waren viel zu weit oben und auch viel zu eng. Und selbst wenn er sie erreicht hätte – ein Flügelschlag von diesem Giganten und Drago wäre nicht mehr gewesen.

Verwirrt stellte Drago fest, dass auch aus seinem Mund Rauch zu kommen schien, bis ihm klar wurde, dass es nur der Dunst des Atems in der Kälte war. Auch aus dem Drachenmaul stieg wohl nur Dunst auf. Doch es sah aus, als würde dieses fürchterliche Geschöpf jeden Moment Feuer speien. Drago musste an die Blitze denken. Der Drache konnte ihn von einem Augenblick zum nächsten in ein Häuflein Asche verwandeln. „Kannst du mich verstehen?“, versuchte er es behutsam. Vielleicht, wenn er nur freundlich mit ihm sprach, kam der Drache nicht auf gefährliche Ideen.

Doch der Drache reagierte nicht. Er blickte ihn nur weiterhin an und wartete. Worauf aber wartete die Bestie? Wenn sie ihn töten wollte, dann lieber gleich, damit wenigstens die Angst ein Ende hätte.

Wenn die Kreatur ihn hätte töten wollen, dann hätte sie doch nicht so lange warten müssen. Warum war der Drache überhaupt hier? Warum war *er* überhaupt hier? Drago erinnerte sich plötzlich wieder, wie er ins Wasser gestürzt war. Er hatte sich … Ja, er hatte sich die Hände aufgerissen an dem Cavai. Und dann war er in den Kanal gestürzt und … Aber wieso war er noch am Leben? Wie war er hierhergekommen? Hatte der Drache ihn etwa gerettet?

„Du hast mir die Freiheit geschenkt", sagte plötzlich der Drache. Seine Stimme war so tief, dass Drago zuerst gar nicht verstand. Es war wie ein Dröhnen, das den Boden der Gruft erbeben ließ.

„Ich habe … was?"

„Du hast mir deine Kräfte geschenkt und mir damit die Freiheit gegeben."

Drago schüttelte den Kopf. „Ich erinnere mich, dass ich versucht habe, einen der Cavai aus einem Drachenkörper zu ziehen … aus einer Gondel. Aber es ist mir nicht geglückt."

„Es ist dir mehr als geglückt", erklärte der Drache und Drago suchte vergeblich eine Gefühlsregung in seinem Gesicht. Doch die Schildplatten, die ledrige Haut, die armdicken Sehnen ließen nichts erkennen. „Du hast den Cavai nur gelockert. Aber dann hast du dein Blut in meine Wunde gegossen. Das hat mir die Kraft gegeben, meine Fesseln selbst zu sprengen und aus dem Wasser aufzusteigen."

„Mein Blut?" Jetzt verstand Drago! Er hatte sich bei seinem vergeblichen Versuch, den Cavai aus dem Holz zu ziehen, die Hände blutig gerissen, das Blut war auf die Gondel gespritzt und dabei auch in den Spalt des gelockerten Beschlags gedrungen. Weil es aber magisches Blut war, hatte es das Blut des Drachen wiederbelebt, und dieser hatte seine magischen Fesseln selbst abstreifen können. „Dann hast du mich vor dem Ertrinken gerettet?", fragte er ungläubig.

„Ich kam gerade noch rechtzeitig", bestätigte der Drache.

„Danke", murmelte Drago.

„Es gibt keinen Grund zu danken." Die Augen des Drachen starrten ihn ausdruckslos an. „Ich musste es tun und habe es getan."

Ja, Drago erinnerte sich, dass er davon gelesen hatte: Drachen kannten wohl den Unterschied zwischen richtig und falsch, doch sie kannten kein Gut oder Böse. Diese Art zu denken war ihnen fremd. Hätte Cerbero den Drachen gerettet, so hätte dieser sich auf Cerberos Seite gestellt. Denn es war richtig, wenn demjenigen, der etwas gab, etwas zurückgegeben wurde. Auch wenn damit das Böse belohnt wurde, so wie das Gute oft bestraft wurde, weil es mit guter Absicht das Falsche tat.

„Du warst lange ohnmächtig. Zum Glück hast du schon einmal einen der unseren befreit. Also konnte ich mit dir hierherkommen, um dich zu beschützen, während er sich darum kümmert, die Magier von Venedig zu beschäftigen." Der Drache nickte in Richtung der großen Inseln, wo Drago durch die kleinen Fenster der Gruft das Flackern zahlloser Blitze erkennen konnte, begleitet von mächtigem Donnergrollen. „Du hast nicht lange Zeit", fuhr der Drache fort. „Und wir werden dich nicht allzu lange schützen können. Denn Skarssons Magier sind stark, und es bräuchte ganze Armeen von Drachen, um ihnen dauerhaft zu widerstehen."

Eine kleine Weile saß Drago nur da und bedachte die Worte des Drachen. Was für ein wundersames Geschöpf! Es war zugleich fürchterlich und schön, von unglaublichen Kräften erfüllt und doch zutiefst verletzlich durch böse Zauber. Dragos Blick fiel auf seine Hände, die – zerschunden und blutig – immer noch den Brief der Contessa festhielten. „Sie werden mich finden", sagte er. „Ich weiß auch gar nicht, wohin ich gehen sollte."

„Ist das nicht offensichtlich?", fragte der Drache erstaunt und Drago bemerkte, dass auch sein Blick auf dem Brief lag.

„Der Brief?"

Der Drache nickte. *Eine Botschaft für die Reise.* Drago entfaltete das Papier. Er wusste ja, was dort stand. Was sollte er Neues aus diesem Schreiben erfahren, das er sinnloserweise bis hierher mitgenommen hatte.

Mein Freund,

wie sehr wünschte ich, dass Du diese Zeilen fändest. Denn dann wärst Du sicher zurück von Deiner Reise. Und doch hoffe ich, Du findest sie nicht. Denn an welchem Ort auch immer Du sie vorfindest, es wird ein gefährlicher Ort für Dich sein. Du aber sollst keinen Gefahren mehr begegnen müssen, sollst sichere Zuflucht finden bei jenen, die Dich verstehen. Endlich.

Es war, was er schon kannte. Natürlich. Die Handschrift der Contessa, wie aus einem anderen Leben. Seine blutige Hand hatte das Papier rot gefärbt.

Mein Herz ist schwer, wenn ich an Dich denke – und ich denke immerzu an Dich. Es sind Gedanken voller Hoffen und Bangen. Ich wünsche Dir alles Glück der Erde.

Ja, dachte Drago, das wünsche ich dir auch, Contessa. Er seufzte, wollte den Brief schon wieder zusammenfalten, da stutzte er. Irgendetwas stimmte nicht. Der Brief war verändert. Er war länger, als er ihn in Erinnerung hatte. Und nun, da er weiterlas, erkannte Drago, dass die Zeilen ihm etwas Neues sagten, ja, etwas Ungeheuerliches! Er las:

Such mich nicht. Geh Deinen Weg. Denk nicht an mich, denk an Deinen Auftrag. Wenn Du diese Zeilen liest, dann bin ich gewiss, dass Dir gelingen wird, woran so viele andere gescheitert sind. Du wirst das finstere Reich Scarfazzos zerstören. Du kannst es schaffen, dass die Kräfte der Magie wieder frei sind und von allen genutzt werden können! Du darfst nur Deine Reise nicht beenden, solange Du Dein Ziel nicht erreicht hast. Lass die Zeit mich auslöschen aus Deinem Leben und aus Deinem Gedächtnis. Und bleib so stark und so aufrecht, wie ich Dich gekannt habe. Lebe wohl, mein Freund. Ich grüße Dich aus dem Schattenreich.

In Liebe
Rosata

Eine Weile saß Drago stumm da und starrte vor sich hin. Die Contessa hatte sich von ihm abgewandt. Er sollte sie nicht suchen. Dass sie ihm das schrieb, bedeutete, dass sie wusste, er würde sie suchen wollen. Wie sollte er sie aus seinem Leben und aus seinem Gedächtnis löschen? Das würde ihm nie gelingen, selbst wenn er es wollte. Sie aber wollte stattdessen, dass er gegen Scarfazzo kämpfte. Er! Wer war er denn schon? Ein kleiner Dieb, der durch Zufall zu einem leidlichen Zauberlehrling geworden war. Gewiss, er kannte inzwischen zahlreiche magische Bücher, konnte einige wenige Zaubersprüche einsetzen, sich verwandeln und sogar durch die Zeit reisen. Doch wie sollte das ausreichen im Widerstand gegen einen Magier, wie es noch nie einen mächtigeren auf Erden gegeben hatte? Scarfazzo hatte Tausende von Drachen unterworfen … Das hieß, nein: Eigentlich war es doch Cerbero, gegen den er kämpfen musste. Wenn Scarfazzo unter Cerberos Bann stand, dann war Cerbero der Fürst der Finsternis. Er war es, der alle magischen Kräfte der Welt in sich vereinen wollte. Cerbero war immer nur der Sklave Scarfazzos gewesen – doch der Sklave hatte in Wirklichkeit den Herrn beherrscht. Aus seinem Schatten heraus hatte er die Fäden gezogen und war … Schatten! Drago nahm noch einmal den Brief zur Hand. *Ich grüße Dich aus dem Schattenreich,* stand da. „Aus dem Schattenreich?" Drago sah den Drachen fragend an.

„Das Schattenreich befindet sich an vielen Stellen zugleich", erklärte der Drache. Er bewegte sich nur ein klein wenig, doch die steinernen Mauern der Gruft begannen sogleich zu beben. „Das Schattenreich ist in den Katakomben des Alten Rom ebenso zu finden wie in den Mooren Britanniens, es liegt in den Kerkern der kaiserlichen Burgen von Böhmen wie auf den Friedhöfen von Sankt Petersburg oder Byzanz oder in den Gruften Siebenbürgens."

Drago nickte, obwohl ihm das nicht viel weiterhalf. Nichts davon kannte er, von nichts hatte er je gehört. Selbst die Namen waren ihm fremd – bis auf … Ja, Siebenbürgen, das war ihm schon untergekommen. Aber wo? „Wo würdest du es suchen?", fragte er den Drachen.

„Ich würde den Brief befragen."

„Er sagt mir nichts dazu."

Der Drache streckte seine Klaue aus. Die Krallen waren so lang wie Sensen. Vorsichtig hielt Drago ihm den Brief hin. Der Drache aber nahm ihn, hielt ihn in die Luft und fauchte kurz, sodass eine Flamme aus seinem Maul schoss, die beinahe alle Luft in Dragos Unterschlupf verbrannte. Dort aber, wo der Brief gewesen war, hing nunmehr eine dunkle Wolke, die langsam aufstieg und sich dabei auflöste. „Eine … Kutsche?“, sagte Drago ungläubig. Das Bild, das die Wolke gezeichnet hatte, war ganz eindeutig gewesen. Der Brief war zu einer Kutsche geworden.

„Du musst eine Kutsche beschwören“, erklärte der Drache. „Sie wird dich an dein Ziel bringen.“

„Aber ich weiß nicht, wie man eine Kutsche beschwört.“

„Der Brief hätte keine Kutsche gezeigt, wenn du es nicht wüsstest. Offenbar weißt du nur nicht, dass du es weißt.“

„Ich …“ Das alles war so verwirrend.

Ein Donnern, so nah und so heftig, als säßen sie auf einem ausbrechenden Vulkan, schreckte ihn auf. Der Drache sah besorgt aus den kleinen Fenstern. Der Himmel war schwarz wie in tiefster Nacht. Das Gewitter, das der andere Drache erzeugte, war nun so nah, dass sie kaum mehr würden flüchten können. Denn je näher das Unwetter kam, umso näher waren auch Cerbero und seine Schwarzmagier. „Wenn wir jetzt nicht gehen …“, sagte der Drache und sah Drago aus seinen gelb geschlitzten Augen direkt ins Gesicht. Das Ende des Satzes hing unausgesprochen in der Luft. Aber Drago verstand auch so, was er ausdrücken wollte: Wenn er noch eine kleine Chance haben wollte zu flüchten, dann musste er sie jetzt nutzen. „Wirst du mir helfen?“

„Du kennst die Gesetze.“

„Ich habe dir das Leben gerettet“, murmelte Drago.

„Und deshalb bin ich dein Diener auf Lebenszeit“, vollendete der Drache die Regel. „Es sei denn …“

„Es sei denn, du rettest umgekehrt mir das Leben. Dann habe ich die Pflicht dich frei zu geben.“

„So ist es.“

„Aber hast du mir nicht bereits das Leben gerettet, indem du mich hierher gebracht hast?"

Der Drache schnaubte und eine Wolke giftigen Qualms füllte die Gruft. Drago hustete.

„Drachen sind nicht kleinlich", sagte der Drache. „Außerdem hast du ja schon zwei von uns gerettet."

Drago nickte. „Dann bring mich von hier fort, wenn du das kannst."

Der Drache nickte. „Du solltest deine Habe mitnehmen. Ich glaube nicht, dass du noch einmal hierherkommen wirst …"

„Oh, das werde ich", sagte Drago grimmig. Dennoch nahm er die Tasche , die er einst Hannibal Rabe gestohlen hatte, packte all seine Zauberbücher hinein, die Werke, die er aus der Accademia mit hierher gebracht hatte, ebenso wie das Buch, das Hannibal Rabe ihm hinterlassen, und jenes, welches er von Cerbero bekommen hatte. Dazu seine eigenen Aufzeichnungen, damit er sein geringes magisches Wissen nicht vergaß. Alles, was er während seiner Zeit in der Gruft an Schriften gesammelt hatte. Es war nicht sehr viel, aber es war genügend, um den Grundstein für seine eigene magische Bibliothek zu legen. Ein letztes Mal sah er hinüber zum Grab seiner Mutter. Er erwartete nicht, dass der Drache ihn auf sich reiten lassen würde. Denn solche Drachenritte waren gefährlich. Sie waren in alten Zeiten von Magiern zur Belustigung erfunden worden: Man hatte einen Feind auf den Rücken eines der magischen Geschöpfe gebunden und die beiden dann zum Flug gezwungen. Für die Drachen war es eine Demütigung, für den Reiter meist tödlich. Umso erstaunter war Drago, als der Drache sagte: „Wir werden fliegen müssen." Und dann packte er ihn mit seiner Klaue und setzte Drago behutsam auf seinen Nacken. Nach dem Augenblick des ersten Schreckens bemerkte Drago, dass es viel zu eng war in der Gruft. „Hier werden wir nicht rauskommen“, sagte er entmutigt.

„Wir werden“, entgegnete der Drache und bäumte sich auf, wobei er seine riesigen Flügel spreizte. Die Gruft brach auseinander wie in einer gewaltigen Explosion, überall regneten Steine herab. Drago hob schützend die Arme über den Kopf, doch in dem Augenblick schwang sich der Drache schon in die Lüfte und erhob seinen schweren Leib mit wenigen Flügelschlägen weit über San Michele. Ringsumher schlugen krachend Blitze ein und ein Unwetter, wie Drago noch nie eines erlebt hatte, peitschte ihm ins Gesicht. Panisch krallte er sich in den ledernen Schuppen des Drachen fest, den Körper über die Tasche gebeugt, riss sich einmal mehr die Hände blutig an der rauen Haut seines Gefährten und rang nach Luft, während der Drache in seinem Flug eine weite Bahn Richtung Murano beschrieb und schließlich auf den Cannareggio und die nördliche Seite der Insel San Marco zuhielt – dorthin, wo Drago mit seiner Familie gelebt hatte.

Schon erkannte er das Dach, konnte den alten Kamin sehen, durch den er immer zu seinem Schlafplatz geklettert war, erkannte ein kleines Licht, das in der Wohnung flackerte, glaubte schon, die Umrisse seiner Schwester zu erkennen, da schlug der Drache einen Haken und landete erstaunlich sanft auf der Plattform, auf der Drago immer gesessen hatte. Es war nicht viel Platz. So groß war das Geschöpf, das Drago kaum neben ihm zum Stehen kam. Hier hatte die Contessa ihm ihr Geheimnis eröffnet, hier hatte sie ihm seinen Auftrag gegeben, mit dem er so kläglich gescheitert war. Ja, hier hatte sie einen Abdruck ihres zierlichen Schuhs hinterlassen.

Drago erkannte die Stelle wieder. Wie ein Schatten ihres Fußes hatte sich der Schuh auf dem großen Stein abgezeichnet. „Ach, Contessa", seufzte er und setzte wehmütig seinen Fuß auf den Abdruck des ihren. Da tauchte plötzlich vor ihnen aus dem Nichts ein dunkles Gebilde auf, das schnell näher kam. Zunächst hielt Drago es für einen Drachen, der auf sie zuflog, groß und schwarz. Doch dann erkannte er, dass es eine Kutsche war, die wie von Zauberhand geführt durch die Luft ritt und schließlich frei schwebend vor ihnen über dem Abgrund stand: eine schwarze Kutsche, vor die vier ebenso schwarze Pferde gespannt waren. Nervös schnaubten sie und tänzelten unruhig. Auf dem Kutschbock saß eine hagere schwarze Gestalt, den Hut so tief ins Gesicht gezogen, dass sie nicht zu sehen war. Und doch meinte Drago in dem Kutscher jenen Mann wiederzuerkennen, der ihn einst von einer Gondel aus beobachtet hatte, als er mit Hannibal Rabe im Palazzo Rubio gewesen war. „Wohin soll die Reise gehen?", fragte er.

Drago sah den Drachen an. Der nickte ihm aufmunternd zu. „Die Welt steht dir offen, Drago. Ein Ziel, weit weg von Zauberei und Hexerei wäre wohl das Richtige."

Es war sinnlos. Welches Ziel auch immer er nannte. „Wir werden in die Tiefe stürzen!" Er blickte hinab. Und wer immer hier stürzte, würde den Sturz nicht überleben.

„Steig ein", drängte der Drache. „Es ist deine einzige Chance."

„Wir werden umkommen."

Da wies der Drache mit einem Flügel hinaus aufs Meer und Drago erkannte, dass die Wellen brannten. Grünliches Feuer erfüllte die Lagune, während am Himmel nun der zweite Drache deutlich zu erkennen war, der sich gegen eine unübersehbare Zahl von schwarzen Säulen zur Wehr setzte, die immer näher auf ihn eindrangen. „Auch er wird nicht mehr lange Zeit haben", sagte der Drache. Drago nickte. Es hatte keinen Sinn. Aber wenn er an die Contessa dachte, dann wusste er: Er musste es tun. Er musste die Reise fortsetzen. Sonst würden sie dem Zorn der Schwarzmagier nicht entkommen.

„Bedenke, was die Contessa geschrieben hat", sagte der Drache.

Drago schloss die Augen. Such mich nicht. Geh deinen Weg. Und plötzlich wusste er, welches Ziel er dem Kutscher nennen würde. „Ins Schattenreich", sagte er und stieg in die Kutsche. Schon schwang der schwarze Fuhrmann seine Peitsche und die Pferde bäumten sich auf. Da fiel Drago noch etwas ein: „Eines noch", sagte er. „Woher wusstest du eigentlich, dass die Gruft mein Unterschlupf war?"

„Das hat mir ein Vöglein gezwitschert", erklärte der Drache sanft und nun sah er doch beinahe aus, als könnte er lächeln. Am düsteren Gewitterhimmel aber sah Drago die flatternden Umrisse eines Raben. Er nickte dem Drachen zu und schaute ein letztes Mal auf sein altes Zuhause. Dann bestieg er die Kutsche und machte sich bereit für eine Reise, die er sich nie gewünscht hatte und von der er womöglich nie zurückkehren würde.

FORTUNATO lebt mit seiner Familie unauffällig in der Nähe eines Rabenwaldes in München. Nachts aber, wenn alle anderen schlafen, steigt er in seine Dachkammer, zündet eine Lampe an und öffnet sein zauberisches Notizbuch, in dem er am Tage alle Ideen sammelt, damit sie in der Dunkelheit als eigentümliche Gestalten, Orte und Begebenheiten heraussteigen und er sie zu Geschichten machen kann.

Im Baumhaus Verlag sind bereits die große historische Abenteuer- und Gauklertrilogie von FORTUNATO mit den Bänden »Das Geheimnis der Gaukler«, »Die Stunde des Narren« und »Das Rabenorakel« erschienen (2006-08) sowie der Roman »Zauber der Wünsche« und »Dragos dunkle Reise – Die Spur der Drachen«.

www.goldauge.de

DIE SPUR DER DRACHEN

Der Junge Drago schlägt sich als Gauner und Gelegenheitsdieb in Venedig durchs Leben. Eines Tages trifft er den geheimnisvollen Gelehrten Hannibal Rabe, der sich nicht nur für Gondeln und Palazzi interessiert, sondern auch für magische Wesen. Schon bald ist Drago tief in ein Spiel um Macht und Magie verstrickt.

Ein Roman über die Verschwörung dunkler Magier, ein gefährliches Geheimnis und eine Stadt, in der die Zeit stehen geblieben zu sein scheint.

„Wieder ein Buch von Fortunato, das den Leser von der ersten Seite an in seinen Bann zieht (...) eine aufregende Geschichte, deren Spannung sich meisterhaft steigert.“
Alliteratus.com

Fortunato
Dragos dunkle Reise
Die Spur der Drachen
224 Seiten, Hardcover
ISBN 978-3-8339-3720-0
€ 14,90 (D)/€ 15,40 (A) / sFr 26,50

Aus als Hörbuch erschienen:
ISBN 978-3-8339-5162-6
€ 14,99 (D) / (A) // sFr 27,90

BAUMHAUS VERLAG